记忆浓缩时空
记忆聚合情感
记忆裕如生命
记忆把时光的美好
凝成了永久的眷念

散文随笔

记忆浸心

潘建成/著

华艺出版社
HUA YI PUBLISHING HOUSE

图书在版编目（ＣＩＰ）数据

记忆浸心：散文随笔 / 潘建成著. —北京：华艺出版
社，2013.9
ISBN 978-7-80252-444-6

Ⅰ.①记… Ⅱ.①潘… Ⅲ.①散文集—中国—当代
②随笔—作品集—中国—当代 Ⅳ.①I267

中国版本图书馆CIP数据核字(2013)第222358号

记忆浸心

出 版 人：石永奇
著　　者：潘建成
责任编辑：陈娜娜
责任校对：袁大威
装帧设计：姚　洁
出版发行：华艺出版社
社　　址：北京市海淀区北四环中路229号海泰大厦10层
电　　话：010-82885151
邮　　编：100083
电子信箱：huayip@vip.sina.com
网　　站：www.huayicbs.com
印　　刷：北京天正元印务有限公司
开　　本：1/16
字　　数：230千字
印　　张：19
版　　次：2013年9月北京第一版第一次印刷
书　　号：ISBN 978-7-80252-444-6
定　　价：36.00元

心即一切

——读潘建成散文随笔集《记忆浸心》

阎连科

我们总是把作家分为专业和业余，仿佛专业作家是高水准的创作，而业余写作，则是爱好的随意，是可有可无的道路两边的花草，是大树下的一些旁枝。这实在是一种误会，是一种艺术之心由高到低失落后仍以权威面孔对后来者和旁强者带着嫉心的概论评说，是曾经红紫或有过一些成就而后来写作衰败却养成的固有的成见和错识。读罢潘建成的《记忆浸心》，我越发得这样的以为。这部20余万字由他多年心血集成的散文随笔集，以所谓"专业"的眼光，是可以挑剔出张三李四的长短和王五赵六的不足，七七八八，可以编排出他甚多错失的一二三来。可是，可是这部貌似散乱的文集，却透出了散文写作乃至小说和诗的创作的一切的纪律、秩序、规范和传统的章程，都是有的，也是可以忽略、打破的，甚至是可以视而不见的——这样做的时候，只需要一个条件——仅仅一个条件，即：

心即一切。

以我的真诚，卑视你的所有。

当然，建成也许在写作中不去思量这些。而不去思量，却又恰恰成就了这部文集最为核心的灵魂基石，那就是，我以一颗最为真实、真诚的心灵，去面对全部世界的繁复和所有，去面对全部写作的愉悦和苦痛。

回忆是通向过往和记忆的途道，更是走向未知和未来的路筑。在这过往和未来的未知中，建成的笔前前后后，左左右右，宛若蝶飞湖畔，鸟飞林源，来去自由到有我而再无他物他人的境界。写少时、写故乡、写军营、写哨所，写乡村的老屋和田埂，写都市的大街和小巷，笔到之处，心归此处；笔所至处，心必所至。这实在是许多专业作家在技巧、技术圆熟之后，最不能获求、抵达的一种远境和愿景。然而，他却有意无意这样努力了，做实了，也多都完成写作了。

建成的真诚与坦诚，在《记忆浸心》那诗意、质朴、动人的文字间，如同河流的堤岸，湖水的围坝，一切的一切，都在心与灵魂的朴真中汩潺暖流和闸开而倾泻。写父母、写妻女、写战友、写邻人，无论是一个军营英雄的灵魂，还是城乡街头一颗卑微之心的跳动，皆都由作家那颗透着博大、善良，甚至敏感脆弱的内心的浸淫和滤染。鸟雀在这部书中是灵动的（《窗外的鸟语花香》），月光在作家的笔下是含有生命的（《在战地感受月光》），四季在《四季风景》中如同人的呼吸或生命，日复一日、年复一年，表情的变化暗示着四季脉流的更替与再生。

在那些抒写亲情的篇章中，如《一切从家开始》《渴望母爱》，读来让人眼睛湿润，内心颤动，仿佛我们所有的儿女，都在重温父亲在劳累中拿手抚摸我们的隽永时刻，在体味母亲在辛苦烦乱中细心给我们喂奶的不忘之瞬。实在是好，短短散散，却味远馨长，哪敢相信这是业余作家所写，是业余写作者的成册作品，让我们这些每天专业持笔的人，产生弗如的疚愧。

抒写军营和战友的字字节节，则都是那样的事小章短，寥寥数语，让人过目难忘，如深巷觅酒。《在战地感受月光》里写的是月光，说的却是军人的人心、人情和人的内世。而《高原上的哨兵》，每一个军官或士兵则都那么可爱可敬，可歌可泣，连与狼群搏斗的那匹军马，都那么英武慧智，活色生灵。那名为"黑子"的巡逻兵的坐骑，在它的主人从山上跌入零下三十度的雪谷时，它却可以用四蹄的温暖为它的主人去暖身，使主人从昏冷中最终醒了过来。

这一切的一切，一篇的一篇，无论是状物写人，还是写心绘景，都那么文字近诗，内心近圣，而人和作家的情感世界，则如明镜湖水，澄净照人。就连那些量数不多的说事论理的篇章，也都是语言娓娓，节奏张弛。委实不敢相信，这不是专业作家的笔墨文章；不敢相信，建成在军队机关日夜忙碌，却还有这样的文心脉动，有这样深厚的文养素养，能写出这么一部文好境高的《记忆浸心》来，并且有着那么多而整齐的华文和丽章。

读《记忆浸心》，是对我自己写作的一次鞭策和醒悟；想建成的勤奋和人品与文品，则是我对自己为人为文的梳理和检点。谢谢建成，谢谢这部美好的《记忆浸心》的成书与问世。

2013年7月28日

（作者为著名作家，中国人民大学文学院教授）

目录

第一辑

发现收藏

我又站到窗前张望

我喜欢窗外的风景，喜欢

里面映显的超时空的鸟语花香

和颇具生命气息的灵动鲜亮

太阳缓缓升起

万千景物更显妩媚

京城十月，飞花流彩

香山枫叶和奥运"中国印"

染红古都的大街与小巷

扮靓张张温情的笑脸，以至

浸染远方的五洲四海

而高远的天空和爽朗的气息

更加衬托花儿鸟儿的灿烂与洒脱

太阳照着，海棠花开着

鸟儿飞鸣着，人们说笑着

这便是裕如安然的生活，便是

生命时光和爱的美丽风景

窗外鸟语花香 |

　　早晨八点多钟，新升的太阳越过楼宇射进窗来，西南屋墙上着染一片金黄，亮丽而恬静。我家住五楼，依窗向外张望，天晴日朗，风光无限。远处的蔚蓝天际飘有白云，西边的楼窗玻璃泛着金光，楼宇间的马路上车流不息，窗前的院落里树绿花红，有一对母子驻足赏花，那是红玛瑙似的秋海棠，连片摆放在花坛内。年轻的母亲将身子柔成一道美丽的弧，左手紧牵幼子，右手不停地指点，口中还说着什么。而窗口前方时有麻雀往返飞过，间或飞来几只喜鹊，落至高大塔松的枝头，不停地喳喳鸣叫。我油然感慨，屋内小天地，窗外大世界，小屋再温馨也不及窗外世界的精彩。

　　我爱我的小家，也爱窗外的精彩世界。这个世界，开阔我的眼界，拓宽我的智域，放飞我的理想；这个世界，滋润我的生命，丰富我的人生，浓稠我的情愫。这个世界，让我在四季的更迭中学会从容，在时光的飞逝中懂得珍惜，在开放的花丛前享受芬芳，在鸟鸣的旋律里获得甜美。试想，倘若没有这个精彩的世界，或者窗外是莽原戈壁、无垠大海，风沙狂袭，海浪怒吼，我们孤单的小户人家，还能有什么安居与乐业、幸福与甜蜜可言？

　　这个世界啊，就是我生命的优良地，生活的避风港！

　　五年前的此时，我家搬进这套七十来平米的公寓房。原住户在两间卧室都装过空调，南面墙角处留有小臂粗细的管道孔，但我家只买了一台空调，爱人执意装在女儿睡觉的那间，我俩这屋的洞孔便用一张相对较厚的白纸糊住了。没曾想到，这孔墙洞却成了麻雀们栖息的窝巢，整天钻进飞出的，经年与我们相依而居。麻雀的到来，平添了生机和生活情趣，给予我及家人许多的快意。

冬日清晨，天刚蒙蒙亮，麻雀们便在窝巢里闹腾起来，唧唧啾啾，扑扑棱棱，打得那张墙纸嘣嘣作响。我与爱妻睡眼惺忪，赖在柔暖的被窝，听着雀儿的欢闹，叙说着生活中的闲言碎语，这美妙的光景，往往是一天里最闲情温馨的时刻。

雪后丽日，抓一把金黄色的小米，撒到隔壁阳台的窗台上，站在这厢窗前观望，不一会儿，数只麻雀飞来了，它们先落在阳台窗口上方边沿，东张西望巡视片刻后，依次轻盈飞落窗台，进而迅即啄食。麻雀亦称家雀，羽呈褐色，形瘦嘴尖，啄米的样子好可爱，吧叽吧叽叽两口，机警地抬头举尾张望，旋即又低头吧叽。不经意间，我的一声咳嗽，倏地飞了个净光。没过多大会儿，它们又折了回来，这次居然先落于这厢的窗台，冲着我边跳跃边叽喳，还啄击窗子玻璃，分明是在挑逗。闲暇时分，我和家人常这样观赏雀儿啄食，以及它们的飞走聚散、鸣唱嬉戏，其景致别有一番韵味。

我不知雀儿有无郁闷烦恼，它们总是那么欢快，那么自由自在地飞翔、喝啾、蹦跳、戏嬉。静下心来观赏它们，一切的疲惫、焦躁、痛苦、委屈，顿时烟消云散，唯有我心悠悠，惬意乐哉。

到了春季，麻雀们异常活跃，成群结队，嘈杂聒耳。此时它们进入配对繁殖期，开始一年中的营巢、孵卵、哺幼，那一窝窝幼雀儿的唧唧声，甚是美妙，丝丝入耳。与麻雀同时活跃的，还有院落中的梧桐、国槐，廊上的藤蔓，以及花池内、地砖缝儿破土而出的每一棵小草、每一株花苗。草绿树翠，群芳竞秀，蜂蝶飞舞，鸟儿啾鸣，窗外一派生机欢闹的迷情景象。

　　早晨或晚饭后，时而携妻到院内散步，亲近和煦春风，感悟鸟语花香。每当面对嫩绿娇红、多姿多彩的各色花等，神情悠然自得，心底芬芳流溢，浓浓淡淡，隽永绵长。花期如约，花开向外，用生命为他人绽放美丽、酿造馨香的每一朵花儿，均可称得上笃实坦荡的君子。很多时候，人应该向花学习，学习花的精神品格，朝花开的方向和花香的高度走去，向外向高、向更宽阔的领域，展现生命的自在自得之美。面对花草，我曾不止一次想，等退休了之后，就去找一处园林做义工，经年与花草树木为伍，陪着草木生长，伴着百花开放，让有限的生命在无限的美丽与芬芳中增宽变长。

　　窗外的风景随季节的更替而变化，四月芬芳未尽，五月槐花又开。槐花算得上我的最爱，但这爱并非凭空而生，它出自美、源于情，美与情才是爱的本原。院内植有大大小小几十棵槐树，大者绿荫蔽日，小者婀娜柔美，伞状的树冠枝叶浓密。槐花开的时候，树树花满枝头，随风摇曳，遍地飘香。那花团串串簇拥，疙疙瘩瘩，花粒小巧玲珑，紧紧包裹，绽放后分生五瓣。伸手摘几片嫩瓣，用鼻子闻闻，清清淡淡的香，放嘴里尝尝，有种丝丝的甜。

　　夜晚推窗放目，循着馥郁的幽香，就回到了故乡，回到了儿时的岁月。我家门外就有一棵一个人搂不住的老槐树，我是嚼着它的嫩绿和花香，在它的遮蔽下渐次长大的。那时食不果腹，春夏交汇时节，乡亲们就来捋槐叶及花瓣烹制充饥，如此年复一年。忘不了槐树的恩情，它养育了一代代乡亲，延续了贫困小山村的一户户人家，"槐树槐，槐树槐，槐树底下搭戏台，人家的姑娘都来到，就差我的没有来……"所憾那时少不更事，只知贪玩，无心读书。今日想来，若是在繁茂葱郁的大槐树下支张桌子，读读写写，想想悟悟，何等的美妙啊。

　　岁月似一条静默的河，悠悠长长而又波澜不惊地流淌，流去一季季的娇红嫩绿，却积淀下时光的浓情蜜意。回望岁月便不难发现，那些曾经的日子和日子所展现的一道道风景，既是岁月的翔实注脚，也是生命和爱的踪迹印痕。

我又站到窗前张望，我喜欢窗外的万千风景，喜欢里面映显的超时空的鸟语花香，喜欢它带给我的那些颇具生命气息的感受。

太阳缓缓升起，光芒璀璨，照得万千景物更显妩媚，照得屋内温暖融融。京城十月，飞花流彩，鲜红为主调，蔚蓝是底色。香山枫叶和奥运"中国印"，染红这座古都的大街与小巷，扮靓张张温情的笑脸，以至浸染远方的五洲四海，而高远的天空和爽朗的气息，更加衬托着花儿鸟儿的灿烂与洒脱。太阳照着，海棠花开着，鸟儿飞鸣着，人们说笑着，这便是裕如安然的生活，便是生命时光和爱的美丽风景。

日月星辰旋转更迭，时光在穿越我们的生命，用帧帧定格的美丽，做成了记忆中永不褪色的风景。这风景，是自然景观的聚汇，人文景象的组合，更是生命情感的浸染印刻，恒久灵动，永远鲜亮。

2008年10月4日记　于五号楼居所

在战地感受月光 |

养军千日为用兵。接到上级命令后，我跟随部队星夜兼程，穿越万水千山，奔赴南国的群山深处，于层峦腹底的"中军帐"，应对一场信息化"战争"。这是一次近似实战的演习，特情设置复杂，生存环境艰苦……我们经受了半个月战地生活的淬炼。撤场那天，原以为大家提着的心会放松下来，如释重负般，谁知每个人的神情并不轻松，依然沉浸在未散的"硝烟"中。半个月的战地生活，虽很短暂，却收获了许多。伴着月落月起、月圆月缺，我懂得了什么是责任和人生的意义，以及对战地火热生活的深情眷恋。

我们从京城出发时，正值入冬当口，气温骤减，万木凋零，毛衣、保暖裤都已上身。但经过两天急行军到达目的地，眼前却是一派盛秋景象，乡亲们还穿着单薄的衣衫，挥汗如雨地忙着收获哩。进山那天，车子在绿林深处的山路上行驶，我望着窗外苍翠的景色，心情无比爽朗，任思绪与遐想自由驰骋。我感叹，祖国疆域如此辽阔，四季同在，继续南行当是草绿花红，而身后的北疆早已冰凝雪积、银装素裹。感觉没过多长时间，车子已绕过七岭八弯，驶入了伪装网下的暂设营院。是夜，天幕清透，上弦月高悬，繁星点缀着。在月下，我顿有一种不事张扬的欣慰和感动，旅途的疲惫辛劳很快舒缓。入睡时，远处传来几声犬吠，勾起了我的思乡之情，唤回了与童年小伙伴们一起追月的感觉。我琢磨着，翌晨该不会在金鸡报晓声中醒来吧？

我出生在太行山乡村，对大山和大山里的月夜并不陌生，只是在城里居住的时间长了，久违了清风明月。城市里的喧嚣、污染和拥挤，以及忙碌的生活、浮躁的心境，遮蔽了蓝天丽日，难见清澈的月色，久而久之，便无心留意月光。女儿曾问我，床前明月光，疑是地上霜，是不是诗人拟想的一种意境？我断然否定，并给女儿讲述故乡的明月，那月光洒满山乡，处处皎洁迷人，是怎样的心旷神怡啊！讲到中天一轮满，秋野万里香，乡亲们围坐赏月的情景，女儿又生疑惑：现在还这样吗？于是我便允诺，抽空儿带女儿回故里赏月，在秋月明亮的时候。可是多年过去了，一直未能成行。在战地，凝望皎洁明月，我不止一次想，女儿在就好了，她看到这如银似水、一泻千里的月光，该有多少发自心底的惊喜、赞叹和感悟啊！

战地的月光，如诗似画。有天晚上，我们结束一天的"战斗"走出坑道，将圆未圆的明月已升上天空，向大地倾洒银色的光芒，把山野映照得荧光发亮。月光透过树的枝叶、伪装网的孔眼，为营地洒上一层碎银，光波斑斓，甚是迷人。"多美的月夜啊！在月光下待会儿再睡吧"。不知是谁的提议，我们寝室的几个人纷纷响应。大家先是在房前草坪上徜徉，继而沿营区小径往返漫步，尽情感受月色秋夜的那份恬静，以及尘烟消逝后夜空中飘散的缕缕清香。悠然间，我抬头望山，山峦起伏明晰，月色和夜色融在一起，幽深处是天籁，藏着玄机；看眼前的小径，泛着碧光，像一条悄无声息的小溪，缓缓流淌，恬静中透出几分神秘。月之美，月之情，月之韵，被铺陈、渲染，展现得何其丰满鲜活。营门口的哨兵手握钢枪，站姿笔直，月光映在他的刺刀上，一闪一闪的，一副庄严的模样。我忽然感到了一种责任，肩头沉甸甸的，仿佛置身于大战将临的沙场。

战地条件差，七八个人同住一室，到了夜间，鼾声四起，就像旋律嘈杂的交响乐。有几次失眠，我便披上迷彩服，悄悄走出房间，在营区转悠一会儿，让极度兴奋的大脑平缓下来。山区昼夜温差大，夜间有几分寒意，在户外已觉出阴冷。但每当走进月光，来到融融月下，被月光浸染着，内心就有了温暖。月光为山野涂上明亮、淡雅、柔和的色彩，像一副水墨画儿，烘托着静谧的夜。独处月下，平和而安宁的心灵，接受着月光睿智的审视，与晴美的夜融为一体，就找到了安适、依附。在月夜伫立、凝思，有一种远离尘俗、回归自然之感，仿佛有一双手卸掉了心灵上的包袱，整个身心轻松愉悦，连苦累、痛楚也变得温情了。好几次，我甚至忘记我是什么时候、怎样走进月色的，也很不情愿走出月光，走出明丽如梦的风景。

在战地的日子，每天"战事"频发，指战员们驻守坑道披坚执锐，随机应对，难得片刻休整。一天晚餐后，上级突然下达号令，一小时之内无"情况"，各个战位可稍事休息。于是，我和几个战友结伴走出了坑道。一弯新月，正从山头升起，山腰的道路甫染月光，远远望去，如一条金色的玉带镶嵌绿林丛中。这时，首长杨国谦将军走过来了，他招呼我们："走，顺路溜达一会儿。"我们便与首长一同，踩着满地的月光，迎着凉爽的晚风，在弯曲的山道上悠然而行，两边是丛丛簇簇的树灌，树影摇曳、柔美，"明月松间照，清泉石上流""月出惊山鸟，时鸣春涧中"，这样的诗句，油然而然地浮现脑海。一路上，首长并没有评说眼前的月华天籁，而是围绕"战事"，说古道今。他讲历史上征战疆场的英雄，讲当代军人的使命，信息化战争的谋略与战法。我们听得入迷了，他抬腕看表，说："时间已到，我们回去继续战斗。"返至坑道口部掩体下，首长顿住脚，仰视月光下的峰峦，一声赞叹："没想到这山经月光这么一照，恍若仙境，真美！"

当年苏轼望月吟诵，把浓浓的祝愿和思念，化为了"但愿人长久，千里共婵娟"的绝句。亘古通今，世事万变，但月亮予人的那份浓情依然。战地月夜，我常听到《十五的月亮》那动人的旋律。我们寝室的小吴中尉，本来已选定了婚期，但由于参加这次演习，他毅然推迟了婚期。夜晚睡不着时，老同志就逗小吴："是不是想女朋友了？这战地生活和做新郎官的感觉不一样啊！"每到此时，大家你一言我一语，就着"感觉"调侃。小吴性子随和，不急不恼，有时也戏言几句："我想朋友，你们想嫂子，咱们等演习结束了再找感觉吧。"军营男儿铁骨柔肠，其感怀多与离别、团圆有关，他们习惯于把长长的思念和祝福寄托月亮，随月光回归魂牵梦萦的地方。自古至今，征战沙场、戍边卫国的将士，哪一个不曾"明月千里寄相思"，与远方亲人"天涯共此时"？明月千里，传递着军人的情，升华了人世间的爱。

战地的月光，让我联想起那年到西部高原部队时的那个月夜。傍晚时分，几个战友带我去山上的哨所，我们沿着山坡上的羊肠小道，蹒跚着走了个把小时，到了哨所。那晚的月光也很美，从哨所向下眺望，几代高原军人踩出的山野小道，还有绵延漫长的巡逻线，隐匿在雾一样的月辉之中，扑朔迷离，朦胧柔媚。我问哨兵小李："夜间站岗害怕吗？"小李说："刚到哨所那会儿有一点，时间长了也就好了。"小李还说，他特别喜欢在月夜站岗，月光把满山遍野照得通亮，"不但不觉得孤寂，还会有一种无以言状的满足感。"站在哨所的月下，倾听高原哨兵站岗放哨的趣事，静心体味他们对月光的感受，我居然也觉出了月光的波动和韵律，领悟到了人的情感与月光的相依相融。

大江南北，长城内外，在共和国的每一个角落，都有军人们的无私奉献和忠诚守候。他们驻守在不同的战位，擎的是同一片天，赏的是同一轮月，肩负着同样的使命和责任，繁衍着同样的感受和渴望，用同样的希冀开启所有美好，深情地捧出一轮轮浑圆祥和的满月。从战地归来，我身在京城，心却总也走不出南国的峰峦，一次次梦回战地，履职于神圣的战位，守候那冉冉升起的盈盈皓月。我坚信，战地的月光是最美的。

2006年11月26日

高原上的哨兵 |

多年以前我就想远涉高原，那如诗似画的蓝天白云、林海湖泊，以及超凡脱俗的粗犷与雄浑，无不使人浮想联翩，心驰神往。但真正牵动我的，还是那日夜驻守在高原上的哨兵。有一位"老高原"，曾给我讲述过许多高原哨兵的故事。有一年初冬，一个哨长的妻子第一次去高原探亲，她想给丈夫一个意外的惊喜，独自千里迢迢，一路辗转，总算到了部队，却万万没有想到，此时的高原已经银装素裹，成了雪的世界。丈夫驻守的哨所在山上，距团部虽说不远，但半米多深的积雪封住了道路，使她与丈夫无法相见……多么凄婉感人的故事啊！我的心时常因高原哨兵而激动。

初秋时节，我终于走进青藏高原，走进向往已久的高原哨所。走上了高原，才真切领悟到高原的雄奇景象和那韵味独具的美，也才真切了解到高原哨兵的艰辛和高尚。在海拔3600米的生命禁区，我有幸造访了某部的九号哨所。这个哨所组建四十年，三十九年立功，曾被授予"安全警卫模范班"荣誉称号，素有"东方神剑第一哨"之称。哨所官兵给我讲了许多哨所的故事。

那是一个冬日，夜幕降临时分，哨兵焦志敏骑着一匹红色战马巡逻在苍茫的旷野里。突然，小红马驻足不前，就地打起转转来，并用灵巧的尾巴拍打主人。小焦定睛一看，不好！遇上了狼群，十几只狼张着血口一字排开，挡住了去路。这已是小焦第二次遇到如此大的狼群了。第一次，他从新兵连分到哨所不久，跟随班长骑着战马去巡逻，十几只狼从山凹里兀地蹿出，他惶然不知所措，浑身瑟瑟发抖。班长经验丰富，临危不乱，一边严阵以待，一边劝导他："不要怕，狼没有什么可怕的，可怕的是自身缺少战胜狼的胆量和勇气。"此时，已当了两年哨兵的焦志敏，耳边又回响起班长的话，眼前浮现跟随班长一起与狼群搏斗的情景。他忽然产生了一股力量和勇气，雄赳赳气昂昂，敢于同狼群对峙，伺机进行突围。狼一只只吐着血舌，惨白的牙齿闪着寒光，渐渐形成包围圈。说时迟，那时快，就在狼群即将袭来的一刹那，焦志敏倏地挥起马刀，仰天长啸，驾驭着小红马腾空而起，像一道虹光划破长空，小红马四蹄弹跃、转圈，接连不断地用后蹄击土弹射。顷刻间，山谷里威风凛凛，势冲云霄，把狼群震慑得凄惨哀嗥，节节后缩。暮色渐重，空旷的高原荒野，显得格外凄凉冷清。焦志敏与小红马相依为命，密切协同，与狼群进行了六次殊死搏斗，最终突破狼群的围袭，化险为夷，安全返回了哨所。为此，焦志敏受到了嘉奖，小红马荣立一次三等功。

在荒寂高寒的雪山之巅，一个个年轻战士，远离故土亲人，一干就是几年。肆虐的风雪，强烈的紫外线，严重的缺氧，使他们历尽千辛万苦，品尝了难以咀嚼的人生苦涩。然而，一代代高原军人一如既往，无怨无悔，他们用青春和忠诚在雪域高原书写着壮丽的篇章。四十个春秋随风而逝，英雄的九号哨所历练过多少官兵，难以获取确切的数字，但九号哨所是一座燃烧不息的熔炉，却人所共知。进来是铁，出去是钢！这是九号哨所历久不变的誓言。

那年十八岁的赵传刚兴奋地穿上军装，从皖南来到了高原军营。他最想学点技术，学开车，或者当个卫生员什么的，谁知新兵集训一结束，就把他分到了九号哨所。参军一回，竟然在充满荒凉与寒冷、缺少氧气与绿色的地方，成了一个"风雪行人"！赵传刚想不通，接连几天压床板，不吃饭，闹退伍。哨长刘水钦心平气和地劝导，没有起作用，末了，丢下一句话："赵传刚，你可以走，但大家都会记住，你是九号哨所的第一个逃兵！"赵传刚的脸"唰"地红了，他感到了一种莫大的耻辱，一股炽热而勇猛的血性涌向心头……

一年以后，老哨长刘水钦光荣退伍，赵传刚当上了新哨长。老哨长给新哨长交班时，只交了一句话："要让九号哨所的旗帜永远高高飘扬。"赵传刚没有辜负老哨长的期望，他以哨所为家，全身心扑在哨所建设上。新战友来了，他亲手把马鞍、马刀发给大家，轮流领着去执勤巡逻，手把手传帮带；雪融天暖了，他和战友们从山脚下移来花草，精心栽培，为哨所点缀绿色；寒冬将临了，他带着大家修缮哨舍，储存冬粮，砍柴堆薪，做好斗严寒、战风雪的准备。他当了两年哨长，哨所连续两年立功。服役期满了，要退伍了，他悄悄在哨所前包了一捧黄土，打进了人生旅途的行囊，他要用这捧泥土捏成一个永远的熔炉，将自己置身其中，不断地得到冶炼、升华。

铁打的营盘，流水的兵。一茬茬官兵完成使命，辞别哨所，走出千里万里，却走不出哨所的向心力。如今在湖北襄樊市工作的刘炳义，已经复员五年了，依然坚持每月给哨所写一封信，他念念不忘高原上的"家"，日夜思恋与自己相处了三个春秋的"黑子"。"黑子"是哨所个头最小的一匹战马，生性灵巧，奔跑如风。刘炳义服役期间，与"黑子"是一对伙伴。他和他的这位无言战友，在坦荡而又神秘的雪域高原，相伴相随，执勤巡逻，一同走过的路长达两个两万五千里长征。其间，有过冰雪岭上的翻滚，身陷淤泥的困窘，也有过狂风暴雨的洗礼，浓稠霾雾的考验。一次雪后巡逻，在翻越一座陡峭雪岭时，他不慎从马上掉落下来，顺着山体滚向山脚，头碰在突兀的石头上，昏迷了过去。当时的气温达零下30多摄氏度，狂风肆虐，不停地怒吼。等他苏醒过来时，只见"黑子"正用四蹄紧紧包裹温暖着他的身躯……此情此景，刘炳义终生难忘。

退伍时，刘炳义怎么也舍不得离开"黑子"，一次次地拥抱住这位患难与共、生死相依的特殊战友，眼眶盈满泪水，久久不愿松手。马通人性，那几天"黑子"特别温顺，它也有自己的惜别情谊啊！刘炳义离队那天，欢送老兵的汽车就要出发了，"黑子"突然挣脱缰绳，紧追其后，一直追出30多公里……

新兵又到了。那天正赶上暴风雪，狂风挟着雪片打得门窗啪啪作响，战士们皮靴、皮衣、皮帽裹身，依然难御袭身的寒冷。哨长先把新战友领进挂满锦旗、奖匾的荣誉室，拿出那些泛黄了的老战士留言簿给他们看："亲爱的战友，请永远铭记，我们都是九号哨所人，哨所的荣誉是一代代高原哨兵用青春谱写的……"接下来为新战友举行发装仪式，和着国歌的旋律，哨长把马鞍、马刀、马靴等逐一发给每个人。神圣而庄严的场面，振奋了精神，驱走了寒冷，使得新一代哨兵的心底热流涌动……

哨所前高矗的旗杆上，鲜艳的五星红旗迎风招展。我伫立在这面旗帜下，抬头望去，天空很高很蓝，明净旷远，清新爽洁。只有在这个时候，才能感受到嘈杂繁闹都市绝难感受到的纯净与壮阔，才能触摸到高原军人义无反顾、默默奉献的坚定信仰，才能领悟人生本来也是一次攀登、一次超越，到达这高原般的境界，灵魂就能触动以至净化。有了这铭心刻骨的感悟，我的精神充实了许多，我对高原哨兵的眷恋更加执著。

2000年9月记　于青海

生死情相依 |

　　台风和暴雨猛于虎，祸世殃民。五号台风"格美"带来的这场特大洪灾，来势之猛、雨量之大、洪袭之急，百年不遇，猝不及防，冥冥之中似乎注定是要发生的。

　　那天夜里，受今年五号台风影响，解放军某部的一个工区驻地，先是阵雨频发，凌晨三时后，风呼啸，雨越下越大，洪水涌动上涨，泥土味道逐渐浓重。当班哨兵见势不妙，旋即报告连首长。随后，部队工区干部紧急应对，组织在山坳宿营的官兵及来队家属转移。不一会儿，风急雨骤，洪水、泥石流裹挟涌来，电线、电缆被冲毁，信号中断，灯火熄了，黢黑的沟壑洪水咆哮，风声雨声呼喊声，声声惊悸揪心，官兵和家属们迅速朝着安全地带撤离。

　　生与死的瞬间，最能彰显人的品性，揭示深层特质。面对洪水汹涌、死神逼近，夜色中的官兵临危不惧，镇定自若，他们首先想到的是，抢救国防工程重点建设物资，保护战友和家属的生命安全，把生的希望留给他人。中尉助理员组织炊事班人员安全撤离，又从生死线上救出战士王中华后，被漩涡卷走；中尉排长用背包绳、床单把十几名战士连在一起，与大家手挽手越过急流，忽听身后有人呼救，他一声"我来了"，转身扑入水中，再也没有回来；两名士官机械手，眼见洪水上涨，逼近车场停放的价值数百万元的工程台车，他们勇敢地驾车向高地转移，一个数米高的巨浪打来，顷刻间，连人带车吞没；还有测绘班班长，为保护国防工程施工图纸和工程技术资料，用二十五岁生命谱写了壮丽的誓言……

生死系于一念。就在那一念中，军人的神圣使命和天职，给了官兵们战天斗地的气概，成就了勇士们尽善尽美的品格。我没能亲见惊心动魄的搏击时刻，没有经历生死考验的悲壮激烈，但是，当我跟随灾后工作组第一时间赶赴事发现场时，便倏地陷入了情感的深渊，我的神经在绷紧，心跳在加快，顿时有一种强烈的感应，仿佛身临其时，感同身受。那一幕幕、一件件，摄人心魄，感天动地，分明是超然忘我、视死如归的大无畏精神，兄弟情战友情、亲情爱情情浓于水的人间之大爱！面对生命的悲壮和人间的至爱，我无法用言语来表达内心的感受。天灾难御，洪害无情，而人间时时处处都有炽热滚烫的心、温暖相扶的手。官兵们用无私的爱和忠诚，在青山原野，于世人心中，树起了一座不朽的丰碑。

在救灾一线和处理善后的日日夜夜，我的内心时有洪魔袭扰，疼痛难耐，如刀似割。我甚至不愿在静谧的夜晚合上双眼，怕见到那些青春年少、意气风发，虽未曾谋面却已融入情感的遇难战友。他们美妙的人生甫之开始，有的孺子尚小，有的新婚燕尔，有的是正在抑或还未曾热恋的纯情小伙，他们还有太多的话儿没有说，有很长的路没有走，有绚烂的理想没有实现啊！然而，他们却永远地走了，在共和国的国防阵地上献出了年轻而宝贵的生命。命运的转折，有时就这么意外、迅捷、惨痛。遗憾、惋惜、骄傲、自豪，残酷的现实和军人的风骨，令人悲，也叫人喜，悲喜交加难负。恕我不便一一列写年轻的英名，但他们慷慨赴难的英雄气概，足以惊天地、泣鬼神。

遇难的好兄弟好战友，还有可敬可亲的好军嫂好军属，我默默地为你们祈祷：一路走好，九泉安息！

又是夜阑人静的时候，我的无限的崇敬和哀思之情涌上心头。就让我借着桌前幽邃淡洁的灯光，用凝重的笔墨，情感的心房，把勇士们生死之间创造并馈赠的新美如画的人间情话，永久地记录和珍存吧。

洪魔肆虐后的阵地工区，疮痍满目，惨不忍睹。在事发现场，惊悸未宁、满面忧伤的官兵，向我努力勾画往昔的情景：……那儿原本是来队家属楼，前边是篮球场，错落有致，花草环绕，像世外桃源。每天傍晚，暑期来队探亲的家属们，纷纷聚集户外，或马扎落坐，或拾阶而憩，或相依而立，沐浴着透过密林吹来的清爽山风，为球场角逐的官兵鼓掌呐喊，沉浸在一片欢声笑语、花香鸟鸣之中，人与自然是那么和谐，那么畅快。眼前却如此这般，往日不再，唯有裸露的山石，沉积的洪淤。洪魔侵袭了山间爱的港湾，揉碎了军人之家的甜美和梦想，也见证了工程兵热血男儿的情与爱。

那是撕心裂肺的清晨——

洪峰渐渐退去，官兵们沿着河道两岸，借着朦胧晨曦，迎着风，迎着雨，紧急搜救遇难人员。暴雨久袭，加之山区夜间气温低，使仅穿着短裤、背心，甚至打着赤脚、挂着彩的官兵，身哆嗦心颤抖，如同受伤的小鸟在雾霭中奋翅盘旋。军嫂卢红梅牵着九岁的女儿，也穿行在搜救队伍中，由官兵扶携着匆匆来去，苦苦寻觅。卢红梅不相信，那个曾经答应陪她一生一世、与她一起慢慢变老的人，转眼之间，已悄然而去，不再亲拥他的妻儿了。

"苏俊礼，你在哪儿？你快回来，我和孩子在等你啊！昨天你还答应我们娘儿俩，等这次暑假休完，带我们进城去，陪我们游玩，给我们买东西的啊！俊礼，你在哪儿？……"

那一刻，卢红梅绝望的呼唤，凄凉的哀怨，刺破了风雨的晨空，回落在荒蛮的野林，绵延起伏的山峦，动情地哭了。

苏俊礼，工兵营政治教导员，卢红梅青梅竹马的丈夫。苏俊礼和卢红梅，同年生，同村长，两小无猜，情深意笃。他们结婚十多年，一直是两地生活，银河相望。包括卢红梅随军后这些年，由于苏俊礼常年奋战在国防施工第一线，与大本营远隔千山万水，夫妻团聚的日子也很少。今年暑期，卢红梅带着女儿来工区探亲休假，给苏俊礼带来了爱的温情，家的愉悦，使寂寞大山平添了生活情趣和美妙。怎料想，这难得的团圆相会，却成了他们最后的诀别，人生的苦涩酸楚竟然如此紧挨着幸福甜蜜。

那天夜间，苏俊礼被急促的风雨声惊醒，他忽然有一种不祥的预感，遂即拍醒睡梦中的妻子，深情嘱咐："外面雨很大，你操点心，看好孩子，我到连队去看看。"卢红梅从床上坐起，看着丈夫穿好衣服，手持电筒夺门而去。目送丈夫夜间巡察，卢红梅已成习惯，每次丈夫出门后，她总是盯着桌上的闹钟静候归来。这一回，她怎么也没有想到，她的丈夫再也回不来了。

苏俊礼跑到楼下，冒着风雨，深一脚浅一脚地赶往连队，迎面碰上连长戴训平，得知工区上游汛情严峻，即挨个宿舍叫醒官兵，紧急组织撤离（此时风雨交加，哨声已经不灵）。洪水在沟壑积聚，一个峰浪瞬间袭来，把苏俊礼冲到数米外的四连板房前。他抓住栏杆，缓过神来，听到有人在呼救，是战士徐元，便上前一把将其推向了回水滩；紧接着，战士何吉呛水挣扎，他又靠拢过去伸手救援，这时洪流浪头打来，将他和小何一起吞噬。一个短暂的瞬间，生命涅槃，化为永恒。

此时，卢红梅和她的女儿也被滔滔洪水围困，官兵们奋力救助，使她们母女俩虎口脱险，撤到了地势较高的连队晾衣场。在晾衣场，卢红梅四处寻望自己的丈夫，逐个询问上岸的官兵，直到有人叫着嫂子，抱头痛哭……

"外面雨很大，你操点心，看好孩子，我到连队去看看。"这就是一名共和国少校军官留给他发妻的最后的悄悄话！寥寥数语，意蕴悠长，浓缩了军人的情，凝结成不变的爱。

那是肝肠寸断的场面——

低沉的哀乐，浓重的悲哀，充满着告别大厅，笼罩在吊唁者的心头。工兵连副连长马仑，忍不住心中剧烈的悲痛，呜呜地哭了，泪水像断线的珠子哗哗滚落。他的爱妻巩雪花、女儿马硕，此刻安放在绿树和花环掩映着的灵台上，母女俩相依而眠，那么恬静、安详。睡梦中，青春的母亲手牵不满周岁的小女，飞啊飞，在寻找灵魂的皈依。她们飞走了，超脱了，却把无限的思念和惆怅，留给了世人，留给了马仑及两双体弱年迈的父母。白发人送黑发人，妻子女儿同日殁，个中的伤悲谁人知？灵台旁的花环上，挂着马仑写给妻子巩雪花的挽联"死生契阔与子成说，执子之手与子偕老"。当初盟誓约，生死到白头，而今相爱的人失约而去，马仑的心炸了："老天爷，你为何这般残忍？！"

马仑无法抑制追忆的心绪，往事像过电影显现脑海，历历在目，恍若昨日。巩雪花家人四口，有爸妈和一个重度智障的弟弟，她是父母辛苦供养出来的大学生，毕业后为照顾家人回乡当了教师；马仑是独生子，上有体弱多病的父母，自己当兵在外，家境窘迫。马仑和巩雪花既是同乡，又同属贫苦人家的孩子。几年前，在一个孕育生机的冬季，红线相牵，他们相识相恋。江南的冬季，没有北国的银装素裹，天却是碧蓝如洗，甚至像海一样晶莹剔透。在蔚蓝的晴空下，他们两情相悦，盟誓定约，说好了相爱一起走，再大的困难，也要手牵着手。他们心灵相会，有一段对白：

"我们家条件差，以后跟我免不了吃苦受累，你可要想好啊！"

"家庭的贫富有时不可以选择，但未来的生活，我们可以一起创造。"

"我们工程兵常年战斗在深山老林，每年正常休假都难以保证，将来可能顾不上家。"

"家里头有我，你就安心在部队工作吧。"

……

后来，瓜熟蒂落，一对新人结为伉俪。婚后，和众多成家的工程兵一样，他们过着牛郎织女生活，每年难得有几天团圆的日子，思念，成了永动的心路历程。

今年元月，他们的女儿诞生了，起名马硕，爱的果硕，家的收获。暑期到了，年轻的母亲拥着襁褓中的女儿，脸上洋溢着甜蜜幸福，急切地来到大山深处，她要和她的工程兵丈夫一起分享爱的果硕。

"女儿的脸蛋红润柔嫩，两个眼睛黑又亮，小嘴一撇一撇的，那个逗人啊！她才出生六个月，六个月的孩子惹谁了？"马仑禁不住滚动的眼泪，这个常年与岩石对搏、每天面对苦累伤残亡的硬汉子，也难平丧妻失女的痛！情到伤心处，谁人不落泪？

洪发当夜，马仑上夜班，他与战友们一起，在岩石深层构筑长城。当他们得知洪水暴发，跑到洞库口部时，对岸的营区正在遭受洪峰袭击，霎时间，数十间营房被夷为平地。马仑至今不知道妻子和女儿是怎么走的，何时走的，他只知道，她们娘儿俩走得匆忙，连一句辞别的话都没来得及说。失去妻儿，是马仑的生命之痛，而这痛中之痛，还有他对妻儿的无法弥补的歉愧。作为工兵连副连长，马仑是优秀的，他有自己的荣耀；而作为人之夫、人之父，他深感内疚，于心不安。他曾经对妻子巩雪华许诺："等国防施工任务完成了，等服役期满解甲返乡了，我要好好照顾你和孩子。"如今斯人已去，让他如何去兑现？

命运就这么捉弄人！

那是心手相牵的瞬间——

当日午夜，四级士官、代理副连长方安平查铺查哨时，山峦的河水哗哗流淌，水位比平时高，但并无意外险情。他返回家属楼，妻子赵四香还没有睡，在看书等他，儿子方英鑫已经熟睡了。小两口坐卧床上，仔细端详三岁儿子的睡模样儿，美滋滋，乐呵呵。工程兵长年深居大山，环境艰苦，生活单调，每年到了暑期，各工区都要分批次安排家属来队团聚。相会时短，牛郎、织女恨不能把流转的日子拴住。已至更深了，方安平与妻子赵四香还在缠绵倾诉，述说着热恋的甜蜜、相思的苦涩、儿子的戏笑、未来的憧憬。要入睡了，暴雨骤来，没过多久，洪水漫过河堤，漫进他们居住一楼的房间，一会儿淹至小腿处。事不宜迟，方安平用毛巾被裹抱起熟睡着的儿子，拉住妻子就往门外走，这时雨下得很大，就慌忙上了二楼，心想先躲一躲，等雨缓缓再说。哪知，洪水越来越猛，湍急的水流冲得支撑二楼走廊的柱子"嘎嘎"响，随之所有支柱一根根断裂，就在楼板坍塌的一刹那，方安平左手抱着儿子，右手紧攥住妻子，坠入了齐腰深的洪流中。在水里，方安平拼着性命，手和臂膀如同铁钳一般，死死拥牵着血肉至爱，朝着前方岸边扑去，一米、二米、三米……

方安平与赵四香姻缘传奇。当初，一段工作关系使得他们相识，赵四香是部队军官，方安平为士官，虽然有官与兵身份之别，但随着了解加深，彼此产生爱慕之心，两人牵手相爱了。女军官嫁一个兵，需要勇气，需要摒弃偏见。经过一波三折，赵四香最终冲破世俗的重重羁绊，来到大山深处国防阵地上，在工程兵战友的欢声掌声中，与方安平举行了简单而热烈的婚礼。他们婚后同样是两地而居，电波传情，但始终恩爱如初，相敬如宾。赵四香有了身孕后，妊娠反应强烈，方安平自己照顾不了，就托人把母亲从乡下接到了妻子所在的部队。后来，母亲与儿媳、孙子一直生活在部队，一家老小，其乐融融，婆媳处得如同母女，被官兵、家属传为佳话。

洪流翻滚，一浪涌动一浪。方安平依然死死拥牵着妻儿，拼命地朝岸边扑去。他在国防施工中，人称"拼命三郎"，从不服输，屡创佳绩。然而此刻，他感到身子渐次飘摇，有无数的暗流魔手，在对他拽拉、挤压、裹挟，浑身绵软无力，每移动一步都仿佛在登天。一家三口，就那么生死拥牵着，一步步跨越洪流……九米、十米……岸边就要靠近了！突然间，耳边传来排山倒海般的巨响，方安平本能地回了一下头，看见约十米高的洪峰，扑过两层家属楼，以迅雷不及掩耳之势，向下汹涌袭来，很快地，将他们打翻、撕裂，卷入了洪流……

向赵四香和儿子方英鑫的遗体告别时，方安平坐在轮椅上，由医务人员和官兵推扶着行进，他强忍乱箭穿心、汨汨淌血的痛，一声没哭，与自己的血肉至爱作了最后的辞别。走出告别大厅，天上淅淅沥沥下起了雨，也许是人间挚爱感动了上苍。方安平仰起头，任由液体在脸上流淌，嘴里咸咸的，他不知道是悲雨，还是苦泪，只觉得天晕地旋，风雨萧瑟、寒凉。

亲情爱情永恒！永恒的亲情爱情，血肉相连，心手相牵，隔不断，生死恋。那种情浓于水、血融于情的爱和思念，将是人们永恒的心结，时时拨动心灵深处的琴弦，直到地老天荒。

几天前，随着最后一户遇难人员亲属登车远去，这次特大洪灾善后工作告一段落。那晚，善后工作临时党支部的五名同志，海林、文春、永生、金新和我，又不约而同地聚集一起，大家并没有感到轻松，心情依然是那么凝重。海林书记苦笑着，经历这场洪灾后，他忽然变得多愁善感："这些天，每一次见证生离死别的悲伤，我都默默思忖，不知道多少次的祈祷才可以换来上苍对人世间的慈爱与怜悯，使芸芸众生不再遭受伤害，永得安详。"

是啊！人生一世，福兮祸兮，变无定数，我们真诚祝愿每一个人、每一户家庭，都能平安一百岁、幸福一万年。

让我们记住这场特大洪灾吧，记住这场洪灾就记住了当代军人舍小家为大家的报国情怀，记住这场洪灾就记住了人民军队工程兵将士居深山筑长城的牺牲奉献！

2006年8月26日　于江西

山沟连队纪事 |

　　火箭兵与大山为伴，大山里有火箭兵的家，想了解火箭兵，须走进深山。在那峰峦叠嶂的大山褶皱间，他们年复一年蛰伏，无怨无悔地奉献，其工作与生活的情景，足以让人领略惊奇与精彩，生出颇多感悟来。

　　我始终忘不了，那年夏日，在中原山峦导弹阵地蹲点的情景。

　　导弹阵地建在一个山谷里。沿着崎岖蜿蜒的山道向前行去，穿越一个又一个山峦，看到一座小山包，山背后有幢砖石筑起的二层小楼，旁边有几间简陋平房，这就是阵地连队的驻地。这里方圆十几里地，很少见到人烟，唯有连队的官兵成年累月扎根于此，成了山的主人，营造了一方神秘风景。

　　连队官兵来自不同的地方，有城市的、农村的，也有个体户"小老板"，他们为着一个共同目标，走进了寂寞大山，用火红青春编织光彩人生。蹲点期间，我与战士小胡同室而住，他当兵三年了，来自风景秀丽的西子湖畔。刚到部队时，面对林立荒寂的山峦，他后悔过，后悔走进了火箭兵行列。然而，当他了解导弹部队的性质、特点和地位作用后，不但觉得山沟可爱，还发自心底地呼喊："啊！我是大山主人，我是'国宝'卫士，我是光荣的火箭兵。"他将自己连同赤诚的爱，都毫无保留地交给了大山。后来他入了党，当了班长，还荣立过一次三等功。

　　阵地连队单独驻守，远离上级机关和大本营，但他们组织纪律严明，一日生活秩序正规，军事训练一丝不苟。夏练三伏，冬练三九；平时多流汗，战时少流血；武艺学不精，不算合格兵……官兵们躬身实践着报国诺言。每天清晨，浓雾还笼罩着群山，一队队战士已破雾早操，"一、二、三、四"的口令，惊醒了巢中的鸟儿，唤醒了沉睡的群山。

驻地偏僻闭塞，信息不灵，文化生活单调枯燥，电视机和邮递员成了官兵与外边连接的桥梁纽带。晚上，官兵们围坐在电视机旁，通过屏幕了解国内外新鲜事，以及家乡日新月异的新变化。邮递员是最受欢迎的使者，每逢邮递员到来，官兵们特别是新战士，常把邮递员团团围住，"有我的信没有？有我的信没有？"急切的心情溢于言表。他们多么想从邮递员那里得到亲人的嘱咐，家乡的喜讯，恋人的温馨啊！邮递员总借机开战士玩笑："有你的信，不过，还在路上。"官兵们接到书信，看四五遍还不舍得放手，尤其是女朋友的情书。报刊的利用率也极高，一张报纸没等传阅完就毛边了。

有一年春节前，山里接连下了几场大雪，通往山外的路封住了，连队后勤补给因此中断。于是，煤灶里燃起从雪地刨来的树枝，积雪代替了冰冻了的自来水，咸菜、萝卜成了饭桌上的主菜。除夕晚上，官兵们聚在一起，没有丰盛的年货，缺少年的气氛，一切如常，但没有一个闹情绪的，大家欢声笑语，相互拜年祝愿，其乐也融融。

阵地是男人的世界，偶尔也有花衣服点缀其中。有一年春节，连队王指导员留队值班，他爱人冒着严寒从山外城里赶来，与连队战士一起过年。战士们听到这个消息，高兴劲儿就甭提了，一个个围着王指导员手舞足蹈。嫂子来的那天早上，战士们早早候在院外，冒着刺骨寒风夹道欢迎，一声声"嫂子"叫个不停，把嫂子叫得合不拢嘴，感动得热泪盈眶。

官兵居深山守阵地，虽然为祖国和人民贡献着赤诚，但他们的爱情和婚姻有时却像荒凉的大山一样，缺少人们的关注和理解。有一位排长，经人介绍在山外城里认识了一位姑娘，见过几次面后姑娘坦言：我对你什么都满意，就是你在的山沟不好，去一趟不容易，若能调到城里或转业，我们可以好下去。排长苦思了几日，最后托人给姑娘回了口信："调动和转业是组织上的事，我个人无权决定。"这桩婚事随之"吹"了。士官小李，非常能干，一个乐天派小伙子，业余时间喜欢唱歌。他回乡探亲时结识一位姑娘，起初，姑娘对他很有好感，书信往来，情意绵绵。过了一段时间，姑娘的信渐次减少，后来倒是寄来一张靓照，其后附言："对不起，留个纪念吧，我不甘久等而接受了另一个男孩的爱。"姑娘飘然而来，又匆匆而去，有时候，军人的恋爱就是这样昙花一现。

山孕育了人，人改造了山，山中的沟沟坎坎、一草一木，钤进了火箭兵的灵魂血脉。每当转业复员或调动时，总有人带走山里的石头、花草做纪念。有个战士退伍后，在商海闯出了名堂，成了腰缠万贯的"小老板"，他每每回首往事，最念念不忘的还是阵地连队。有一次他回访连队，意味深长地对新战友说：是大山给了我灵气与智慧，塑造了我执著、坚韧的品格。

在群山遮掩的山谷里，官兵们纯洁的情操，无私的奉献，使我联想到了那满山遍野的无名花，它们花开花落，默默地生长，默默地奉献，不论有没有人欣赏；联想到了那岩石壁上顽强生长着的翠柏，它们经年累月遭受电闪雷鸣、风霜雪雨，却不曾有丝毫的退缩与畏惧，始终笑迎日出日落，傲对雪雨风霜。小草也好，翠柏也罢，不正是火箭兵的真实写照吗？

沉默无语的大山啊，铭记着火箭兵的创业史诗，是共和国导弹事业腾飞的不朽丰碑。

2000年10月7日

把人生砌进长城

新世纪的第一个初冬。祖国西北的大山深处。宽阔的训练场上，军旗飘扬，旋律雄浑。近千名青年学子兵，迎着山野送来的瑟瑟寒风，英姿勃发，昂首挺立，等待着首长的检阅。

那一刻，我完全融进了崭新的国防绿，心极纯，血沸腾，被一种雄壮的美所鼓舞，被一种钢质的柔所感动。一百多天前，他们胸怀参军卫国的理想壮志，从全国40多所普通高校聚集军旗下，开启了新的人生；三个多月后的今天，他们基本实现了由社会青年学生到军人的转变，以良好的军容军姿，在直线加方块里展现着大写的"兵"。

"同志们好！"——"首长好！"

"同志们辛苦了！"——"为人民服务！"

那一刻，清脆洪亮的口号如雷贯耳，排山倒海的气势震撼人心。社会是部教科书，训练场也是一部教科书。战争年代，军人的成功多半在烽火硝烟之处，而和平时期，军人的"摇篮"则是训练场。官兵们在训练场上，鼓起的是意志的风帆，放飞的是理想的风筝，收获的是过硬的素质。没有走过队列的人永远无法知道，阅兵式上整齐划一的美丽，是练兵场上苦与累的纯化。

庄严的阅兵台上，"点兵沙场"的中将首长，右手置于帽檐，行着神圣军礼。在与首长目光交融的刹那间，我捕捉到了他眼中深挚欲滴的一缕情意，是青年学子兵勾起他对青春的追怀，还是军旅生涯的峥嵘岁月让他油然感慨？抑或是，将军首长洞察到了新世纪火箭兵方阵的新使命。

生命将由此辉煌

初秋的大山深处，漫山遍野郁郁葱葱，军营被广袤的绿色包裹着。远远望去，红砖筑就的营房，仿佛镶嵌在万绿丛中的一个燃烧着的大熔炉——这便是第二炮兵大学生入伍集训基地。

从90年代初开始，部队接收地方大学生的数量逐年增多。入伍集训，是每个军人的"必修课"。不管你是学士、硕士，还是满腹经纶的博士，到了部队首先是战士，都要进行为期100天的强化训练，以至百炼成"兵"，获得"军人身份证"。

对大学生进行入伍集训，除了完成队列训练共同课目外，主要是瞄准他们的弱项，着眼第一任职需要，磨炼思想、作风、意志和毅力，帮助他们过好入伍动机关、组织纪律关、前途名利关、士兵感情关，最终完成由普通高校青年学生到军队干部的角色转变。

集训生活紧张艰苦，朝顶珠露，晚送彩霞，往复于训练场坪，稍息、立正、齐步走，一遍遍不厌其烦地学，一天天重复枯燥地练，腿练肿了，脚板打出了血泡，身子如同散了架。但紧张之中有豪情，没有人打"退堂鼓"，也没有"泡病号"的。操课训练间隙，文化活动丰富活跃，欢声笑语连绵不断，大山不再寂寞，军营平添生气。

一个皓月当空的夜晚，基地小礼堂灯火通明，学子兵和基地官兵济济一堂。演讲报告会正在进行：

首长们、战友们：

大家晚上好！

演讲之前，请允许我问战友们一个问题：2001年9月14日上午8时，当我们站在"八一"军旗下举起右手，庄严宣誓"我是中国人民解放军军人"时，你心里在想什么？

可以坦诚地告诉你，我当时在想：军人自有军人的爱，忠于祖国，献身国防。

多少个不眠之夜，站在祖国的版图前，我无数次地拷问自己：这只"雄鸡"曾经孕育了秦皇汉武，诞生过唐宗宋祖，多么英勇豪迈，多么大气磅礴！可是，为何到了近代却患难多病起来？难道这是中华民族命运的注定？难道华夏儿女就应该忍受甲午战败的窝囊气？难道……

二战结束后，有人请著名画家毕加索创作一幅纪念世界和平的画，他冥思苦想，画了一只纯洁无瑕、雪白美丽的鸽子。后来，人们便把鸽子称之为"和平鸽"。只可惜，"和平鸽"无法在战火中飞翔，橄榄枝难以在废墟中寻觅，战争永远不会顺应人们的善良祈盼。和平，只不过是连接战争的一根脆弱的丝线，随时都有可能被战争的魔掌所扯断。

在我们生存的这个世界上，只要霸权主义亡我之心不死，人们就不要有"铸剑为犁"的幻想，最好的选择是：磨砺并握紧手中的利剑，长剑在手，才能维护和平！

掌声！此起彼伏的掌声经久不息，使幽深的大山沸腾起来。赤心拳拳，志在必得，学子们扣人心弦的演讲，恰如一次军人心灵的洗礼、民族情感的升华。

学子兵张建国紧接着走上了演讲台，精神抖擞，豪气夺人。

首长和同志们：

我演讲的题目是：选择军营，无怨无悔！

亲爱的战友们，在万籁俱寂的夜晚，当我们被训练带来的痛楚折磨得辗转反侧的时候；在曙光初露的清晨，当尖厉的哨声把我们从美梦中惊醒的时候，你可曾为自己选择军营而后悔？当大都市的车水马龙、五光十色与荒野枯寂的大山、清冷的深山寒月形成鲜明对比时，你可曾为自己选择军营而后悔？

此刻，我想真诚地对你说：既然选择了就不要后悔，仰起头，坚定自信地往前走！

……

讲到这里，我想起了新疆戈壁上的一种树木，它叫"左公柳"。光绪元年，陕西总督左宗棠奉命督办新疆军务，率兵讨伐阿古柏，收复乌鲁木齐。其时，左宗棠年近古稀，南征北战，立下无数功勋。但当他接到清政府收复新疆失地的命令后，毫不犹豫，欣然从命。为显示收复河山、扎根新疆的决心，他给自己备好了一副棺材，伴他一路向西挺进，还选择了一种容易在戈壁沙漠上成活的柳树，走一路栽一路。后来，左宗棠完成了收复河山的使命，而那些柳树也沿着他的脚印，一路绿向天涯。人们为怀念他，就把这一路的柳树取名为"左公柳"。

……

演讲继续，掌声继续。

学子们的演讲如石击水，激起层层涟漪、阵阵共鸣，与其说是莘莘学子的激情演讲，不如说是新一代华夏儿女壮怀激烈、许身向国的铮铮誓言。宁静的夜晚，跳动着新时期中国军人的生命音符。

每届大学生入伍开训后，集训基地都要组织大学生自写自编内部报刊，以活跃集训生活。有一本月刊，大16K本，与公开发行的杂志没二样，内容涉及军旅情怀、教学训练、学子风采等，品位极高。上边有个《说句心里话》小栏目，用一句话反映学子兵的所思所想、所感所悟，刊登在每页的边白上，可谓万般感慨汇笔端，壮丽箴言成珠玑，品读之间，令人振奋。我从2001年第一期上随手摘录几则：

　　○ 选择了远方，就注定要风雨兼程；选择了从戎，就甘愿去奉献牺牲。

　　○ 我将把纯洁的生命在军旗下燃烧成忠诚的灵魂。

　　○ 把苦累留给自己，将平安送给人民。

　　○ 国防绿的直线与方块，校正我的人生坐标。

　　○ 自从穿上这身国防绿，人生从此砌进钢铁长城。

　　○ 参军入伍是一生的选择，献身使命是一生的光荣。

或许是命中注定

　　在集训基地机关办公室，我信手翻阅学子兵的花名册，看着看着，眼睛忽然闪亮起来：参军入伍并不以"名"取人，但名字中带"军"字的缘何这么多？江介军、张建军、蒋宗军、王晓军、张少军、张利军、刘军、李军，还有刘建兵、戴尚兵、高爱兵、田延兵、马卫兵、刘洪兵……我粗略统计了一下，直接或间接与"军"字相关联的名字几近小半数。

　　是不是偶然巧合？又调阅前几届参训学子兵名册，结果惊人相似。受一种好奇心的驱使，我造访了多个"军"字兵。

　　来自太原重型机械学院的霍向军，绘声绘色，娓娓道来——

　　此生与军旅真的有缘，命中注定我这辈子与部队分不开，要成为一介行走天涯、从戎卫国的武夫。

　　爸爸年轻时也曾想从军，据说当时一只脚几乎已踏入军营，却又被拉回来了。不是因为阶级成分差，我们家三代贫农，根正苗红，只因为上面突然有了一个新规定。那时爷爷死了，唯一的姑妈也嫁人了，家里仅有奶奶和爸爸孤儿寡母相依为命。上面规定说，孤子、独子一律不能参军。爸爸一时想不通，可也没办法，结果成了终生遗憾。

或许因为爸爸自己的遗憾，他给我起名儿时在潜意识中便一眼认定了"向军"这两个字；或许因为名字使然，我从小就对火热军营充满了向往。记得上小学时，老师布置了一篇题为《我的理想》的作文，刚刚能把字凑在一起的我，写的理想便是成为一名解放军战士。

长大后，心中的从军想法越来越清晰。高考时，我填报的第一志愿是国防科大，只因"才"不够格，未能如愿，当时很伤心，以为今生当兵梦难圆了。大学毕业分配时，同学们大都有了"归宿"，我却迟迟不愿找单位。正如常言说，有心人天不负，后来部队来校招人，我第一个跑进会场，顺利地签订了入伍协议书。

我应了自己的名字，如愿走进向往已久的军营。我会珍惜这个机会，在军营这块沃土上辛勤耕耘，播撒希望的种子，收获丰硕的果实。

来自云南边疆的丁和平，声情并茂，坦诚相告——

我的名字是一位兵大哥起的，出自硝烟弥漫的战场上。我原来叫丁力平，上中学时，云南边陲打响了自卫反击战，校团委发起"与前线战士通心声"活动，我有幸与一位素不相识的兵大哥建立了书信联系。每隔两三天就写一封信，我在信里歌颂解放军守卫边疆的牺牲奉献精神，讲述家乡的新人新事，交谈校园的多彩生活。他给我回信不多，但每封来信都写得极认真，字迹非常工整。他是一位侦察兵，每次在信里都鼓励我好好学习，还讲些战场上惊心动魄的侦察故事。每次看完信，我的眼前总会浮现一个机智勇敢的侦察兵战士，在枪林弹雨的战场上，与狡猾的敌人斗智斗勇的情景。他是那么充满自豪和光荣，没有痛苦，没有惆怅，无怨无悔。

有一次，他来信对我说，你的名字应该改一个字，改叫丁和平。你知道吗？战场上的人对和平的期盼，犹如渴望空气、水和阳光一样。这绝不是说我们惧怕战争，军队是战争的产儿，打仗是军人的天职，一个真正的军人是敢于应战、笑对生死的。但我们在心里又厌恶战争，希望永久的和平。和平的日子鸟语花香，和平的生活如诗如画，和平的天空鸽哨悠扬……

于是，我将名字改为丁和平，以和平的名字，与兵大哥通信。

战争结束时，我多么盼望早日见到那位英雄的兵大哥啊！可是，我永远无法见到他了，他的战友写信告诉我，侦察兵大哥牺牲了……

与学子兵关勇刚的交谈，是在中秋夜晚的融融月光下。

平静安详的月光洒在身上，感觉是那么的清爽愉悦。这位毕业于西安矿业学院的白面书生，同我聊得很投机，很轻松，国事家事，天文地理，人情世故，什么都谈。我顺便问了他一句："你的名字有什么讲究没有？"

关勇刚一下笑了，笑得迷人甜美。

他说，我的名字还真是因军人而起的。过去，我并不知道自己的名字有啥讲究，直到大学毕业要参军时，妈妈才对我说：儿啊，你一定要当个好兵！小时候你身体虚弱，经常闹病，我和你爸为你操碎了心。我们盼着你快一点长大，长成一个像解放军战士一样的勇猛刚强的男子汉，于是就给你起了个勇刚的名字。妈妈盼星星盼月亮，终于盼到你出息了，也当上了解放军。当时，听着妈妈的倾诉，我只觉得喉头发硬，眼窝顿时潮湿……

也许，一百个带"军"字的学子兵，便有一百个动人故事，饱含着眷眷之情，拳拳之心。

也许，一百个带"军"字的学子兵，便是一部国防教育长卷，承载着一个古老民族的传统美德和志向追求。

爱我请爱国防绿

你是军人，便意味着牺牲奉献。这话听起来有点俗，但却是军人的真实写照，绝非奉承。

一批批携笔从戎的大学生，是学士、硕士、博士，有的还是为人妻、为人夫，甚至为人母、为人父，他们在选择军人这个职业时，注定要比常人多几分付出，多几分牵挂。

刘凝芳，一位女硕士，毕业于中南民族大学文学系。据说，她曾是该校的"校花"，不仅模样恬美俊秀，而且才华横溢，在省级以上报刊发表过不少文章，硕士毕业论文全优通过。2001年7月走出校门后，为圆自己的"少年女兵梦"，她跨入了火箭兵行列。入伍前，她已身为人妻，新婚不到一年。

笔者问女硕士："你的另一半对你选择参军怎么看？"

女硕士莞尔一笑，"支持呗。不支持也不行，爱我就得爱我这身绿军装。"

说话间，她递过一篇题为《真爱相随》的潜台词，说这是她和她那另一半的真实心声，准备在基地文艺晚会上配乐朗诵。我一读，情真意切，甚觉感人。

女：秋草渐黄，深秋已至，西北高原的山区初雪在即。遥望大雁南归的地方，问一声我的爱人，你在家乡还好吗？这些天来，不能在你寒冷时为你披上一件衣衫，不能在你疲惫时为你沏上一杯热茶，你可曾感受到一个妻子的牵挂与歉疚？

男：那天你走后，我在家门口站了好久，我很想送你到车站，但没有勇气，我担心在车轮启动的那一刹我会改变主意。对于你的选择，我也曾犹豫，我知道选择一名军人做妻子意味着什么。

女：离家之后，思念与牵挂常使我夜不能寐。我也曾动摇，我也曾抱怨。而你总是默默地倾听，适时地鼓励：坚持住，多看看你身边的人，感受一下他们。我的心情平静了许多。

男：知道你牵挂太多，这样的心态不利于建功军营。人生要学会选择，学会放弃，学会耕耘好自己脚下的土地。你既然选择了军营，必然要告别和放弃都市悠闲舒适的生活；而我选择了你，就注定要放弃"与君共剪西窗烛"的浪漫情景。也许牵了你的手，这一生会更忙碌，也许牵了你的手，这一生会很难走，但你要相信，无论何时，无论何地，我一直会在你身后。

　　女：遥望远山，那曾经令我怦然心动的原野绿啊，如今已染成火红。深秋，正是相思的季节，请让我将这浓浓的思念和深深的祝福，收藏在这跳动的火焰里，走进你甜蜜的梦中吧！

　　……

　　刘凝芳是幸福的，有一个理解和支持她的丈夫，他们的柔曼依恋和崇高精神，令人欣慰，使人激动。

　　但又不得不承认，在市场经济大潮翻涌的今天，在婚恋这场阵地上，军人作为爱的偶像已失去原有的魅力。军人的婚恋是不尽如人意的，时常令人担忧，学子兵们也不例外。

　　1999年9月初，火箭兵报社收到一封来信，写信者是毕业于郑州大学新闻系而后参军入伍的杨少涵。他在信中写道："我女朋友在武汉读大学，比我低一届，原来我俩关系很融洽。自打她知道我要到部队工作后，便开始疏远了我……"读完来信，编辑部即以《爱我，就请你爱国防绿》为题，在《两地书》栏目刊发来信，并就此展开讨论。

　　其后不长时间，编辑部收到若干讨论稿，有对小杨予以关注与同情的，称赞其执著的爱国热情；有呼吁其女友珍惜曾有的"红袖添香夜读书"的相知相许，理解小杨的选择和军人职业。没有想到的是，小杨的女朋友晓静也致信编辑部，信中写道："少涵能在部队安心工作，作为他曾经的女朋友，我感到非常高兴……"

　　"阿哥去当边防军，千里相送难分手……"《送郎参军》的革命情歌，在华夏大地流传了几十年，经久不衰，至今俊男靓女们仍在深情引吭。然而，并非所有人都能够领悟其义，有时，光荣的事业并不能被人理解为光荣。

　　尽管国防和军队建设事业对时代青年有着巨大的吸引力，尽管火热军营为一代代知识青年提供了广阔的用武之地，尽管……但是，我们还是难以回避一个现实：浪漫、脆弱、个性化、理想化，加上物质利益的种种诱因，使得为数并不少的人一提起当兵，首先想到的是苦和累、单调和乏味，以至敬而远之，望而生叹。

笔者无意指责那些不理解不支持军人的人，况且不喜欢军人这个职业不等于不爱国，爱国之路可以有千条万条。可是，有国家就得有军队，有军队就得有军人，"你不扛枪，我不扛枪，谁来保卫祖国，谁来保卫家？"

这是一个既现实而又异常沉重的问号。

人生最美是军旅

2000年夏日，中国人民大学的数十名大学生由北京启程西去，来到驻扎在塞外高原的二炮某部，深层体验当代革命军人的生活。在军营逗留的十几个日夜里，他们观看军事项目表演，参观部队史馆，练习实弹射击，举行"文化沙龙"，与官兵畅谈人生……行将离别军营的时候，一名女大学生写了一封表达心声的公开信——《爱你们的人是谁》。她在信中写道："如果说爱不仅仅代表爱情的话，那么，我爱你们那粗糙的双手，爱你们那甜美的笑容，爱你们那淳朴的为人，爱你们那无私无畏的品格……"

据二炮机关随行人员说，数十名大学生在返京途中，依然眷恋着军营生活，沉浸在对直线加方块的体验上，他们谈军事、谈军营、谈军人，抒发自己对从戎报国的情感认同。后来，大学毕业时有的选择了军营，而那个写公开信的女孩最先报了名。

有人说，军营是个大熔炉，进来的是铁，出去的是钢。也有人说，军营是块净土，在这里人生能够超越，灵魂可以净化、升华。还有人说，军营是所大学校，官兵就是传道解惑的老师，无时不在以自己的言行教育人、影响人、塑造人。

携笔从戎的莘莘学子，有多少缘于军营和军人的感召，笔者无法准确调查，但有一点可以肯定：从戎者皆缘于爱、为了爱，有父辈的爱、自己的爱、亲友的爱，有国家民族的爱、社会家庭的爱、个人婚恋的爱。为了爱，他们告别霓虹闪烁的都市，失去轻手易得的报酬，义无反顾地奔向军营，把事业和爱牢牢地捆到了一起。

一个人的人生观、世界观形成，是一个长期的过程。但其行为方式和思维方式，有时候说变就变，连自己都始料不及。

从陕西工学院毕业的赵卉，是在15岁那年萌生了从戎的念头，回想起少年往事，她总也忘不了那一幕——

那一年，我考上了一所重点高中，家人和我都特别激动。开学后的第一件事，就是参加军训。给我们军训的教官叫邓方峰，云南人，撒尼族，能歌善舞，个头不高却特精神，炯炯有神的眼睛中写满了故事。班里很多小姑娘都喜欢他，几个女生时常围着他问这问那，他总是不好意思地羞红了脸。他教我们唱军歌，第一首是《咱当兵的人》，第二首是《打靶归来》。

军训只有一个星期，可对我们来说很重要，许多人生的第一次就发生在这期间。第一次接触部队，第一次走近军人，第一次穿着宽松肥大的迷彩服，第一次在骄阳下的操场上走队列……九月的太阳总愿与八月媲美，在操场上站五分钟军姿，就有学生顶不住而倒下。有一次，我身边的女同学晕倒了，邓教官扶她的同时，向我投来信任的目光。我于是咬紧牙，顽强地坚持住了。

在一次操课间隙，我问邓教官，部队上的女兵苦吗？他笑着对我说，比男兵轻松一点儿，比你们现在苦多了。当时，他穿着一身洗得发白的军装，脚上的黄胶鞋也很干净，就是上边已磨出了破洞。也许是我总看他穿着的缘故，他有点不好意思地说，军人要讲究仪容仪表，鞋子虽破但要干净，衣服再旧也不能邋遢。

通过一周的军训，我开始喜欢军营生活，喜欢军人，特别是邓教官的淳朴与热情，让我打心眼里对军人崇拜起来……

济南姑娘马彦，大学毕业参军已三年多了，去年"五一"，与一名优秀的男军官喜结伉俪。在新婚宴会上，部队官兵曾问她："从大城市到大山沟，从大学生到普通军人，这几年你的最大感受是什么？"

马彦不假思索，坦诚直白："军人太可爱了。这几年的生活告诉我，选择军营是对的；未来还将证明，选择军人做丈夫也是对的。"

马彦告诉笔者，她喜欢上军人是在读大一时，也是源于一次军训。那次军训有射击训练项目，同学们练习手枪瞄准，不一会儿就胳膊酸疼得直叫，许多女生索性放下枪不练了，相互聊起天来。不多时，来了一个少校军官，他高大威武，气质不凡，讲起话来十分严肃。他现场动员：军人在战场上只有两种选择，一是坚持下去，战胜对手；二是放弃拼搏，等待死亡。现在的操场就是没有硝烟的战场，你们应该如何对待呢？听了他掷地有声的话语，同学们很快回到了操枪位置，又一次举起了手枪。少校走后，大家才知道他是营长，参加过对越自卫反击战，荣立过二等战功。从此她崇拜起军人，认为军人特别能吃苦，特别能忍耐，特别能奉献，是真正的男子汉。

马彦感慨："我常在心里想，什么是军人？军人就是天塌下来的时候，能够跑到高处擎起的那种人。这样的人不喜欢不走近，还有谁值得我们去喜欢和走近呢？"

人生与事业紧紧相连，事业与真爱不能分割。让事业成功为人生添彩，让真爱为成就事业润色。事业跟爱一起走，人在军旅竞风流。

2001年秋冬　采访手记

| 山会记得你们

蹲点手记：一代又一代导弹工程兵，情系深山，赤诚奉献，为我们奠定精神厚重的基础，铸起品格伟岸的丰碑。

车子已经启动，就要离开神秘而令人动情的导弹阵地，我止不住回首相望，一次又一次，多想把那山峦和山峦中的一切烙入脑海啊！

莽荡的山峦，神秘的坑道，是导弹工程兵生活和战斗的阵地，也是他们演绎大爱、熔炼青春、放飞理想的故乡。记得进山的那天上午，在潮湿寒凉、粉尘弥漫的坑道作业面前，二炮首长陆福恩将军紧握一线官兵的手，久久地不愿松开，是那样的亲切和蔼。

"你叫什么名字，今年多大了，从哪儿入伍的？"

"报告首长，我叫杨学德，今年17岁，云南曲靖人。"

"整天施工干活累吧，身体顶得住吗？"

"去年刚入伍时有点顶不住，现在没问题。"

"义务兵服役期满后，想退伍还是想留队？"

"只要组织上需要，我愿意在部队干一辈子。"

17岁的杨学德，个子瘦小单薄，但精气神十足，站在那儿气宇轩昂像条汉子。他左手握着铁锹，锹把子高过头顶一截，身上的迷彩服洗得褪了色，裸露的肌肤粗糙而黑红。岩石岁月的磨砺，导弹工程兵特有精神的熏陶，已将杨学德年少的稚嫩化为战士的刚毅。

首长拥住杨学德的肩头，"好样的，感谢你们。你们在这大山里吃苦奉献，把人生最美好的青春年华献给了导弹事业。"不经意间，我从首长深邃炯亮的目光里捕捉到一缕深挚欲滴的情意，是青年官兵的热血誓言勾起了他对往事的追怀，还是军旅生涯的峥嵘岁月让他油然感慨？我不得而知，心房也在颤动，眼窝湿润了。

走进大山，融入故乡，与官兵们同住活动板房，共吃一锅饭菜，感知导弹阵地的脉动，倾听战友心灵的声音，接地气、长志气、提正气，能从中发现当代革命军人最本质、最真实的美丽。

在工区，不少官兵讲到刘国龙，说他确实像条龙，有龙的风骨和精神。刘国龙原来是一连连长，不久前提升为副营长。时不凑巧，他去参加二炮组织的优秀基层干部疗养活动，头天刚离开工区，未能与之谋面。一连指导员张奎说："国龙也该休息调整几天，与家属孩子团聚团聚，这些年他长期超负荷工作，身体透支太多。"

张奎与刘国龙在一个连队搭班子四年，大家称他们是一对基层好主官，我便找张指导员攀谈起来，想请他讲讲刘国龙最感人的事，没想到他却显得有些难色。他说，工地如同战场，施工就是打仗，对于一个天天都在冲锋陷阵，而且常常打胜仗的优秀指挥员来讲，你很难说他的哪一天哪一仗最为感人。

刘国龙参与和组织过十数条坑道洞库施工，经受了一个又一个不良地质和自然灾害的考验，创造多个样板工程，刷新多项施工纪录，所带领的连队连续五年评为先进连队，四次荣立三等功、一次荣立二等功，他个人先后荣立二等功、三等功，被评为二炮"十大砺剑尖兵"。一连串的荣誉，就意味着一连串的拼搏和奉献。

张奎沉思了片刻，继而如数家珍，娓娓道来。他说，有年三月，连队受领了一个坑道的主攻任务，在北方某地，是新建阵地，当时天气还很冷，面对人地生疏、地形险要、环境恶劣的艰苦条件，压力最大的是刘国龙。他是指挥员，也是战斗员，遇到急难险重情况还得冲锋在前。在切口掘进时遇到"破碎带"，口部上方还有大顽石，随时可能坍塌。停工不允许，施工任务有时间节点，必须如期推进；求援调兵难，各工点任务都异常繁重，只有靠自己攻坚。那段时间里，刘国龙没有睡过一个囫囵觉，眼底的血丝都成了"血色图纸"，由于疲劳过度，曾两次晕倒在作业面上。他硬是凭着那种不服输的血性，与技术人员反复研究，组织官兵集智攻关，不但破除了坍塌隐患，还创造出"短进尺、少装药、提前被覆"等施工经验。这些年来，连队在施工中连年保持了"零事故率"。

导弹工程兵为导弹筑巢安家，常年流动在外，施工转场频繁，披星戴月征战南北，驻扎营房多为临时暂设，条件十分简陋。有年夏天，刘国龙爱人打电话来，说她单位放假了，想来部队住几天，夫妻俩已经很长时间没有团聚了，但当时连队住在老百姓家，住房比较紧张，他思来想去没有答应，爱人因此与他怄气，接连几天不搭腔。刘国龙没有让自己的爱人来队，却给张奎爱人打电话，说"你快来吧，张奎他可想你了"。随之，刘国龙带领几个战士连夜把老乡家的地下室修整粉刷，搞得跟新房一样，还把张奎与爱人的照片贴在床头边，张奎爱人到部队后，还以为是张奎的精心准备，住了一周感动了一周，其间她还过了一个快乐难忘的生日。

"其实最该来队的，是国龙的家属，他们结婚5年多了，在一起的时间也不过4个月，但他总是先人后己。"张奎说。因为施工任务紧，刘国龙几次推迟婚礼，回去结婚时只请了10天假，完婚后撇下妻子就匆忙归队了，以至有一段时间他爱人不理解，甚至怀疑他的感情。婚后第二年他们有了女儿，孩子早产一个多月，出生时体重只有两斤多点，放到育婴箱里才活下来。孩子早产发育不全，加之营养不良，脑部中度损伤，需要长时间治疗。女儿两岁时，刘国龙才见了第二面，当时孩子身骨弱小，还不会说话，妻子因操劳过度瘦弱多病，目睹这种境况，他感到了巨大的压力和无助，抱住爱人孩子呜呜哭了。"国龙是个铁骨柔情的人，他也想把家里照顾好，只是没有分身术啊！"讲到动情处，张奎明显哽咽了。

刘国龙讲感情重情义，在连队他是连长，也是官兵的兄长，大家的冷暖疾苦他时刻记挂心上。士官冯礼吉刚下连不久，母亲被诊断患了重病，消息来得突然，小冯接受不了，哭着去找刘国龙请假，刘国龙问明情况先是安慰，接着去给他请了假。小冯当兵前没有出过远门，入伍后又到了大山沟里，刘国龙害怕他走丢了，就画了个详细的路线图，清楚地作了说明，然后自己又拿给他3000元钱。当时，刘国龙为孩子看病欠了不少债，他的举动使小冯暗自发誓要干出个样子，以回报连长的关心厚爱，后来小冯真就立了功，成了施工骨干。

连队官兵给刘国龙起了外号，管他叫"锅炉哥""烤鞋哥"。那时在南方某地施工，到了冬季，坑道潮湿，室内阴冷，洗澡和取暖一度成为难题。刘国龙因地制宜，发明了土锅炉，每天他还主动劈柴烧火，让大家洗上了热水澡。晚上战士们睡下后，他打着手电挨个房间查铺，看到谁的鞋子是湿的，就拿到锅炉房去烘烤，烤干后再放回原处。起初大家并没有发觉，因为施工强度大身体疲劳，战士们倒床就睡着，而且睡得很死，直到有一天战士聂波起夜上厕所找不到鞋子了，才知道他们的鞋子是怎么变干变暖的。那段日子苦啊，天气阴冷袭身，但留给大家的记忆，却是那样的温暖而美好。

张奎是安徽淮北人，1997年冬他与弟弟一起入伍，弟弟去了武警，他到了二炮，后来他考上军校，毕业分配到了工程部队。他说，工程部队最能磨炼人，与岩石较量久了，还能够从中感受到信仰，感受到品格，感受嘈杂闹市绝难感受到的坚忍与执著。他说自己学着填了一首《诉衷肠》，继而诵念起来，我一听，情景充溢，神韵飞扬："春秋几度施工忙，何事意彷徨？轻风不解心语，柳叶诉衷肠。　家万里，素笋香，意还长。岩石热血，相似总在、梦里飞扬。"他说他填这首词，想以此表达众多导弹工程兵的真挚情怀。"山沟再苦，施工再累，为导弹筑巢牺牲奉献再大，也总得有人干。"张奎感慨地说。

是啊，总得有人干！你不干我不干，谁来建设国防、筑我长城？

山野的风清爽浸心，尤其夏的夜晚，更是曼妙惬意。然而在工区的十多天里，我却时而失眠，思绪如同脱缰的野马，于层峦叠嶂、密丛老林、地下长城中止不住飞奔，心灵被最原始、最纯粹的情感不停地撞击着。有晚时至午夜，依然辗转反侧毫无睡意，我便走出了寝室，来到夜色下的营区信步，试图让兴奋的大脑平缓下来。我转悠到营区外进山口的哨位前，与当班的两名哨兵聊了起来。

"你们对自己选择来当兵后悔吗？"我有意识地询问。

"不后悔。"两名哨兵几乎同声回应。

"说的是心里话吗？"

哨兵小徐说："首长可能不相信，那我就讲几个事例吧。"

有个战士刚分到连队时，面对单调枯燥、超常苦累的环境条件，他的思想抛锚了，不到半个月时间跑过3次，连长找他谈心，他说"你们处分我吧，把我送回去吧，我不想让自己的青春年华消逝在大山沟里"。无奈，连队干部只好每天请他到坑道"观战"，看战友们一次次冒着生命危险排哑炮、除危石、斗危岩，看战友们在紧急被覆中弯着腰、弓着背、流着汗，将一袋袋混凝土被覆到拱顶上，他的心灵受到了洗礼和震撼，他说："我也是个男人啊！"这个战士已经转成士官，成了尖子能手，连队每次执行重大任务都选他当突击队员。

有个地方大学生干部，他连做梦都没有想到自己会当工程兵，他老家在大山里边，他参军原本是冲着部队大本营所在的大城市去的，谁知却走进荒蛮大山，干着与农民工差不多的苦力活，起初他懊悔不已，然而随着时间的推移，他的懊悔被隆隆的炮声击得粉碎。那时正值施工高峰，他所带的排担负主攻任务，平均每天当班14个小时以上，所有人的手上、脚上、肩膀上都打了血泡，却没有一个叫苦叫累的，有的甚至中暑晕倒、劳累昏倒，但舒缓过来后，依然喊着"让我来"、"我先上"。这个干部不是别人，就是他们现在的连长。

小徐讲得绘声绘色，既有切身的体会，也有内心的感悟。他说："我当兵三年多了，自己一直有个愿望，就是能到部队大本营去看看，在那儿多照几张军装相，寄给我的女朋友，让她知道我确实在部队上，我们部队的营区漂亮气派。"在局外人看来，这也许是简单不过的愿望，可是对于导弹工程兵来说，几乎算得上奢望。因为常年流动施工，他们过着近似游牧式的生活，新训一结束便补充到各个工点，许多义务兵服役期满了都没有走出过那条山沟，不少战士已经是好几级士官了还未曾见过他们部队的营院。照张军装相也不是容易的事，平时统一穿着施工服，制式军服基本没机会穿，即使穿上也没地方照相，阵地周边保密不能做背景，在简易营区照吧寒酸掉价，真要照几张寄回家去，让多有憧憬的女朋友见着了，保不准会产生什么效应呢。

两名年轻的哨兵，守在夜色中寂寞而神圣的哨位，没有苦累怨言，没有叹息不安，心中展现出的，是纯真、沉稳、阳光，是人生无悔的选择和执著的信仰。他们的青春经历和深层情感，和着大山原野徐徐吹拂的柔缓轻风，充盈并拨动着我的灵魂，促使我深刻触摸自己的内心世界，体会这市场经济时代的生命与生活的价值所在。

在静默无语的大山里，在神秘魅惑的阵地上，导弹工程兵用忠诚和铁骨演绎了多少悲壮的忠魂、凝神的故事、动人的细节，没有谁能说得清楚，而且由于保密的原因，更多的人和事隐匿在了深山峻岭。我油然想起到过的一个导弹阵地，那里有一片坟茔，掩埋的烈士当中，有入伍不满3个月的新战士，有刚出军校大门的学生官，还有一个干部正筹备回家完婚，然而就在他请过假收拾好行李行将启程的前一天，一个突如其来的坑道塌方，永远地夺去了他年轻的生命。生，心系国防阵地，死，魂归大山戈壁。导弹工程兵忠诚、奉献、拼搏、进取的精神品格，镌进凝重的远山，化为军魂的壮歌。

夜色包裹了的山野，更显凝重、沉默而神秘，让人越发心生敬畏。从哨位回到寝室，兴奋的大脑依然活跃，我反复思忖哨兵小徐，思忖他说的那个日思夜想的愿望。真是没有当过工程兵难以想象到打坑道的苦，不到山沟阵地上来体会不出官兵们的难。一代又一代导弹工程兵，与大山为伍，与苦累相随，与寂寞同行，把青春的激情化为持久的动力，靠信仰的坚守支撑人生的追求，用灵与肉、血与汗、梦想与超越，为我们奠定精神厚重的基础，铸起品格伟岸的丰碑。

忠诚在心，青山可鉴。我深信，就像春天会记得温暖，夏天会记得火热，秋天会记得硕果，冬天会记得苍茫，大山，会永远记得导弹工程兵将士壮丽的风采。

2012年8月2日完稿

爱能托起希望 |

我总是固执地认为，有爱就有希望，爱能托起希望。生活在这个世界上，每个人都会需要别人的帮助，同时也应该向那些需要帮助的人伸出友善而温暖的手，只要人人都满怀爱心，守望相助，生活就会如阳光般温煦灿烂。

那天清晨，晓雾蒙蒙，早饭后飘起了夹着几许阴冷的小雨。虽然已入六月，但青藏高原的时令如同内地早春，万物甫于染翠复苏。小雨带来了清新，路面上没有了尘土，路两旁的花草透着嫩绿。我和驻高原某部政治部李处长，驱车行驶在去往湟中县多巴镇新墩村第二炮兵希望小学的路上，吉普车后背箱装满了学习用具和篮球、羽毛球拍等文体活动用品。出发前，李处长他们不住地往车里塞东西，总还嫌不够，他说，哪怕多装几册书、几个本子也能为孩子们解决一点问题。

从驻地到要去的希望小学并不算远，大约两个小时车程，道路也比较好走。这所学校坐落在海拔2300米的高原乡村，那里是一个汉、藏、满、回、土等多民族的聚居地。前年9月1日，学校竣工开学典礼时，我陪同二炮首长来过，至今脑海还跳跃着当天的情景：蓝色的晴空下，飘动的彩旗、彩球和一张张灿烂的笑脸，组成了一片欢乐的海洋。从那时起，建筑面积两千多平方米、拥有现代信息网络教学功能、映衬在绿树花草中的4层教学楼，如同一颗明珠镶嵌在了高原大地上。几年过去，不知道校园环境有没有变化，那500多名告别了冬不御寒、夏不遮雨的危房校舍的泥孩子，他们的脸膛上是否依然荡漾着灿烂的笑容？

随着记忆镜头的拉伸，我的脑海浮现出越来越多的泥孩子和他们那一张张纯真、渴望、充满期待的笑脸，他们牵动着我的心魂，也牵动了成千上万人的心魂。孩子，祖国的未来和民族的希望。但在我国的老少边穷地区，由于历史和自然的原因，每年都有几十万的孩子因贫困而失学。泥房子、泥墩子，上面坐着个渴望读书的泥孩子，这多么叫人心酸啊！车子在高原大地上行驶，我的情感伴之起伏，一路思忖着"希望"这个词，顺着"希望"漫无边际地放飞了思绪。

我不禁问自己，什么是希望？是什么使一个人充满希望？是不屈的铁骨、坚毅的韧劲、远大的抱负、过人的胆识，是深刻的思想、渊博的知识、丰富的头脑、乐观的情怀，是为之矢志不移、历千辛万苦在所不辞的信念，冲破传统观念束缚而寻求进取的品格……所有这些都蕴涵着希望，都可以使一个人拥有希望。而在我看来，人们给予希望工程的每一笔资助、每一个承诺，对于贫困地区的失学孩子来说，也许是最为真切的看得见、摸得着的希望。

我很快想到了，想到了多年来广大火箭兵用爱心演绎的无数个充满希望的故事：某导弹旅青年军官张斗林，从1993年冬开始资助辍学儿童宋丰才，承诺"一定叫他把书念下去"，此后长达8个年头，他用20多笔累计近万元的汇款和70多封鼓励关切的信件，为这个曾经沿街乞讨的流浪儿铺设了希望之路，使之以优异成绩考入皖西学院化学系；高原某部士官陈年登、刘海东、付立海3人，在5年间每人每月从工资中拿出50元，共同帮扶一个叫刘丽的贫困中学生，直至其考入大学；某干休所离休干部韩德仁用自己多年的积蓄先后资助16名特困学生，还为每名学生建立学习档案，跟踪了解学习情况，使这些孩子全部完成中学学业，其中3人还圆了"我想上大学"的人生好梦；某部士官、哨所哨长赵平普，他得知哨所旁的山村80%的村民都是文盲时，便动员在家乡当教师的妻子王松花随队来到哨所创办了全免费的"爱民希望小学"……官兵们进深山、上高原、走戈壁，用托起导弹腾飞的巨手向贫穷和愚昧宣战，播洒着现代文明与科学的硕果。他们可谓是新时代的播种者，种的是希望，收获的是太阳。

车子驶进了湟中县城，这时雨停了，阳光钻出云朵迎面照来有些耀眼。透过车窗，看城区轮廓和街巷来往的人们，我顿感苍凉，心头酸酸的，这座县城甚至比不上内地的一个乡镇！温煦的艳阳为高原涂抹着绚烂，却无法掩饰贫穷落后的凄凉，那些踽踽而行、明显烙着高原印记的人们，分明没有走出凛冽的冬季。我又一次感触到了所谓天然背后的沉重的生命话题！我油然想起部队官兵在扶贫帮困中总结的一条经验："扶贫先扶志，脱贫先脱盲"；我还想起湟中县团委书记何强在第二炮兵希望小学开学那天说过的那句掏心话："部队为我们兴建希望小学帮到了根子上，从希望工程这光彩事业中，我们看到了西部贫困地区美好希望的新曙光。"

就这样漫无边际地思忖着，车子已行至阡陌交错的田野小径，李处长提醒说，学校到了。抬眼望去，红砖砌成的教学楼还是那么鲜亮，楼前上方"第二炮兵希望小学"八个大字闪着金光，校园四周的原野一望无际伸展着层层叠叠的绿，在微风的律动中呼应着悠闲的几朵祥云。由于事先与马校长通过电话，老师们已等在校门口，每个人的脸上写满微笑，笑容是那样的淳朴、真挚，没有矫揉造作，和高原的阳光一样的灿烂、明媚。

马校长执意要集合学生举行欢迎仪式，被我们婉拒了，他于是领着我们到了各班级教室及老师的办公室。穿行于课堂之间，我看到了成十上百双苏明娟式的"大眼睛"，他们清澈、稚嫩的目光会说话，给人以莫大的欣慰和满足，从中也聆听到了高原新一代追赶时代前进步伐的心的呼唤。我情不自禁地说："同学们，好好学习，天天向上，生活充满希望，未来属于你们。"

下课铃响了，我们拥着孩子们来到楼前操场，大家一起戏耍、奔跑、拍照，是那么的欢快和谐。各民族的孩子们穿着同样的校服，在高原同一片蓝天下的同一个校园，用同样的希冀放飞理想，开启美好，笑迎着风雨后的彩虹……

返程的路上，仍是漫无边际地放飞思绪，我问苍天，这养育人类的土地啊，安排的人的生活为什么这样千差万别？在高原，在援建希望小学的许多个地方，都有我的一块疼痛并快乐的伤口，有我来自内心深处的逃避不了的情感。援建一所学校，托举一片希望，救助一名学生，赢得一个未来。从穷乡僻壤四面透风的校舍到交通闭塞烟雨迷蒙的山寨，从默默流淌的黄河岸边到茫茫无垠的雪域高原，许多的失学儿童，因为有了希望工程的捐助，有了解放军叔叔阿姨的关爱，重新背上书包走进课堂，从村前那条泥泞的小道上走向希望的明天。

记得冰心曾经讲过："有了爱，便有了一切。"这其实是缩略了的句式，不妨还原成这样：有了爱，就有了希望，有了希望，便有了一切。爱是希望的源泉，希望是一切新生的起始。

2005年6月记　于北京

补记：真是一吐为快。写完这篇小稿，我有一种如释重负之感。由于工作关系，这些年我时常奔走于希望小学之间，而且每到一处都有无限的感动，都让人在亦喜亦忧中生发联想。当看到崭新的校舍因缺少好教师以及老师的不断流失而影响教学水平时我落泪了，农村特别是偏远乡村的学校多么需要更多的高素质的教师啊！当看到许多个虽然水平不高却默默耕耘执教的教师时我感动了，我曾经也是在这样的师长的引导下开启了人生理想。尤其面对穷乡僻壤的孩子们的灿烂笑容，联想起如今城市里有了物质生活极大满足的孩子们，我看到的不只是物质层面的反差，还想到了那灿烂笑容所流露的恬淡、幸福在城市孩子身上的渐次流失，有时候生活真叫人无可奈何！但我们有理由相信，随着改革开放的深化，随着党和政府新的战略部署和一系列民生政策的出台，随着科教文卫下乡尤其是"两基"攻坚行动的展开，中华民族走向伟大复兴的希望就在眼前。

风雨后的彩虹 |

2006年10月27日，我收到一封来信，拆封展阅，信笺眉首印着几行温馨的话语："数不完的星星，数不完的记忆。弹起我心中的吉他，让心曲飞向远方，伴你进入甜甜的梦乡。"

"潘叔叔，您好！时间过得真快啊，我已经大四了，大学生活就快要结束了……在你们的资助和鼓励下，我日益变得自信乐观，不再惧怕生活、学习以及心理上的压力和难题，上学年又获得'优秀学生奖学金'。"

信寄自青海大学机械系，是师存兰同学写来的，她是"第二炮兵支援西部人才培养助学金"资助对象，2003年至2007年大学本科四年，每学年获得部队3000元资助。

近些年我因工作关系有幸与助学兴教结缘，每年都去定点大学与受资助同学座谈交流，因而大家把我作为组织、长辈和朋友，平时与我保持着通信或电话联系，使我了解到许多贫困学生的故事。

师存兰出生在青海互助县一个偏远山区农村，当地重男轻女思想严重，女孩子一般是上不了学的。师存兰姐妹3个，没有兄弟，她父母开明，打小就让她们念书识字。她家庭条件较差，母亲患有多种疾病，常年需要吃药打针，更不幸的是父亲又得了胰腺癌，由于没钱救治病情恶化，就在师存兰临近高考前两个月时告别了人世。因为没有男孩，父亲死后不准葬入祖坟，家庭受人歧视。在孤单无助的极度悲痛中，师存兰决定放弃高考，辍学回家种田、打工，干男孩子能干的活，挑起家庭生活的担子。那天晚上，当她把学校所有的东西都拿回家告诉母亲不上学了时，母亲当即扇了她一记耳光，一句话没说扭头就走。翌日一大早，母亲为她做好了一大口袋馍馍，又向别人借来6元钱塞给她，用命令的语气说："回学校上学去，如果你不参加高考我就一头撞死。"师存兰那天不知道怎么到的学校，她只觉得那条路是那样的长。

2003年8月12日，师存兰收到青海大学录取通知书后，她揣着通知书跑到荒野中父亲的孤坟前整整哭了一天。她在告慰九泉下的父亲，也在宣泄命运的不公，迎接苦难的挑战……

贫穷便意味着更多的付出，意味着求学之路的苦涩艰辛。每个贫困大学生都有一串催人泪下的故事。他们要在食不果腹的条件下应对同等的升学压力，还要承受经济条件窘迫带来的心理纠结，甚至屈辱。生活是一部活生生的教科书，而贫困大学生便是其中的生动例证。

在此，记录下几名寒门学子的苦难跋涉，让我们从中感悟生命的张力和精神的富有。

愿所有苦难都开花

如果不与他亲近攀谈，不了解他的悲苦家境，我敢说谁也看不出马成祥是个孤儿，是个吃过大苦的孩子。

马成祥是青海大学水电系学生，长相清秀，一脸阳光，人缘特好。

他告诉我他是回族，出生在青海西部一个偏僻落后的回、汉民族聚居的小山村。在他年幼的记忆里，妈妈经营着家里仅有的两亩农田，爸爸整天给人做零工，有时冬天也会去外地打工，家境贫苦。

马成祥上小学二年级时，一个苍凉风起的秋日，上帝改变了他的生活，安拉赐予他悲惨的命运。

那天他放学回家吃午饭，老远就听到七十多岁的爷爷在伤心恸哭，看见妈妈坐在家门口，脸上布满了泪水，旁边还站了许多亲戚。他倏地感觉到了某种不祥。他父亲出车祸走了！他还年幼，稚嫩肩头承受不起的生命之重，突如其来地降落了。

爸爸去世三个多月后，他家出现了一个陌生的男人，五个月后的一天早上，妈妈对他说："今天放学后去爷爷家吧，我不想生活在这个破房子里了！"他搂住妈妈哭得伤心，央求妈妈不要抛弃他，但妈妈神情黯淡，去意已决。当晚他放学回到家，院子的破柴门闭上了，从此便不见了妈妈，也不知晓去向。他呆呆地站在家门口，无奈、彷徨、茫然，不知以后的路该怎么走。

他与爷爷一起生活了年把光景，爷爷也离他远去。后来他住到了姑姑家，他说姑姑姑父是最亲的人，但由于家里经济拮据，表哥表姐时而与他吵架斗气，那些日子过得艰难。

上了初中后，他便经常独自逗留学校，学校不具备食宿条件，多是在校舍课桌上过夜，天寒凉时常把他冻醒。后来女班主任得知他的家境后格外怜悯，申请减免了他的学费，还隔三差五叫他上家吃顿饱饭。他就帮着老师看小孩、做家务、包揽力所能及的杂活，以此来感恩报答。

马成祥天资聪颖，学习勤奋刻苦，从小学到中学成绩一直很好，学习用品大都是得来的奖品。他与同学们关系和谐，课余时间主动帮扶同学，给大家讲课做辅导，同学们也纷纷向他伸来热手，予以物质和精神上的支助。他说自己运气好，遇到不少好老师好同学。

初中三年的学习生活，犹如小河流水一样，悄悄地就过去了。

他顺利地考上县重点高中。新的学习环境，新的师生关系，一切显得陌生。学费要钱，食宿用钱，连每天打开水都得花一毛钱，钱成了马成祥最大的难题。他费尽心思，一分一厘精打细算，尽量不花或少花钱。每晚宿舍只供一个小时电，为减少使用蜡烛，他把功夫用在白天，清晨早起背课文，课前先预习，老师讲完即归纳，每晚熄灯前争取把当天作业完成。

二毛钱一支的蜡烛，够他用十天半个月。他长期不吃早饭，中餐一份三毛钱的洋芋汤，泡一个青稞面馍，晚餐开水泡干馍，日用开销最多的一天花过一元五角钱。

高中第一个学期他就选为班长。由于认真负责，成绩优异，处事稳重，很快赢得师生们信任。班主任知悉他的家境后想法帮扶，介绍他当了家教，给一家辅导两个小学生的数学和英语，每周可挣到十五元钱，生活费用一下解决了。到了高二下学期，那家人搬走了，他又失去经济来源。

在他一筹莫展之际，一位好心的阿姨给他找了个当保姆的差事，为人家照看一个三岁的小男孩。那孩子的爸爸在外地工作，妈妈在银行上班事务繁忙，难以顾家。从此每天早上，他先把孩子送到幼儿园，接着赶去上学，到晚上去把孩子接回家陪着玩儿，孩子睡了后整理家务，之后便做作业学习。他说他十分怀念那段日子，那段日子里他的学习条件发生了翻天覆地的变化，不用愁买蜡烛的钱，夜晚在明亮的灯光下看了许多书，那家阿姨和蔼可亲，还时不时地送他一些吃的。

高三是他最苦恼的一年。他渴望考上大学，却又担心自己没钱上学；毕业后就去打工吧又不甘心，也觉得对不住自己多年的付出和老师同学们的殷切期盼，时而被理想与现实、自尊与自卑交织的矛盾心理所折磨。他说自己总是有人推着扶着，是师生们的支持鼓励给了他追求的勇气和力量，给了他爱和希望。高考前几个月，他辞去了保姆差事，每晚都在教室借着灯光备战，累了就睡课桌，直到高考那一天。

高考结束的第二天，他就到州城打工去了。在工地上他踏实能干，除正常上班外，还请求工长给他加班的机会，他想多挣工分，多拿些工资。他很快学会操作搅拌机、控压机等设备，成了公认的"小能人"。一个多月一晃过去，一天工长对他说："小马，你姑姑来电话了，说你考上大学了，赶紧回去吧，别耽误了前程。"他打工挣了2000块钱（其中500元为老板奖励），一笔很大的收入。回到家，姑姑紧紧地搂住他，泪水止不住流，"我们祥子要上大学啦，上大学啦！"

马成祥是他们村子考上的第一个大学生，也是当地方圆十多公里仅有的大学本科生。他说，我在我们那儿是"名人"，吃苦受累出了名，学习成绩也出了名。

2003年9月8日，马成祥走进了青海大学。他总共带着3500元，除自己打工挣的外，大都是老师同学捐助的，入学办理手续时一次性交了3400元，他就用身上仅剩的100元开始了大学生活……

马成祥说："暖时忘不了寒冷，一生会记得恩人。我希望有一天，我不仅改善了自己的生活状况，还可以更多地帮助像我一样的人。我在祈祷，愿所有的苦难都开花，所有的痛苦都结出美丽的果实。"

贫困不是自己的错

马瑞华，云南大学新闻系学生，一个文静秀气的女孩，她对许多事情都有自己的感受，她说："一个人的出生是不可以选择的，贫困不是父母的错，也不是自己的错。"贫穷让她体味到了人间冷暖，也收获了一笔特有财富。以下是她的自白实录——

我家在云南墨江哈尼族自治县，墨江是全国特级贫困县，当地少数民族聚居，经济社会非常落后，县上没有什么像样的企业，文化生活也单调贫乏。我们的村子在偏僻山区，交通不便，信息闭塞，资源匮乏，乡亲们生活普遍贫困，思想观念也较为落后。

我的父母是地道的农民，家庭条件处于温饱线上。我和姐姐都考上了大学，了却了父母的凤愿，可是昂贵的学费把他们压得喘不过气来。家里靠种几亩薄地，父母面朝黄土耕作，一年忙到头也挣不到几千块钱。我下面还有个弟弟，生下来就体弱多病，常年看病吃药，家里花销入不敷出，日子过得相当紧巴。

十年寒窗苦读，终于如愿上了大学，这对于条件好的人家来说是大喜事，而我们家却喜中是忧。收到录学通知书后许多天，父母亲都没有睡好过觉，整日愁云满面，好像我考上大学是个错。

我小的时候，家里养了十几只鸭子，由我每天撵着去门前小河里放养。我常手里攥个杆子，跟在叽叽嘎嘎的鸭鸭身后，跑着喊着闹着，像个疯男孩似的。与鸭鸭们在一起久了，建立了感情，它们成了我生活中的好伙伴。可是有一天，父母一下子把它们全卖了。伙伴没有了，我难过伤心，哭闹了一天。妈妈也哭了，说孩子啊，你和姐姐开学要交学费，不卖鸭子上那儿弄钱呢？

常说一分钱难倒英雄汉，而在我看来，只有过过苦日子的人，才会有如此深刻的理解。宁夏的回族小姑娘马燕，因为家里贫穷，上小学时两度辍学，为了争取上学的权利，她多次向妈妈哭诉，自己放羊卖钱挣学费。看她的日记感同身受，她的境遇和心情，引起了我强烈的共鸣。

都说大学生活是人生最美好的阶段，可头两年我感觉度日如年，充满了苦涩辛酸。所有的遭遇仿佛在时刻提醒我，我是从农村来的，身上打着贫困学生的烙印。这个烙印带给我太多的自卑、委屈，甚至怨恨。我想改变自己，可越是这样就越觉得心理别扭。

同学之间多有活动，聚餐啊，游玩啊，逛街啊，我几乎没有参加过，不是性格孤僻，而是条件不允许。同学聚餐寻常事，我却捉襟见肘无缘参加，即使到食堂吃饭也得挑最便宜的，花一块钱都得算计！时间长了，同学们有活动也不叫我，感情日渐疏远，朋友越来越少。尤其每学期快结束时，不少同学都筹划假期活动，到什么地方游玩，去哪家商场购物，我听得羡慕。每到这个时候，班主任总会叫欠费的同学留下，当场保证什么时间交齐学费，每次我都像被重棒击了一下，脸面落地，尴尬不已，恨不得找个地缝儿钻进去。

女孩子爱美，很多同学把自己打扮得漂漂亮亮。可我使不起化妆品，也很少穿新衣服，从初中起穿的衣服大多是亲戚送的旧衣服。别人谈论化妆品，谈论衣服品牌，谈论健身减肥，包括谈论"花前月下"的浪漫，我都插不上嘴，有时只好借机躲开，听不见心不烦。

大学期间我做的最"奢侈"一件事，是到大三时花600多块买了一部手机，这可是我几个月的生活费啊！很长一段时间，为了能把花掉的钱省出来，我把原本每天就可怜的生活费又下调一些，有时一天只吃两顿饭。买手机除沟通交流需要外，更主要的是为了满足脆弱的自尊心，同学都有了手机，我害怕说自己另类，害怕被冷嘲热讽。事非亲历不知难，贫困生内心的苦涩是一般人难以体会到的。

二炮部队的帮扶资助，不仅减轻了我的学费负担，还让我充分感受到了社会主义大家庭的温暖，感受到了一种尊重和爱，让我心中多了阳光与自信。在我们那儿，女孩子能够上大学的不多，大都念完小学或初中就不念了，过上几年嫁人生小孩，重复父辈的日子。而我是多么幸运啊，爱和希望不断给我力量，困难磨炼还教会了我自强不息。我在心底充满感激、感动和感恩，父母、社会和部队的关心关爱，是我永远的信心支撑。

经历过才会有所收获。大学生活对我来说，不仅仅是一个物理时间，我经历了压力和焦虑，也收获了欣慰和满足。我从一个起点很低的地方走来，接受了高等教育，构建了知识大厦，认识了优秀的老师和同学，还学会了如何做人、如何学习、如何思考，学会了在困难中品味快乐、感悟幸福。

我对未来充满信心，我相信所有的一切都可以改变，谁也不会贫穷一辈子，只要不懈努力不断追求，谁都会有美丽的人生。自己最大的理想是能考上公费研究生，毕业后到院校当个老师。教师是我最崇敬的职业。求学生涯中我遇到了许许多多善良而智慧的老师，他们启发了我的心灵，启迪了我的智慧，我愿意循着他们指引的方向，秉承他们的事业，用自己学到的知识去照亮更多的心灵。

人需要向着阳光走

普学伟坐在我的对面，高高瘦瘦，腼腆拘束，一个典型的文弱书生，但他思维敏捷，谈吐利索。他深有感触地说："贫穷时可以没有很多东西，唯独不可没有希望，人需要向着阳光走。"

他是云南大学化学学院学生，出生在云南省峨山县一个半山腰中的彝族山寨。他记得母亲说过，村里祖上为他们村取名"金鸭村"，是希望寨子飞黄腾达，日子红火。然而，他们祖祖辈辈繁衍生息的金鸭村，却从来就没有富裕过，甚至还多灾多难。

普学伟出生以前，他们村子原本在一坐小山包上，70年代时发生一场6.8级地震，村子遭遇了灭顶之灾，村民伤亡惨重。他父亲就是从废墟中挖出的，虽然捡回一条命，却落下一生的病根，曾先后两次病危经手术抢救过来，家里债台高筑极度贫困。

普学伟七岁上小学，开始了艰辛的求学之路。小学离家十多里山路，全村他这个年级仅他一人，他只好撵着高年级学生一起走。每天早上起得很早，书包里带上两碗饭，早饭在路上边走边吃，吃完了把碗藏在路边，下午放学回来时拿上，另一碗带到学校中午吃。寒冬腊月，碗里的饭冰冷难咽，有时从家带瓶水就着吃。虽然生活很苦，但同学们处得很好，中午一起吃饭，一起看书，一起做作业。他说在学校里，彝族学生没人欺负，可能因为彝族有火一样的激情吧。

上中学后他开始住校，学费都是母亲靠种菜卖菜换来的。放假后，他常常与母亲一起挑着菜跋涉十多里山路到城区去卖，每次挑很重一担菜也卖不出几个钱，卖完菜后饥肠辘辘，五毛钱一袋包子也舍不得买。从中学起，他逐渐学会独立生活，与几个要好的同学一起努力学习、互助共促。刚上中学时成绩不算好，班上排在25名，期末进入了前5名，初二起一直保持在前2名，连年被评为"三好学生"。

天有不测风云。父亲出于生计所迫，不听医生叮嘱，跑到一个施工队去做苦工，打碎石、砌墙、拌沙子，干了十多天就撑不住了，不久旧病复发，医生检查为胸腔积水，必须马上手术。普学伟那时正要中考，一边复习一边看护父亲，节假日还得帮母亲干活，夜晚大都挑灯夜战。

父母晚年得子，就他一个孩子。有一天放学回家，母亲告诉他父亲治病需要4000多块，正在想办法筹措。他突然对母亲说："妈，我不想读书了，我回来帮你干活挣钱，给父亲治病。"母亲顿时火冒三丈，说："妈就是砸锅卖铁也要让你读书，只希望你上进，有出息。"他说，母亲的这番话他会记上一辈子，绝不会辜负父母的苦心。

普学伟相信他能做得更好，有父母的支持，有穷苦的磨炼。中考时，他以全校第一名的高分考取了市一中。但为了给家里减轻一点负担，他选择了学费相对少的市民族中学。

高中不再是义务教育，昂贵的学费时常让父母发愁。母亲拼命劳作，他也省吃俭用，但仍然入不敷出，不时得向亲戚们借钱。普学伟从不与人攀比，平时几乎没有吃过荤菜，心里只想着好好学习回报父母。高中三年，他的成绩一直名列前茅，多次参加知识竞赛并获奖，还被评为"云南省三好学生"。

随着高考的临近，学习更加紧张。高考前考完"二模"那天，他从学校回到家时天色已晚，开门进家黑灯瞎火，没有听到声音，四处查看发现父母正在灶旁吃饭，灶上只放了一碗白菜汤，两个人一句话不说地吃着。他说："当时看着坐在灶旁的两鬓染霜的父母，为了我节衣缩食吃苦受累，眼泪不禁而流。"但普学伟没有让父母看到他的眼泪，他记得母亲说过"男儿有泪不轻弹"，于是悄然擦干了泪水。

2003年7月25日，普学伟以优异成绩考取云南大学化学学院应用化学系。他对化学与生物感兴趣，梦想成为一名有发明专利的科学家，来回报父母、回报社会。他说："就像父母把毕生的精力献给我一样，我希望自己能够把爱传递给更多的需要帮助的人。"

普学伟的父母都60多岁了，父亲体弱多病，眼睛也越来越不好使，几乎没有了劳动能力，家里耕种的三亩多田地落在了母亲一个人身上。他说母亲就像永动的陀螺，不停地劳作，一分一毛攒钱，每年都积攒6000多块。他记得母亲几乎没有穿过新衣服，生病了也从不吃药，舍不得花一分钱。他记得上大学走的时候，母亲把家里养的两头猪全卖了，将得来的

1300块钱又塞给他，说："穷家富路，多带上几个吧。"

因为贫穷，普学伟更能体恤父母，懂得肩上的责任，珍爱浓浓的亲情；因为贫穷，他从小就养成节俭的习惯，从不乱花一分钱，大学期间每个月的生活费不超过300块，还不及条件好的同学每月花销的零头；也因为贫穷，他学会了坚强地面对生活，学会了在逆境和挫折中奋力追求。

大学期间，普学伟是班干部，多次荣获云南大学"优秀学生"称号，连年获得奖学金，大三时光荣地加入中国共产党。他还积极参加各种社会实践活动，更多地接触、了解社会，锻炼提高自己。

他说："我永远记得我是从深山沟里走出来的，是在穷苦家庭长大的。贫穷不可怕，也不丢人。我穷，但我会奋斗。我希望出生在穷困地区和我一样的贫困学生，都能有自己的梦想，像爬楼梯一样，一步一步地向上爬，去追寻梦想成真的一抹阳光。"

那天中午，我们特意安排二炮在云大资助的10名学生聚餐，大家都喝了红酒或啤酒，一起畅谈着学习、生活和对未来的憧憬，气氛和谐又热烈。餐厅音响播放着动人的歌声："在我心中，曾经有一个梦，要用歌声让你忘了所有的痛……不经历风雨，怎么见彩虹，没有人能随随便便成功。"

是啊，不经历风雨，怎么见彩虹？从苦难中不屈不挠走来的每一名大学生，都可谓风雨后的一道彩虹。

2007年4月　助学笔记

人生因爱而美丽 |

　　和着欢快的旋律，迎着闪烁的镁光灯，我登上了高高的领奖台。这奖台，乃举世瞩目的北京人民大会堂的主席台，所受奖项也非寻常，由温家宝总理亲临颁发的"全国拥政爱民模范"奖。2008年1月4日，这一天，命运之神偏爱了我，予我阳光雨露，让我展现生命的绚亮；这一天，对我来说，多么的弥足珍贵啊！这一天的鲜花、掌声以及长长的红地毯，闪亮我平凡的人生，铃在我生命的魂魄。

　　当掌声停息，鲜花不在，重又回归平静后，我着意梳理生命之序，盘点经历过的日子。我搜索记忆，回望人生旅途的长长印痕，试图通过数十年风雨历程，包括那些看似不起眼却实实在在的细节，去深切地触摸和感悟生活。我想到了搏击洪流、抗击"非典"，想到了危难时刻一次次冲锋陷阵的兄弟战友。我问自己，是什么使他们置生死于度外，前赴后继，在所不辞？答案很快找到了，是爱。在我们生活的这个世界里，只有爱的情感不分地域，不分职业，不分种族、肤色和性别。爱是心与心的碰撞，真与真的响应，是人们共同的语言和期盼，是催生真善美的艳阳天。一个人拥有和理解了爱，可以让青春燃烧，使生命腾飞。

　　曾记得，十数年前，一个叫艾前文的复员战士，荣归湘西故里。那是一个早春的清晨，艾前文背着退伍行囊，匆匆走出邵阳火车站，搭乘客运汽车返乡。当家乡越来越近，久别的父老乡亲就要重逢，他乘坐的汽车突然油箱起火，发生爆炸，一场灾祸降临。刹那间，浓烟挟着烈焰腾空而起，满车的乘客乱作一团。说时迟，那时快，于人们的恐慌惊叫中，艾前文飞脚砸碎车窗玻璃，开辟一条生路，从火海里救出了一个又一个乘客。艾前文的头发、眉毛、衣服已经燃着，呼吸非常困难，就在他将要跳窗的当儿，忽听后排座位还有人呼救，他又转身摸索着将车上最后一位六十多岁的老人推向窗外，自己却被熊熊烈火烧成了火人。烧得几乎体无完肤的艾前文，昏迷了几天几夜，终于醒来。他打着纱带躺在病榻上，被鲜花簇拥、情爱包围，我采访他："生死考验的瞬间，你想到了什么？"他说，我什么也没想，如果有，就是军人的荣誉让我忘却了生死。随后，部队重新收回他的档案，二炮授予其"舍己为民好子弟兵"荣誉称号。斗转星移，英雄天空浓密的彩云渐次散去，艾前文已经由士兵成长为少校军官。偶然的机会，我又与英雄谋面，谈起当年在邵阳市人民医院的情景，仿佛就像昨天。我与他又一次进行心灵对白："你认为生命中最重要的东西是什么？""懂得感恩！"艾前文说，"这一路走来，我都在不懈努力，努力让生命的每一个过程都留下美好回忆，让人生的每一个细节都生长出意义。即使这样，我知道，我这一生也无以报答党和人民给我的厚爱。"

曾记得，苍茫的中原大地，一个老兵帮扶一个山村脱贫，那感人的故事像长了翅膀一样飞走。老兵叫谢世强，部队一个通信哨所的哨长。哨所远离大本营，定点在山峦僻壤，驻守于斯的就谢世强一个兵，常年维护着数十公里的国防通信线路。后来部队批准，他把妻子鲁绪荣接来，组成了夫妻哨所。谢世强是个孤儿，老家在山东，靠吃百家饭长大。虽然穿上了国防绿，但他骨子里钟爱养育他的土地，与农民群众有一种血浓于水的天然亲情。日落日出，看着驻地群众守着不变的贫瘠，过着艰难的日子，他时常夜不安席，苦苦琢磨，琢磨着如何帮扶他们摆脱贫困。他听说，发展种植业可以致富，便把哨所前的菜地当作试验田，拿出仅有的津贴积蓄，四处拜师学艺，买来核桃苗栽种嫁接。在当地，由于山区气候条件和技术原因，嫁接核桃树苗不易成活，也正因为此，核桃树苗销路顺畅，价钱不菲。谢世强第一次嫁接一百多棵，只活了三棵，第二次嫁接活了十多棵。望着一棵棵枯萎死去的树苗，谢世强怅然若失，但他没有灰心，又向妻子要了她当年做工积攒的钱，再次买来核桃树苗栽种嫁接。就在他三十二岁生日那天，他喝了几杯浊酒，郁闷地蹲进试验田，这次，他嫁接的树苗居然全都成活。苍天不负有心人！谢世强的这个生日，成了永恒标记，他从此掌握嫁接技术的"金钥匙"，拥有帮扶群众的"资本金"。后来，长达六七个春秋，谢世强在维护好国防通信线路的同时，带领全村二十多户人家，转变观念，栽种苗木，发展多种经营，一步步迈上奔小康的快车道。富起来的小山村，家家盖起新房子，户户置办新电器，光棍汉娶回新媳妇，不少家庭还有大额存款。可谢世强依然是个兵，一个穷得叮当响的老兵。如今，谢世强已经离开哨所，走出大山，但每每说起驻守哨所的年月，他无不充满眷恋、自豪和激动，他将这段军旅视为一生的荣誉，永远珍藏于心底。

曾记得啊，前年初月，在黔西南北盘江坝草渡口，看着兀自流淌的江水，我情难自禁。流淌的江水，述说着历史，传递着情感，也演绎着人世间的爱。遥想当年，红军三、五军团和军委纵队由此挺进云南，宽泛而又湍急的江水挡住去路，没有船只，寻不着竹筏。情急之下，当地的布依族苗族群众，纷纷拿出自家的木板、门板和装粮食的囤箩，用斑竹锤绒搓成索子连接，愣是在江面架起一座特殊的桥，使红军长驱直入，抢占先机。数十年过去，尽管经济和文明的浪潮风起云涌，生活在这偏远山区的人们，仍然掩饰不住家徒四壁的寒凉。蜿蜒的北盘江水，流淌着沉重、贫穷，也流走一代代后生读书的渴望。得知我们来勘点援建希望小学，父老乡亲们禁不住内心的喜悦，像当年欢迎红军那样奔走相告，打鱼、杀鸡、宰狗，抱来一坛坛米酒。我永远忘不了，那天中午在那棵古树下用餐，有那么多的布依族苗族群众前来敬酒，尤其是那些大娘大婶大嫂们，手捧满碗的米酒，神情自若，微笑走来。她们浓重的方言一时难辨，我不能完全领悟那些出自心底的话语，但通过那一张张写满淳朴、恬然、真挚的脸庞，充分感受到了老区母亲们的善良、执著和望子成才的期待，以及融融春意的流动和香醇米酒的芬芳。一碗接一碗，酒不醉人人自醉，我们一行都喝高了。我尤其不胜酒力，喝得脸儿灼热，语无伦次，但心里却明镜般清亮。我晓得，乡亲们双手捧起的不是酒，那是琼浆玉液，鱼水深情，是对新一代红军传人的确认和嘱托啊！千余平方米的教学楼早已竣工，一大群泥孩子坐在宽敞明亮的教室，伴着千年流淌的北盘江水，憧憬着充满希望的明天。明天终究会来的，此刻，我只想记住昨天，记住坝草乡亲的米酒和微笑。

世间充满着爱，人生也离不开爱，爱是船是桥，能把我们从此岸送到彼岸。在我的记忆里，太多的往事挥之不去、呼之欲出，皆缘于爱。年幼时家境窘迫，百家予我饭和衣，让我度过了漫长的寒夜；参军入伍后，首长和战友们的关心关爱，帮我跨越了人生的沟坎；即使每一次旅途驿站的告别，总会有浓情蜜意的饯行，而远行至陌生他乡，都不乏温暖贴心的热手。这许多的爱时常穿越时空，翻滚涌来，浸染我、鼓励我、慰藉我。在爱的滋润下，我一天天长大，一天天成熟，我渐渐懂得感恩，知道给予和付出，学会崇尚生命的尊严和卓越。

前年到新疆大学，与资助的贫困生联谊交流、畅谈人生，维族大学生卓玛问我："叔叔，你过过穷日子吗？"我说："不但过过，而且比你们还要苦。"同学们不信，我便娓娓道来，把自己童年的境遇、贫寒和向着阳光成长的感受讲给了他们。听着听着，有同学哽咽了。卓玛说："真没有想到，叔叔也是个苦孩子。但叔叔很幸福，心底充满阳光，连苦累都是那么美丽。"我笑笑说，太阳改变了脸色，夜色便呈现妩媚，当我们笑对人生、热爱生活，日子就会变得温情而美好。生活态度可以决定人的习惯，有好习惯就有上进追求，有上进追求就有好日子，好日子就是好运气，而好运气就是好人生。讲到这里，我突然发觉，这哪里是在给同学们对话，我是在梳理生活、勉励自己啊！

爱伴随着我们成长，测量着我们心灵的深度和追求的高度，它比生命更长久、执著。爱的启迪使我们懂得：生活不易，却有意义，人生苦短，但精彩无限。虽然每个人成长的境遇不同，未来会发生什么也难以预料，但是，人人都可以依赖自己的理性、诚信和爱，做自己能做该做的事：当你幸福的时候留些幸福给曾经帮助过你的人，当你快乐的时候分些快乐给关注关爱你的人，当你成功的时候让些激励给正在苦苦跋涉的人……当你心底充满了阳光，日子就会灿烂，把握住了生命之重，人生将变得清亮而美丽。

2008年1月6日　北京

| 那飘动的经幡

在我看来，但凡亲近过西藏的人，都会赞美那里的神奇与美丽。我去过西藏两次，试图用我的视角我的感悟来描绘我心中的西藏。

去年六月，青藏铁路通车的前几天，我和我的同事陪同乔东松将军由昆明乘航班途经香格里拉飞抵拉萨。飞机穿越朵朵白云，平稳地降落在贡嘎机场，乔将军走下舷梯，感慨地说："一直以来，我总认为，神奇美丽的西藏太遥远了，可望不可即。我今年六十岁了，六十岁时，终于圆了来西藏的梦！"

扎西专员和申城同志在机场接迎我们，用哈达、美酒表达了雪域高原的浓浓情意。驶往拉萨途中，扎西专员告诉我们，他是藏族，西藏人，他的祖辈都是西藏人，西藏是他永远的家。望着窗外的奇异景观，大家不停地请教扎西专员，我问他：山野间那石板砌成的大小不等的石堆是什么？为什么有那么多山上密密匝匝地布满彩旗？他说，那是玛尼堆和经幡，当地群众用来祈福的，负载着人们的精神信仰，传说经幡挂在山上更容易将祈愿传至上天。

进入地球之巅的西藏，许多东西便弥漫着神奇，蕴藏了深邃。

拉萨的布达拉宫尤其大昭寺，伴着浓浓桑烟和酥油香味，虔诚的朝圣者熙来攘往，信徒们聚在那儿，五体投地行大礼，地面打磨得光滑而凹陷。据说每天从清晨到黄昏，寺门两旁的转经筒从不停歇。我惊奇地发现，到大昭寺来的藏民几乎都是口诵经文，手不停地触摸，触摸着一切可以触摸的地方，触摸平了殿堂所有的棱角。讲解员说，他们在用这种方式祈求来生。

那天，为我们讲解的是布达拉宫接待处的一名老同志，他也是本地藏族人，熟悉藏汉文化。他说，大昭寺修建在翠湖之上，传说是精通天文地理的唐代文成公主观测星象，为趋吉避凶而下令建的，它是西藏境内的第一座佛寺，也是当今佛教徒心中最神圣的佛寺。大昭寺是汉藏民族一家亲的见证，承载了人们对佛祖的敬畏和忠诚，彰显着藏传佛教的高深莫测与不可思议。

走出大昭寺，抬头望天，天蓝得彻底。逛游八廓街，徜徉布达拉广场，我的眼前总是浮现朝拜人潮场面，头顶似有高贵的神明环绕。反复玩味讲解员讲的高深莫测与不可思议，忽然觉得，那看似不可思议的人与事、情与景，或许就是真正意义上的灵魂回归与生命还乡吧，其中蕴涵太多的心理文化和哲学命题。

我们一行四人，都是第一次进藏，人生地不熟，于是烦扰西藏军区政治部提供方便。杨将军热情好客，当即派遣两台越野车、两名老司机和一名熟悉藏区文化的干部陪同。我所乘之车的司机叫施开雄，贵州人，四级士官，当兵西藏已十六个年头，他的脸膛被高原紫外线照得黝黑，性格也明显"藏"化。小施说，他刚进藏那会儿，高原反映相当厉害，嘴唇干裂，鼻孔出血，头昏脑涨。但他不甘折服，每天坚持锻炼，慢慢也就适应了。后来他当上汽车驾驶员，于茫茫雪域穿山越岭，时常与白云挽手，跟雪峰齐肩，展现着生命的激越与壮美。

小施性格开朗，有着藏民般的粗犷、笑脸和歌喉，一路上有说有唱。他讲西藏的风土人情，讲西藏军人的婚姻与家庭。他说，西藏军人找对象难啊，他从二十六岁那年开始找，利用回内地探亲的机会，先后谈过四个都没成。第一个是工人，家住县城，见过一面就拜拜了，拜拜就拜拜吧，她家人还丢给介绍人一句话："小伙子黑乎乎的，还那么憨。"第二个是小学老师，谈了一段时间，她提出让其调回内地或转业，他无法答应，也就吹了。第三个是个大学生，年龄相差许多，他认为不大可能，女方却说年龄不是问题。几次约会，女孩表现热情，这让他很是纳闷。缘由很快明朗，女孩说她上学需要钱，每年差不多一万块，希望他能支持。他试探着对女孩说，我年龄也不小了，咱们先领个结婚证成吗？她笑笑说，急什么呢，迟早的事，等我毕业找了工作再说吧。他心想，到那时自己三十好几了，被人家甩了还上哪儿找？第四个是一个大款的姑娘，一见面让他哭笑不得，那女孩明显弱智，而且患有肥胖症……

我追问小施，那你怎么去成都找了媳妇呢？讲到成都的妻子，小施情绪立马亢奋，脸上溢满了幸福。他说，缘分啊！就在他年过而立，几乎失去找对象的信心和勇气的时候，连队指导员的妻子从成都进藏探亲，听说小施的遭遇后动了恻隐之心，当即给一个相熟的女孩打电话，说部队上有个小伙子很优秀，还没有找对象呢，你要不要来看看？没过几天，那女孩真来到了拉萨，而且彼此一见钟情，陷入了爱河。然而女孩家人坚决反对，说嫁给一个傻大兵有什么好的？女孩敢爱敢恨，一年后，顶着众叛亲离的压力，只身走进西藏，在圣洁的雪域高原与心上人举行了婚礼。

汽车穿行在蜿蜒起伏的高原山峦，身心沐浴在明媚阳光和自由的风中，神山圣湖间的大美之美让人着迷，边关军人记忆深处的缠绵爱情动人心弦，景随人意，情由心生。

途经尼洋河岸边一处景点，我们停车观景拍照，有一群藏族孩子站在那儿没完没了地唱，他们唱着《远方的朋友请你留下来》，声情并茂，脸蛋儿红红的，几个小男孩还挂着两条鼻涕抽吸。我猜想，他们会向游人讨钱的。然而事实很快表明，我错了，他们非但没有向游人讨要什么，就连我们的主动给予也不肯接收。

相对于内地而言，西藏至今依旧贫穷落后。但生活在那里的人们，他们的脸上，他们的眼神，并没有你想象中的怅然、抑郁与哀愁。所到之处，藏民们主动招手致意，脸上充满淳朴、真诚的微笑，如同高原的阳光一样的明媚。我大惑不解，这是为什么？因为生命畏途和超越尘俗的境界，以及浓郁宗教、政治色彩的感化？因为雪域高原不寻常的阳光经年与人相拥，温暖人也塑造人？

离藏返程的那天中午，在拉萨市区的一家餐馆，大家情浓意切，频频举杯，喝多了告别酒。小施黝黑的脸膛已见微紫，但他又端起杯斟满酒走近乔将军，他说，首长，小施再给您敬个酒，今年是我在部队服役的最后一年，马上就要退伍了，在我即将离开西藏的时候能认识北京来的首长，感到十分荣幸。我给首长唱支歌吧：……青藏的阳光日夜与我相拥/茫茫的雪域何处寻觅你的影踪/高原红，美丽的高原红/煮了又煮的酥油茶，还是当年那样浓……

那天我走出了西藏，西藏却再也走不出我的心。

我守望着西藏，试图把心中的西藏赠予所有的亲友。妻子和女儿很快向往西藏，她们不断地问我："什么时候带我们去西藏？"我说，等女儿放了暑假就去。女儿时有置疑："爸爸，你说话算数吗？"

今年六月底，女儿放暑假的第二天，我便带着她们娘儿俩经成都转机抵达西藏林芝。那天风和日丽，蓝蓝的天上白云飘动，郭岚兄到机场接迎我们，还在路上带我们游览了几处山水、森林景点，使我们一家人到了高原便倍感新美与亲切。妻止不住地惊讶，西藏的天怎么会这样蓝，简直蓝得有点离谱，让人难以置信。女儿也赞叹不已，那飘动的云朵就像棉团似的，走到山顶上伸手就能抓住，太神奇啦！

而在郭岚兄看来，没有到过西藏，没有充分呼吸过西藏的原始空气，是无法想象到西藏的神奇美丽的。他说，西藏的美并不是单纯表象，这里的雪山、冰川、峡谷、湖泊，积聚了文化的浑厚与神秘，只用眼睛欣赏显然不够，必须用心去体会、感悟。藏民们由于把自己虔诚的信仰与山水融在了一起，所以他们四处堆放玛尼堆，扎挂五彩经幡，不停地拨动转经筒，一遍遍俯身山水顶礼膜拜。

林芝地处雅鲁藏布江中下游，风景十分秀丽，有最美的山峰、冰川、森林、峡谷，人称"西藏江南、东方瑞士"。这里气候宜人，感觉不到高原反应，既爽心又悦目。两天后，郭兄找车将我们送往拉萨。那天早上，我们一家和司机小蔡从八一镇驱车出发，沿着弯曲的尼洋河逆流而上，这是西藏仅有的绿色走廊，公路蜿蜒在峡谷之中，山野林海茫茫，满眼青翠欲滴，成片的油菜花溢着芬芳。景色随海拔的升高渐次变化，每个层面都有迷人风光，山涧湖泊倒映着蓝天、白云、森林，河流溪水连接雪山与草地，明媚阳光照得遍野晶莹。一路上，走走停停，观景拍照，追风戏水，享受着远离闹市的那份悠闲与从容。

旅游不单是欣赏景色，也是在放牧心灵。

汽车行至五千多米的米拉山口时，高原反应明显加剧，心慌、胸闷、头晕、喘气困难，但我们还是停下车来，迈着灌铅似的双腿向山上攀登，把高寒缺氧及凛冽风雪踩在了脚下。纯洁无比的绵绵雪山，碧空悠闲的彩云，穿着牦牛皮袍、手执转经筒的藏民，还有大大小小的玛尼堆和布满山梁的五彩经幡，简直是美得无法复制的景致。

翻越米拉山口，顺着拉萨河一直向西，就是拉萨。到达市区已近傍晚，火红的夕阳下，突兀在山峦上的布达拉宫闪耀异彩，流泄佛光。布达拉宫建在称之为红山的山包上，传说是当年松赞干布统一西藏后，为迎娶文成公主于公元641年所建，后来几遭火灾，原殿堂所剩无几，现存宫殿群为五世达赖在原址修建起来的。殿堂群富丽堂皇、神秘莫测，远远望去，庄严而神圣，给人以艺术的享受和心灵震撼。

感谢天公作美，在藏期间天天天蓝，我们充分享受到雪域高原天然风光的美丽。去纳木错那天，身体已渐渐适应，翻越念青唐古拉山脉五千多米的那根拉时，高原反应已不厉害。记得从山口向前望去，辽阔的草原上阳光灿烂，草原尽头是一眼望不到边的湛蓝的纳木错湖水。在藏语中错即湖，纳木错是青藏高原上的圣湖。我们来到扎西半岛，这里海拔四千七百多米，风光异常美丽，水天一色，天蓝水更蓝，让人无法分辨哪里是湖水，哪里是蓝天。蓝天上雄鹰翱翔、白云朵朵，湖水中飞鸟戏水、浪花飞溅；雪山的影子倒映在水中，微风吹过，漪澜荡漾，雪山和湖水糅成了一体。在藏民族的眼里，山水原本就是男神与女神的化身！

女儿蹲在圣湖边，从包里取出一个苹果，用清粼粼的湖水不停地浸洗，悠然间，她深情地咬了一口，感觉竟然那样的美，"用圣水洗过的苹果就是不一般，清凉爽口，透心的甜。"而我伫立于湖畔，凝视着前方和远方，很久很久，仿佛自己整个儿，被融化在了纯粹的湛蓝中。

西藏之美，美在阳光，美在真纯，美在神奇，美在天地合一山水合一的宁静、和谐、超然。

在西藏，随处可见的玛尼堆和缕缕经幡，默默地守望着故土，日夜不息地传递神灵的声音和生命的祈祷。眼前的景象不时提醒我，这就是青藏高原，这里的神秘气息和精神信仰，以玛尼石和经幡的形态，在永恒的时光中，不断地集聚、浓郁。

在西藏，我渐渐明白，明白了藏民族为何那么虔诚，那么永无止境地向着山水行礼膜拜，因为雪域山水不但养育了他们，而且有灵有韵，有海一样的情怀，他们在敬畏礼拜中有了充裕满足，找到了生命皈依的家园。我渐渐明白，那飘摇经幡上密密麻麻的经文和尼玛石上的箴言，原来都是人们对神的赞美和对生活的祈祷。我渐渐明白，信仰的纯洁、虔诚以及它所隐藏的力量，在那个与苍天最接近、太阳最透明的地方无处不在。

这些天来，我日思夜想，想着西藏的情与景，想着西藏的人与事，想着何时才能再去西藏。每当遥望西藏雪域，都能清晰如许地看到一顶巨大无比的经幡纱帐，飘动的纱曼层层叠叠，覆盖了那里的山水，覆盖了那里的人家，覆盖了那里神奇美丽的一切。

2007年7月28日完稿

｜四季风景

冬日里仿佛缺少风景。田埂上的杂草干净了，原野也没有了更多的包装和掩饰，山光秃秃的，缺乏色彩、深度和层次感。即便是树，也没有了春的油绿，夏的婆娑，秋的金黄，只剩下寂静沧桑。灰色的天空倒映在冷冷的水面上，散发着惨淡的光芒，偶尔，有一两只鸟飞过头顶，洒下几声哀怨的嘶鸣。

进入冬季，便萧条了纷繁与生机，唯有多情的雪纷扬洒落，落在地上，落在树枝上，落在行走着的人身上，落在一切期待着它的地方。

漫天飞舞的雪啊，犹如晶莹轻柔的天使，给冬日穿上了圣洁的衣裳，丰满了人们空闲后的思想。

然而，那单薄的衣襟终究裹不住大地的寒怆，一地的风霜时而锁住人们远涉的脚步。

冬日里仰望苍穹，俯视大地，心中不由涌出万般感慨。那裸露的泥土，枯寂的远山，使我油然想起经过岁月洗礼的父亲。他拥有过青春的播种，中年的耕耘，如今年老高迈了，像一棵皮厚眼稀的老树，苍劲而又孤独。父亲脸上的每一条皱纹，都是一条岁月的印痕，深藏着一串关于人生的故事。他那苍老深邃的眸子里，永不服老，充满刚毅，充满对春天的希冀。

窗外树枝上的冰条，在阳光的照射下熠熠闪亮。注视着窗外，父亲的身影映显了，慢慢与这冬日的景象重合。我熟稔父亲，深谙父亲的欢乐和忧愁，这冬日的景象，仿佛父亲远去的背影。我在理解父亲的同时，也进一步理解这冬日的丰富与深刻。

我忽然觉得，冬天格外独特，冬雪覆盖着的大地充满了诗情化意。在洁白无瑕的雪中，人们极易包容一切，忘掉一切，荣辱苦乐都被雪所掩埋，被雪带走了。大雪无痕，意味深长，万物在绵绵的雪被下做着春梦，畅想一路欢歌，春光明媚。

冬天不会总是冬天，季节的轮回注定，冬天孕育新的生机。春天的嫩芽，就萌发在皑皑白雪覆盖着的田野里。

雪莱说过，如果冬天来了，春天还会远吗？"雪消门外千山绿，花发江边二月晴。"春天，带着生命的活力，从雪泥和老树皮的裂痕里生发而出。春姑娘踩着雪的融迹，驾着风的马车，抚摸着每一个柔软的树枝，唱着溪水的歌谣，悄无声息地扑进了人们的怀抱。

生活在城市的人，有时无法从风驰的车流和匆匆而过的行人中看出春临的信息，你还在"昼日寻春不见春"，殊不知，"春在枝头已十分"。近些年我深有体会，免不了这种惊喜。犹如梦中惊醒一般，睁大朦胧了一冬的双眼，忽然发现，树的枝头被一层嫩绿的、鹅黄的、烟波般的嫩芽或是嫩叶覆盖了。一种盎然的生命之光笼罩了万物，一股骚动的潮流蔓延开来，沉睡的大地顿时舒展了广阔的胸怀。

梨花白了，桃花红了，杨柳绿了。在明媚的阳光下，我时常闭上双眼，试着用心去感知、享受这一分美，用感官去吮吸那属于泥土的而非树枝的芳香，任凭春情涌动的风去抚摸身心，亲吻自己的脸庞。春天，把一个明媚盎然的世界展现在了人们的面前。

春为一岁首，春是四季魂。春的季节，充满和煦阳光，嫩绿花红。春天的秀美，最先映在孩子们的眼睛里，是孩子们最先发现第一棵吐绿的小草，吹响第一支脆生生的柳笛，蹒跚着追逐第一只欢快飞翔的蝴蝶。春天的一切，充满了生命成长的气息。

几年前的一个冬日，我和爱人牵着女儿的小手走在街上，边走边说着有关春天的话题。忽然间，女儿撒开我们的手，飞也似的朝前跑去，边跑边呼喊："妈妈，我发现春天了！"顺着女儿前行的方向望去，原来是小贩在叫卖绢花，那绢花做得十分精致，花花绿绿，鲜艳亮丽，好一派春天的景色！

春天属于未来，春天属于年少。孩子，是人生风景线上最美的春天，孩子们纯真、热情、真挚以及对生活和岁月无规律的期盼与幻想，无不闪现着春之鲜花的烂漫。

人间四月芳菲尽。季节的变换和时光的流逝，常使人焦虑不安，感叹"人生苦短"。人生与岁月，犹如白驹过隙，转瞬即逝。

走在五月的田垄上，听布谷鸟催促的鸣叫，看南来的风一夜间把遍野的麦田吹成一片金黄，才知道，时光又过了一季，春已在昨夜悄然别去，夏天，向人们走来了。

炎炎夏季，属于荷的花季，所谓"映日荷花别样红"。有年夏时，在洞庭湖畔，我有幸饱了眼福，碧波万顷，叠翠拥荷，仿佛千万佳丽在轻歌曼舞，婀娜多姿。三两扁舟荷中穿游，那种"乱入池中看不见，闻歌始觉有人来"的情景，既美妙又生动。

夏日少了春花烂漫，但葳蕤繁茂的绿色枝叶，在人们的汗水中更加凝重。田野上戴笠锄草的农夫，浓荫间攀枝采桑的女子，以及时断时续的虫鸣，无不展现着生命的旺盛。没有哪个季节比夏更充满诱惑，芳香瓜果，美妙蝉声，月色河塘，还有沙滩上美丽的肌肤，这一切，无不爽心悦目。

若以四季来喻人生，夏季应属年轻。它不失春之烂漫，犹有大汗淋漓，且在激情的炎热中开始了冷静思索，与成熟比较接近。而这种接近成熟的人生风景，最为诱人，最具潜质。年轻力壮，年轻有为，趁年轻要做应该做的事，莫等白发上了头。夏，年年都有，而我们的单程人生，不可能重新走过。

畅想夏日感觉，犹如驾舟在大海上劈波斩浪，虽有狂风激荡，间或暴雨的洗礼，但波澜壮阔的豪迈，增添人生的情趣，彰显另一道景致。

秋高气爽，天空变得海水一般湛蓝和清澈。泛黄飘落的树叶，秋风秋雨的寒凉，一如既往而又意味深长地，昭示着大自然生生不息、亘古永恒的律动与咏叹。

当清晨的露珠冷却夏日的燃烧，一种黄灿灿的光彩映照四野，金色的阳光在田野上搭起了秋日的婚帐。苹果的脸儿红得像一抹水晶，棉田间风起云涌地透着白，沉甸甸的谷穗在怀里藏了一把金黄，这些将要离开田野出嫁的果儿，摇曳在晴朗的天空下，深情地将季节回望。

秋情悠悠。那红的如火样的枫叶，是你曾经沸腾的鲜血，那饱满的果实，是你用汗水凝结的希望，而那湛蓝的天空，曾经高翔过你矫健的翅膀。空气中浓稠的果实清香，还有人们心怀绽放的喜悦，都如是证实，没有什么样的光景，能比秋天更让人感到丰富盈实。

秋天是梦的成熟与收获。姉姉从春天一个在草地上采花的小姑娘，到这个秋天的衰老，她已经记不清自己把那方田地翻了多少遍。汗水浸透处，才是收获地。是温热的泥土，成就了乡亲们谷场上的歌谣，灶台边的美味，和头顶上空扑棱棱飞的麻雀的欢畅。

我一直不明白，盈实的秋天怎会给人以那么多的伤痛和悲哀：见秋霜而悲白发，见残花而泪红颜，见归鸿而思故乡，见寒蝉而叹余生，见秋风秋雨则更是"夜雨闻铃肠断声"。这是大可不必的，人生如春花一样盛开，是生命的美丽，但如果没有秋实一般的丰硕，则是生命的荒芜。面对秋天，人生当以无悔，岁月称出人生的分量。

四季在人生中来来去去，而生命时光也在这来来去去中，一天天消失了。时序自然更替，岁月如水流逝，流过去就不会再来。与其茫然惆怅，不如坦然面对，学会珍惜，抓住春绿夏红秋黄冬白的期许，伸展生命的张力，让人生在四季中展现别样的魄力和景致。

四季风景，恰如一世人生。走过一个又一个春秋，才知道人生有许多该走的路还没有走，该懂的道还没有懂。站在秋日的旷野上，看如血的残阳洇红一片蓝天，不知那从田野拾穗归来的农夫，是否带来人生的箴言？

2001年3月　于北京

连心锁 |

游览黄山的头天夜里，我失眠了。人说"五岳归来不看山，黄山归来不看岳"，黄山的景色到底有多好，是怎样的迷人呢？整整一宿，我用大脑的每一个细胞去猜测去构想去描摹……

翌日攀登上天都峰，立身于人称黄山第一险要处的"鲫鱼背"，极目环视，才真切领悟李白"别有天地非人间"的感慨。穿崖破石的劲松，惟妙惟肖的巧石，浩瀚缥缈的云海……是啊，大自然描绘的旖旎风景，又怎能不使徐霞客惊叹万千，留下那脍炙人口的妙语："薄海内外无如徽之黄山，登黄山天下无山，观止矣！"

然而我却不能理解，游人为什么要将那长长短短异彩纷呈的锁，悬挂到石径两旁的防护铁链上，像蒜瓣似的沉浮到茫茫云海之中。孤陋寡闻的我爱搜集些奇闻逸事，却又常常羞于启齿，只好把目光来个"定格"，等待与我怀有同样好奇心的游客去揭迷。

在黄山的险绝处，凡设有防护铁链的地方都挂着锁，地势越险，挂锁越多，或许因为锁头本身太重，抑或负载着更沉重的东西，不止一处的铁锁已委顿在地。而那些锁，不管是已经锈迹斑斑的，还是依然明亮如新的，无不牢牢地系着铁链，以春秋轮回沧桑历尽而不变的守候，静观云聚云散，任由风吹雨打。

云雾中的锁啊，你到底承载着什么？

摩肩接踵的游人，沿着鲫鱼背上的凿痕艰难地攀援，仿佛在抛弃人生路上的所有坎坷。这时，只见一对青年男女走近防护铁链，从背囊中取出一把铜锁，两双多情的手和谐地将锁挂到了铁链上。旋即，四道目光交融在云海里，似有激情的火花在迸溅，彼此的眉梢荡漾着无尽的甜蜜。一阵清风吹过，女的纱裙拂动，显出丰腴优雅的线条美；男的挺胸抬头，潇洒得顶天立地。

"这对情人真漂亮！"忽听一位游人不无羡慕地感叹，我不失时机地搭讪："您怎么知道他们是情人呢？"

他看我一眼，笑了，"这数不清的锁都是夫妻或情人挂上的，传说在这儿锁一把锁，就能得到上苍的保佑，把两个人永远锁在一起，一辈子相亲相爱不分离。"

哦，真是太有趣了，男女情爱中的罗曼蒂克！没曾想，这每把锁都锁着一个美丽的秘密，凝聚了爱的海誓山盟，寄托着两颗心的幸福向往。我甚觉遗憾，遗憾自己没有带锁来，无法代表自己和爱妻也在这里锁把锁，让上苍保佑我俩的爱情地久天长。我是个不愿意有遗憾的人，可遗憾偏偏又找上我，难道人生就不能少些遗憾？

在五年前的那个收获季节里，我与妻相识、相恋。起初，我不敢对她言说我贫穷的农家和作为军人妻子的苦处，生怕她知道底细后"吹"，直到商议婚事时，我才讲了个明白。谁知她听后会心一笑，说："这些困难我早已想过，不会成为问题。"

婚后，我俩天各一方两地生活，团聚的日子都很短暂，但始终两情相悦，恩爱如初。有了宝贝女儿之后，妻子的日子开始艰难起来，她一个人在家乡既要上班，又要带嗷嗷待哺的孩子，用尽心力、体力，操持着一个全靠她自己去支撑的家。

一次，女儿高烧不退，妻抱着去医院走得慌忙，下楼梯踩空了脚，娘儿俩滚落了好几个台阶，当时妻抱着女儿从地上艰难爬起，顿感脊背疼痛至极。后来紧急送到医院，确诊为背部扭伤，尾骨粉碎性骨折。我赶到家的那一刻，看到娘儿俩躺在床上，大的动弹不了，小的还在发烧，我木然地站了许久，不知如何是好。

在家期间，我的脑海反复鼓胀两个念头：一个是，说什么也不能在部队上干了，家里困难太大，必须尽快转业；二个是，当初压根不应该要这个孩子，没有孩子多好，妻少去多少的拖累啊！妻兴许看出了我的心思，时不时地宽慰我，说有孩子不愁长，要不了几年就长大了，困难只是暂时的。以至我临归队前，妻还再三叮嘱：回到部队千万不要乱闹腾，要安心工作。

品人生百味，尝酸甜苦辣，军人的妻子们不愧为最可爱、最伟大的女性！军功章的那一半，不给她们给谁呢？

"师傅，山上有没有卖锁的？"我询问一个中年挑山工。

"玉屏楼有卖的。"

也许在答话的同时，师傅便看透了我的心思，他对我说，人们的愿望都是美好的，但实际上锁并不能锁住两颗心，两口子相处过日子，最重要的是能够互相信任、理解和真诚相爱。我给你讲个故事吧——

三年前，北京有一对新婚夫妻到这儿旅行结婚，来时特意带着一把"永固"牌锁，也锁在了这里，然而他们的婚姻并没有"永固"。去年5月份，女的变心，男的一气之下从北京赶来，打开那把锁，而后攥着锁纵身于悬崖……

"真有这事？"

"千真万确，报纸上还登过呢！"

师傅的话像一抹阴影，罩在了我的心头，我的心情和脚步异常沉重起来，无心再看奇松、怪石和龙飞凤舞的摩崖石刻。我责怪自己，不应该上天都峰，或者不应该打听有关这锁的秘密。可静心品味，又觉得师傅的话不无道理。扪心自问：假如妻与我不是真诚相爱，彼此缺少信任与理解，她还能心甘情愿备尝生活的酸涩苦辣，用心来支撑那个"不完整"的家吗？不能，绝对的不能啊！

是的，信任、理解和真诚相爱，这才是爱情的真正连心锁。夫妻间有了它，患难时，共挽鹿车；畅达时，举案齐眉；龃龉时，心平气和。因此，我愿将这把锁送给你，交给他，也留给自己。

1993年10月稿

第二辑

家园守望

家不只是一处栖身居所
家的内涵和底蕴包含太多
家是爱的港湾，婚姻的舞台
是情感上的依附，心境上的安适

在我心里，妻就是家
握住妻的手
就拥有牵挂和怀想的一切

我捧起妻的手
用一世的真诚
仿佛捧读一部巨书，常读常新
妻的手，浓缩了无怨无悔的爱
镂写着幸福的要约与真谛
妻的手让我读懂，婚姻中的男女
不再是云里看虹雾里摘花，而需要
理性，忍让，汗水，关爱
像纤夫艄妇同舟共济
如梁孟相敬举案齐眉

一切从家开始 |

去年初冬，在时隔三十年后，当我重又睡在老屋的土炕上时，依然舒坦踏实，没有觉得生疏和不适应。只是身子贴不着父亲了，他躺在屋当中的门板上，那么沉静安详，从此无论冬多么寒，炕头多么凉，我都得自己去暖。

我与父亲、兄长在老屋重聚了七天。头天夜晚，天上飘起了小雪，漫天纷扬，灯光映得天地皆白。乡亲们说，是家乡入冬后的第一场雪，一种吉祥的兆头。悄然飘落的雪，连接了从前的岁月，不由得勾起我对年少往事和这老屋的怀想。

在这老屋，我步入人世，与家人成为亲人，续上前缘，修炼来世。

据说我出生的那个早春寒流袭人，冰雪遍地，加之自然灾害连续了几年，乡亲们身无长物，日子窘迫。那年月，乡下新生儿多见夭折，有天命，也有人为。姥姥说，生我的那天早上天特冷，她赶至我们家时，我在老屋土炕上冻得发紫，几乎奄奄一息。我是父母的第三个孩子，当时看来，有我没我并不重要，相反会给家里添加饥荒，但我还是幸运地成活下来。我从心底感激父母，感激姥姥，他们给了我生命，用亲情哺育我成人。

在生命的过程中，没有比获得生命更值得感恩，也没有比养育之恩更重的情意。

亲情哺育生命，也给生命筑窝，这窝就是家。每个入世的人都与家发生着关系，<u>丝丝缕缕</u>，情牵梦萦。第一次，用一个婴儿的姿态蹒跚着走出家门，扑闪好奇的眼睛，观望陌生的世界。第一次，学着大孩子猫腰溜冰雪，歪歪扭扭，跌跌撞撞，一不留神就摔倒了……

记忆中，那天下午，我就是在滑雪玩耍，摔得浑身沾满泥雪，时近傍晚徘徊街巷不敢回家。突然听到了母亲的呼唤，她在叫儿吃饭呢，当我回到家门口时，母亲随即递来了温暖的热手。这是我脑海仅存的关于母亲的画面，尽管这画面并不清晰，尤其是母亲拉住我之后的情景，我拟想了四十多年，无数的想象和描摹在心中升腾，至今仍就一片混沌，但正是这温情的瞬间，给我以无限的安慰和满足。

家是居所，栖息身心。在家的怀抱，一切的疲惫、委屈、烦恼，甚至担惊受怕，都可以消弭安顿，再贫苦的日子也能够长出幸福。跟在家长身后，孩子们歪扭零乱的足迹藏进父辈的脚印里，而成长中的幸福与快乐却流溢在儿女的脸面上。家以它的怜爱、温馨、包容，为生命点亮一盏明灯，撑起一片希望。

雪夜中的老屋，多了几分寒意和沧桑，落满尘埃的斑剥屋墙上，还贴着我读小学、中学时得的奖状。奖状贴在亮堂显眼的地方，每一张都留有父亲的指纹，家徒四壁，他把这几张纸看得最重，劳累或闲暇之余，他总爱对着端详，有时看着看着便哑然失笑。

父亲常给我们讲说他早逝的父亲，说爷爷如何如何有知识有文化，又如何如何受人敬重，一种自豪的神情。父亲没有进过学堂，连自己的名字也不会写，很多时候有话说不出，有苦不敢对人言，品尝了没有文化的痛苦。因而，他希望自己的孩子成为"明眼人"的企盼十分强烈，并为之付出了太多的苦心。

冬日的夜晚，火苗如豆般的油灯下，每当我们看书做作业时，父亲就坐在土炕的边沿上抽起旱烟，他尽量不走动、不出声，在那儿边抽烟边一眼一眼看着我们。父亲的脾气不好，而每在这时候，他非但克制住了自己，连说话的语气也会变得柔和。

我上小学三年级时，学校五个年级唯一的老师突然得病去世，同学们伤心悲恸，自发捐款厚葬恩师。那天早晨，父亲塞给我一把毛票，说这是两块钱，到学校就交了吧，千万不要忘了老师。当时每个工分一毛钱，我们家连年欠生产队口粮钱，两块钱是个大数目，根本拿不出来。后来得知，钱是父亲连夜到邻村几家借来的。这事让我打小懂得，即使欠债，也得报恩。

母亲去世后，父亲经历了当爹做娘的愁苦煎熬，他的刚毅、坚强，他面对无奈的隐忍，成了我最好的学堂和老师。我常拥起父亲结实的臂膀，欣赏他特有的憨笑，感受生命的从容，有时甚至渴望，什么时候才能长成与父亲一样，困难面前挺得住、撑得起。

父亲也出生在老屋的土炕上。老屋是父亲人生的始点，也是支撑他八十二个春秋的精神大厦。数十年移居漂泊他乡，苦了累了，心里不痛快了，他就情不自禁地念叨老屋，想睡土炕。暮年黄昏里，站不稳走不动的他，多次婆娑着收拾行囊，他要回去住老屋，他说，老屋是我生命的根，叶落归根，我该回家了。

回家，父亲真的回家了，我们又团聚到了老屋。

守候在灵前，我那年少的侄儿，一遍遍地伸出稚嫩温情的小手，去亲近他抚摸惯了的满是皱褶的脸庞，他说："爷爷你该醒了，不能再睡了，我还要跟你玩呢。"话没说上几句，泪水已模糊了眼球，他就又趴到灵前的谷草上哭，"爷爷，爷爷啊，你怎么不管我了……"

父亲已经睡熟了。从家出发，历过数十个四季，苦苦劳作一生，最终又回到了家，回到了出发的起点上。而今，父亲牵挂一生的老屋，成为他远行的始点，驶向彼岸的此岸，通往来世的港湾。

乡亲们聚至老屋，来为父亲送行，也在用心挽留父亲，大家念想着父亲的好，述说着父亲一生的艰辛。沉寂几十年的老屋，一时间人声鼎沸，烟雾缭绕。所有的感激、怜惜、欲罢不能的倾诉，都将慢慢地化成思念，夹进老屋的情感档案，丰富生命和家的涵义。

一切源自于家，一切息养于家。因为有家，人生不会孤单，你走得再远也有牵挂；因为有家，无根的生命有了根，你醒来梦去的每一天都能踏实；因为有家，你的生命得以延续，灵魂生而不息。

父亲走了，永远地离开了老屋。

给父亲的墓头添上最后一锹土，叩过长长的头，转身走向老屋时，我顿感头晕目眩，四肢沉重无力，回到老屋便栽到土炕上昏睡过去。亲戚们把我叫醒，说我高烧得厉害，要带我去看医生，我说不用了，喝几口水就没事了。果真，翌晨醒来神志已清，体能复原。

老屋啊，养育我的家！这一生一世，不论路在何方，又将去往何处，我永远也走不出你的怀抱，你融进了我的灵魂血脉，那寒来暑往的日日夜夜、点点滴滴，攀成了庇荫我脆弱生命的常青藤。

2011年10月6日　于北京

渴望母爱 |

三十多年来，不论到什么地方，也不论境遇如何，我总在做着一个梦，一个有关母亲的相同的梦：我亲昵地承欢于母亲的膝下，尽情享受着无比的至爱亲情。母亲永远是那么清亮淳朴，温馨可人，始终怜爱自己的孩子，以孩子的快乐为快慰，因孩子的健康成长而自豪。我在梦中，一次次这样印证、这样渴望，直到不情愿地醒来。

我时常有意逃避现实，不愿在晴明的大街上，张眼看到一个清亮淳朴的面影，一阵恍惚过后，疼痛如针刺我的心肺——她不是我的母亲，芸芸众生中的任何女人，不再有一个是我叫作母亲的那个人了。我的母亲没有了，我的家、我的天堂已经坍塌了。现实中，我是个可怜的没了娘的孩子。

我的年轻的母亲，是在一个清冷的冬夜，被疯狂的病魔夺走了。当时我年仅5岁，母亲离去的时候，我还在甜甜的睡梦中，亲人们肝肠欲断般的哭声，劈头盖脑地击碎了我酣畅的美梦。命运的转折，就这样神秘而迅捷。冷不丁，一个好端端的家庭，支离破碎了，残缺不全了；一个年幼无知的孩子，被沉沉的哀伤袭击了，被无情的苦难枷锁钳住了。

母亲离去得太突然，太匆忙，没有留下一张可供纪念的照片，没有等儿子长大记清楚她的音容笑貌，便带着永远年轻的躯体遁入另一个世界。听人说，母亲在弥留之际，眼里充盈着无限的惆怅和依恋，不停地呼喊着我的乳名，一只手还吃力地向空中寻摸。我是母亲最小的儿子，拟想母亲那一刻的心情，她想到儿子的成长、想到儿子的将来、想到儿子的孤苦伶仃，是怎样的心如刀绞、痛苦激烈？母亲有一肚子的话想对儿子叮嘱，试图紧牵住我的手传递所有的母爱，她不忍心撇下她心爱的幼子啊！

在离开母亲的长长的日子里，我经受着许多的无奈与无助，儿时的梦幻失宠了，生命的依附抽走了，心灵的支撑折断了，一如断线的风筝，雨中的雏雁，远离了牵挂放飞的手，寻不见遮风挡雨的臂。风雨人生中，没有人情有独钟地呵护你，默默地听你倾诉，与你共担忧愁；即使欢乐、成功时，也少了那个痴心为你喝彩的人。

小时候的我，柔弱而敏感，惧怕黑夜和孤独，到了夜晚就不敢上街去玩儿了。我常常形只影单地倚在门口，看巷子里人来人往，听小伙伴们追逐打闹。夜沉了，该睡觉了，左邻右舍的母亲陆续走出巷子，呼喊着自己的儿女，随后，一个个意兴未尽的孩子，或牵着母亲的手，或拽着母亲的衣角，蹦蹦跳跳回家了。这情景，映在了我幼小的眼底，却伤害着我稚嫩的心灵，使我日益萌发渴望母爱的强烈欲念。

上学后，第一次练习缀连文字，老师开导说，就写你们熟悉的人或事，比如"我的母亲"什么的。同学们毫无迟疑，驾轻就熟，挥洒自如地写起了自己的母亲。我却一片茫然，不知所措。我的母亲是怎样的呢？我无法穿越时空，回到从前，寻见母亲的身影，只能通过一个个关于母亲的符号，去熟识和走近母亲。村上的老人告诉我：你母亲人缘特好，模样儿很俊，高高的个儿，白白的肤色，梳着两条长辫子，做针线活在村里数得着，许多年轻的姑娘、媳妇都跟她学过手艺呢。小姨对我说："我和你娘一奶姐妹，但我没有哪一处比得上你娘啊！"在我看来，小姨已是出众，没想到她心中追崇的，却是我的母亲、长她十几岁的姐姐。

我不停地寻觅母亲的痕迹，利用检索到的每一个信息符号，悉心构画，反复描摹，拼凑对母亲的印象。渐渐地，母亲在我的眼前活了，那么亲切，那么和蔼，我感到了甜蜜和幸福。虽然我没有写出"我的母亲"的作文，没有像同学们一样穷其妙语，去赞美和颂扬母亲，但我从心底熟悉了母亲，走进了母亲，与母亲有了灵魂的沟通，从而也找到了些许人生的慰藉。

母爱博大无边。那年秋天，在胶东一家海军医院住院时，同室病友小李多有感念。小李晚我一年入伍，来自江南水乡的一个小镇，他当时军龄不满两年，在军体训练中扭了脚，而我要做个外科小手术，两人同住一个病室。小李说："我现在特想念我妈，要是我妈在那该多好啊！过去我生病了，妈妈总要变着法儿给我弄好吃的，夜里都是抱着我倚在床头，轻轻摇晃。说来也怪，在妈妈怀里睡上一宿，病就好了。看来，打针吃药能消灾祛病，母爱滋润却胜似灵丹妙药。"小李每每提及母亲，我都默默地听着，仿佛聆听一曲曲动人的美丽传说。

没过几天，小李的母亲越过千山万水，真的来到了医院。母子相逢，两心相悦，儿子一声"妈"甜甜长长，母亲深情地扑向病榻，紧紧拥抱住儿子，久久地没有松开。那份母子间的浓浓亲情，惹得我不无羡慕，又心生嫉妒。当晚我长时间辗转反侧，无法入眠，悲怆和委屈犹如一张无形的手，在暗夜里不停撕扯我心中的伤口。是夜，我做了一个梦，梦见自己也躺在母亲的怀抱里，感受着母亲的体温和心跳，一种从未有过的被人宠爱的感觉流淌全身。翌日醒来，眼帘上沾满泪水，枕巾浸湿了一大片。我的情绪骤然低落，恍惚不定，浑身没有了精气神。小李母亲看我闷闷不乐、心思重重，便关切地询问："是不是想家了？"我说："没有，都老兵了，在外已经习惯了。"她又问："你妈来部队看过你吗？"我顿时语塞，苦作欢颜，本能地摇摇头……

不同的人生经历，演绎不同的生活感悟。享有母爱恩泽滋润的人，或许想象不出"没娘的孩子像根草"的滋味。事非经过不知难，就像呼吸，人人都在做，习以为常，只有溺水窒息过的人才知道能自由自在地呼吸，有多爽心、多畅快。有如满树火红的枫叶，经常看，看惯了，便熟视无睹，等有一天枫叶纷纷飘零，才忽然意识到，落叶不会像鸟一样重新飞回枝头，失落是如此的残酷无情。人说母亲就是家，我寻不见母亲，和沿街踽踽独行的人有什么两样？

记得上中学那会儿，家乡时兴穿一种带松紧的黑条布"懒汉鞋"，男女同学都穿这种鞋，仿佛统一制作似的，看上去很整齐、特精神。有的同学不断换新鞋穿，一双接一双，从没见把鞋穿破过。我却不曾穿过这样的鞋，我没有母亲给做，属于我的，是那异味难奈的黄胶鞋，或者别人不愿穿的过了时的土布方口鞋。即使这样，也难有保证，每双鞋都是破得不能再穿了，才得以更换。和同学们在一起玩儿时，总想把两只脚丫藏起来，可越是这样就越出丑，常常被人当笑料。有时尴尬难堪之至，真想找个地缝儿钻进去，逃脱世俗的眼光。

当兵到了第五个年头，忽一日，领导对我说："回家去看看吧。"恰巧，有一位同乡战友也回家，我俩结伴同行。战友归心似箭，路上总埋怨火车走得慢，恨不能插翅飞回去。他说："我就想吃我娘包的饺子，那个香啊……"战友说起家和母亲，滔滔不绝，幸福之情溢于言表，而我无言以对。战友回家，揣着奇妙的念想，如飞鸟归巢，去重温旧梦，拥抱亲情，抚慰一颗漂泊的心。我回家呢？到母亲坟上点炷香，磕个头，告诉她老人家：儿子回来看您了。

我不时想起我的一位老领导和他的母亲。老领导戎马生涯几十年，功成名就，在他行将退休的时候，他的母亲依然健在，高寿九十有余，但老人家耳不聋、眼不花，每天还摸索着要做家务。一个冬日，我陪领导去外地出差，上家接他时，只见老母亲正忙着为他收拾行李，不一会儿，就把一个袋子塞得满满的。要出门了，老母亲伸出青筋突起的手，婆娑着把儿子身上的衣服整理了一遍，而后又送出家门，直到我们驱车远去，她还立在寒风中不停地挥手。出差途中，老领导多次提说他白发苍苍的老母亲，情之真，言之切："这么多年来，我无论在何时何地，也无论平淡还是辉煌，心线总是紧紧地牵在母亲的手中，眼前总是有一双充满希冀的眼神……"

耳畔又响起那首悦耳动听、扣人心弦的旋律："有妈的孩子像块宝，投进妈妈的怀抱，幸福享不了。"一曲《世上只有妈妈好》，响彻大江南北，唱出了为人儿女的情，也唱碎了没娘孩子的心。母亲，我生命的渴念，日夜的希冀，真不知赚去我多少的男儿泪，也不知要把我的心碎成什么样子。

有一篇纪念母亲的文章，这样写到：母爱就像空气、阳光和水一样，什么也不能换取它，它可以让平凡的生活充满华彩。如果缺少了它，即使有一世界的珍宝又有何用？那不过是一堆货物而已。真不敢相信，作者的人生感触竟与我不差二样，我们在心灵上走得这么近！

如今，我已是为人之父，女儿在我和妻的眼皮儿下从容而又欢快地成长着，到了过我肩高。无论物质文化的享有，还是亲情的恩宠呵护，我们都希望女儿是绝对的富有者，以使她远离父辈曾有的辛酸和委屈。看着女儿与妻子随心所欲地亲昵，毫无顾忌地嬉戏，我常在欣喜开怀的缝隙生发几分嫉妒，继而有一种说不清楚的寒凉掠过心头。

"有妈的孩子像块宝"，经典啊！母亲们用自己一世的勤劳、宽厚和深情，极力撑起一张张巨伞，荫庇呵护儿女。如今在这市场经济潮涌的时代，可以称作永远的东西已不多见，可以走进你心灵的人越来越少，以往我们曾经相信、信赖甚至崇敬的东西，都有可能变成一种筹码、交易，成为一种无常的变数。但是母亲，母亲对孩子的爱，没有更变，成为永恒。

前年出差到兰州，黄河岸边那尊由著名雕塑家何鄂创作的《黄河母亲》的雕像，深深吸引和打动了我：母亲安详地侧身而卧，神情专注地滋养着怀中的儿子。仰望《黄河母亲》，不知别人是怎样的心情，我顿时遐思万缕，油然想起老子的训言："上善若水，水善利万物而不争。"母亲不就是水吗？母亲心地清澈如水，本性柔和如水，虚怀沉默如水。

然而，命运却使我远离了母亲，"离开妈妈的怀抱，幸福哪里找？"

渴望母爱！人性原始的本能，我生命最底层的泣血呐喊。

2003年5月6日夜完稿

| 回望父爱

　　昨天是父亲节，我收到了女儿寄自学校的明信片，上面印着"父爱如山"温存而凝重的字眼。"有一种记忆可以很久，有一种感念可以很长……大山般的父爱，留给我们的不只是背影。"我的眼睛顿时潮湿。生活在这个世界上，至爱亲情似繁茂的常青藤，永远荫庇于身、抚慰身心，维系着生命。

　　我油然想起我的父亲。我的父亲是个农民，不识字，生活在偏僻贫穷的太行山区。如今父亲老了，岁至耄耋，发如雪，腰佝偻，眼昏花，耳失聪，步履迟缓，饭量减少，总之，年迈者的特征渐次分明。

　　父亲一生命运多舛，十五岁上殁了父亲，四十岁时失去妻子。他在孤儿寡母和当爹做娘的漫长的生活煎熬中，背负着难以想象的心酸苦累，顽强地走过风来雨往的岁月，走过人生旅途的春夏与秋季，步入了生命的隆冬。上个月中旬，我出差途中拐回去看望父亲，因为提前电话告诉了兄长，快到家门口时老远就看见父亲站在那儿张望，当车子停稳我走出车门，他便扭头带着司机朋友和我向家里走去。看着弯腰躬脊、蹒跚而行的父亲，我不由地想到朱自清的《背影》，那个定格的背影恍惚间竟与眼前父亲的背影有些重叠。父亲的背影，镂写着坚毅、沉默、宽厚和乐观，这背影是我成长的背景，依存这方背景下，我拥有了人生的欣慰和满足。

听父辈们说，我爷爷去世后，奶奶与父亲相依为命，日子过得十分清苦。迫于无奈的生计，父亲年少便跟随他人去做小买卖，沿街贩卖些针头线脑之类的日用品。出门在外，父亲吃了许多的苦，挨饥受累，露宿街头，甚至被人抢劫，都是常有的事。一次，父亲在外奔波了一个多月，千辛万苦挣了几个钱，回家时的头天夜里还清点过一遍，可等到翌日晨起，口袋里的所有钱不翼而飞。父亲一时懵了，眼泪哗啦流下来。但回到家中，父亲并没有对奶奶讲实情，只说是生意亏了，他怕奶奶伤心难过。穷家出孝子，父亲的懂事与孝顺，支撑着奶奶的精神大厦。

那时的家乡战火纷飞，家家是堡垒，户户是房东，军民同心御敌，为着抗日战争的最后胜利。部队在我们临村开设一处战地医院，父亲曾被招进医院做护工，直至医院撤离，前后一年多时间。医院撤离时，组织上找父亲谈过话，希望他能随行移防，但父亲放心不下柔弱的奶奶，就向组织说明了情况，最后医院也没有强求。此事成了父亲一生的遗憾，以致我们兄弟到了服兵役的年龄，他都要求我们积极应征，"能参军一定得去"；我当兵二十多年来，父亲从未拖过后腿，他说"自古忠孝难两全，你在队伍上做事，就是最好的尽孝"。父亲始终是那么执著地企盼着，企盼着他的遗憾不再是遗憾，他的志向追求由他的儿子去实现。

父亲和母亲结婚以后，家里的境况出现了转机。听人说母亲端庄秀丽，心地善良，操持家务井井有条，尤其做针线活全村数得着，许多大姑娘小媳妇都跟她学过呢。但命运之神往往爱捉弄人，安排得人的生活各有方式，有时甚至容不得一个善良人家的温馨美满。家里生活刚有起色，奶奶便病倒在床，一卧不起，不久撒手而去。父母辛勤筑窝儿，几个孩子相继出生，家庭呈现生机红火了，母亲又突然间染患沉疴，医治无效，带着她年仅三十二岁的青春躯体飞向了天国。一个好端端的家，刹那间，毫不留情地破碎了。

母亲的去世，对父亲来说是当头重击，好长一段时间里，父亲魂不守舍，精神恍惚，几乎失去了生活的信心和勇气。是好心人的劝慰相助，更是几个不谙世事的孩子的需求，使得父亲坚挺起来，勇敢地接受了别无选择的命运安排。

记忆中，父亲既当爹又做娘的日子，充满了苦涩艰辛。父亲从没有闲适，通常是两眼一睁，忙到熄灯。那时农村是大集体，在生产队干活计工分，一天分五晌，一晌计二分，出一个满勤能挣一毛钱。但为了尽可能地多挣一毛钱养家糊口，父亲经年累月不曾休息，即使病了也不肯歇上半晌。尤其在我们小的时候，他每天一大早起来煮好饭，随后去出早晌工，收工后吃早饭，吃罢去出前晌工，下工后赶紧做午饭，没等吃罢又该去出后晌工，晚上收工回来更是不得轻闲，做做吃吃就不早了，但还有大量的家务等着他呢。不知多少次我从梦中醒来，看见父亲还倚在炕头，借着昏暗清冷的煤油灯，弯着疲惫的腰，用那双粗糙笨拙的手，不停地穿针引线……

我的脑海储存了太多的类似画面：盛夏酷暑的傍晚，父亲扛着锄头回家了，只见他那裸露的肢体晒得黝黑发亮，大片脱皮，上面布满了被庄稼乃至荆棘拉割出的伤痕，有的还在洇血。父亲放下锄头，先拿个瓢儿到缸里舀起生水咕嘟咕嘟喝个够，紧接着钻进灶房生火煮饭，伴着柴草的烟熏火烤，父亲的汗珠便往下跌落。锅烧开了，却难为无米之炊，这时又有泪水和着汗珠落进锅里。那时糠菜半年粮，没米下锅常有的事，肚子整天叽里咕噜，闹得人们坐立不安。饭煮好了，父亲呼唤孩子们吃饭，而他自己却拿起旱烟袋坐到门口过道的石墩上，慢悠悠地划着火柴把烟点燃，咝溜咝溜品尝起烟的滋味。父亲抽烟的样子很安详，烟袋的吧嗒声与弥漫的烟雾形成默契，有时我们吃罢了他还坐那儿抽，我想，这便是父亲操劳中最为舒坦的时刻了。

记得生产队干部曾委派父亲到队里的马坊去喂牲口，虽说这是个既脏又拴人的苦差事，但一般由两个男劳力承担，只要两个人之间商量好，出工时间相对自由些，不必准点走到点回，便于父亲照顾家里。后来，父亲觉得时间能调剂了，孩子们也渐渐长大有了帮手，就在家里养了两头猪，指望以此来换几个零用钱。那时人都在饿肚子，猪自然是养不好的，尽管我们兄弟起早贪黑割猪草，秋后到地里一根一根拾回红薯秧，晒干，碾碎，备作冬天的饲料，但养了一年多的猪都只有几十斤重，瘦得皮包骨头。正当父亲准备拉到几十里外的矿区卖掉时，街上的标语栏里贴出了两张大字报，大肆诋毁攻击父亲，说父亲损公肥私，拿队上的马料养自家的猪。其中一张大字报上画了两头肥而流油的猪，旁边注着"这是×××用马料养出的大肥猪"。就在那天晚上，生产队长告知父亲："从明儿起，你就不要到马坊出工了。"我们兄弟深知父亲委屈，要找队干部评理，父亲却憨憨地说："不做亏心事不怕鬼叫门，他们爱说什么就说什么吧。"

父亲处事坦然，为人谦和，极少与人争辩什么。父亲说，时间可以证明一切，许多事情迟早总会明白的。如今想来果真如此，在那"宁要社会主义的草，不要资本主义的苗"的年代，人们的思想畸形膨胀，谁又能容得下他人的哪怕是一点点的物质收益呢？

莽荡的太行山萧条贫瘠，它赐予乡亲们岁月的苍凉，却也养育一方人家，繁衍着不息的生命。小时候翻山越岭上学的途中，尤其到了夏天，我和同学们常躺在浓密树荫下的石头上远眺近想，打发食不果腹的时光。看那满山林立的石头，任凭风来雨去，静观云卷云舒，我便一次次想到父亲。父亲也如太行石，他有石的情怀、风骨和品格，虽遭受生活的疾风暴雨，但保持了那份雨雪无妨、宠辱不惊的坚硬、豁达与超然。

穷人寒夜长。那时的冬天格外难熬。夏天赤足光背喝生水，有块草席睡得香，冬季里却使不得，冰封雪冻，饥寒交迫，叫人度日如年。记忆里，霜降过后父亲就多了叹息，那清癯的脸上隐显一丝愁苦，他开始盘算一家人冬天的吃、穿、盖，但任凭他如何算计都有少不了的酸楚。家里被褥少而单薄，冬夜不抗冻，就靠柴草加温挨过，父亲都是一夜数次起来烧炕，极少能睡上个囫囵觉。要知道那年月连烧火的柴草也不宽余，也得精打细算啊！但我们兄弟几个的棉衣却年年厚实，少挨了许多的冻，同伴们不无羡慕。父亲有他的理论："有的能凑合，有的则不中，这棉衣单薄了会冻坏孩子身子骨的，冻坏了以后可咋办？"为使我们冬天穿得暖，每隔几年父亲就要背着积攒的花椒、柿饼等山货，远涉山外的平原棉区去换棉花，棉花换来后取出适量找人织染成布，再用些布抵消工钱，其余的配上棉花为我们缝制棉衣。这说来简单的过程，却不知倾注了父亲多少的舐犊深情啊！

往事并不如烟，父爱温存于心。犹记得，那年农业学大寨，村上沟底河床修田造地，到了冬季吃大锅饭，参加劳动的社员均由集体管饭。虽说饭是按人定量，一个壮劳力每顿俩窝头加一碗面汤，饭量大的也就吃个半饱，但依然很诱人，吃个半饱也比饿着强。每晚收工回来，父亲的棉袄里总揣着半个窝头，进门就塞给我，"还有热气儿，快吃吧。"天下大人向小的，我是父亲最小的儿子。犹记得，那月我得了个奇怪的病，邻村老中医给个偏方：将鸡蛋壳打个小口，把中药塞进去，而后用面包起来烧熟吃，每日早晚各一次。那时鸡蛋为奢侈品，通常是吃不起的，况且自家也没有养鸡，然而当晚父亲就沿街收买了一小筐鸡蛋，回家后即遵从医嘱如法炮制。当我掰开烧得焦黄的面皮，吃着药和蛋清蛋黄的混合物，竟一时品不出苦甜。犹记得，那天我贪玩掉进了池塘冰窟窿里，把仅有的棉衣湿个精光。我小心翼翼地回到家，父亲立时生气，还打了我。但那天父亲彻夜未眠，硬是用柴火烤干了我那结成了冰的厚厚的棉衣……

泪水已经模糊了我的双眼。年年岁岁，父亲栉风沐雨，默默地做着一切，努力为我们撑起一片天地。在父亲宽厚的情怀里，我享受着贫苦家庭的充实与快乐，编织着生活的美好未来。

我十八岁时参军到部队，从此与父亲千里相隔，但我无时不在想念父亲，思绪缭绕揪心，时常在梦里与父亲相依。我一直在想，如果没有父亲的坚强，我们这个家是否能支撑到今天，我是否能走到今天的地步？每次回去探望父亲，他都反复嘱咐我："人活一辈子不容易，一定要珍惜，在队伍上好好干。"不识字的父亲没有豪言壮语，但每句话语掷地有声，分量重千斤，它是父亲泣血生命的深切感悟和殷殷企盼。每当想起父亲的教诲，我都会多出几分充实几分坚强，都会激励自己用心生活，过好每一天。

行笔到此，我越发觉得自己的言辞竟是这般的苍白，根本无力勾画我的如山般的父亲。我是多么得感激父亲啊！我想，如果苦难还不能算作人生最难得的财富，那么，最难得的财富就是我有坚强如山的父亲。父亲，今夜星光灿烂，儿子在千里之外的军营为您请安：祝您快乐生活，健康长寿！

2008年6月16日　于北京

哭记：2010年月12月11日午后，父亲走完82岁人生长路，无疾而终，我失去了又一位最亲的亲人。父亲是一名普通的农民，一生平淡，他把生命的一切都融入没完没了的劳作里，从劳作里寻找欢乐，从欢乐中获取满足。父亲坚强、乐观、向上，始终对生活充满爱和执著，他用生命的体验和默默耕耘，筑起了一座精神家园。父亲留下的精神财富，将永远激励我勤奋做事、守望相助、追求美好。

2011年4月2日，时近清明，思亲心重，夜难成眠，泣忆中缀连一篇纪念父亲的小诗《父亲，迎春花开了》——

父亲，迎春花开了/开在四十年前/母亲的新坟上/花瓣嫩绿鲜黄/静静地绽放/你说娘最喜春藤/父子将坟头扦满枝条/期盼着迎春的花丛中/能映现灿然的音容

父亲，迎春花开了/开在春天的麦田里/芬芳弥漫了大地/你一生以土地为命/变换着不同姿势/耕种贫疾的年景/也耕种不变的追求/把青春与汗水播进泥土/村口那棵古老的柿树/记得你累弯了腰的背影

父亲，迎春花开了/开在袅袅升腾的炊烟上/归燕飞旋着呢喃/你也是我们的娘/用那双粗糙笨拙的手/数米量柴，织补温暖/为年幼的孩子撑起天堂/午夜清冷的油灯下/你还在穿针引线/针又扎破手指/血滴洇成岁月的繁英

　　父亲，迎春花开了/开在破旧的老屋里/连那斑剥的墙皮/都感受到春的浓意/在老屋，你我成为亲人/续上前缘，修得来世/我常拥着你结实的臂膀/欣赏你特有的憨笑/我有时甚至渴望/怎么才能像你一样/总是满面的春韵

　　父亲，迎春花开了/开在为你送行的路上/遍地返青的蔓草/掩饰了孝子的泪迹/你耕作一生的土地/终究把你收了去/连同你饱经的酸辛/伏跪坟前，我已被弃/迷蒙的泪眼里/是你和娘怜子的深情

　　我敬爱的父亲啊/迎春花开了/开在苦涩的泪水里/开在不尽的思念中……

在心底感激岳母 |

我时常想，见女婿亲，这大概是母亲们的一种天性，否则，生活老人就不会有这样的感慨："丈母娘看女婿，越看越欢喜。"

对于岳母，我有太多的切身感受，感受到的母爱深情隽永绵长，说不完也写不尽。这里，就让我从近日的真切感受写起吧。

半月前，我随机关工作组到基层调研，返程途中回去逗留一天。进门方知，岳母大病了一场，身手不太灵便。岳母是骑车摔伤后病倒的，那天，她骑车带着我的小女儿上街玩，不幸被一莽撞的三轮车挂倒在地。失事瞬间，岳母一心顾及外孙女，全然忘了自己，结果外孙女无恙，她却摔出了伤，鲜血顺着手臂往下流。翌日，岳母的半个身子便开始不听使唤，以至后来手里连饭碗也端不住。月余间，她到过几家医院，看过不少医生，服过许多药物，总算大病初愈了。

我嗔怪妻："家里出了这么大的事，为什么不写信告诉我呢？"妻一时委屈，泪水溢满了眼眶，"是妈不让我告诉你，怕影响你的工作。"这当儿，再看看被伤病熬磨得明显衰老几分的岳母，我竟不知道说什么才好。

感激岳母，是我藏之心底的真切情感。

记得，头一回上岳母家相亲，我就出了洋相：坐板凳时，裤裆缝儿倏地扯开个大口子，狼狈不堪。裤子是我在部队临回去时，上市场花九块钱买的，质地有点差。我当时乱了阵脚，不知所措。岳母随即递来一条裤子，说："没事的，换下来我给你缝缝。"她打开缝纫机，几下就缝好了。紧接着，她和女儿又领着我来到布匹市场，找来裁缝为我量体，又剪裁了布料，而后拿着剪裁好的布料返回。等我彻底反应过来，裤子已经做好了。岳母说："给你做了条裤子，试试合身吧。"我一试，笔挺合体，人也精神了。那是我当时穿过的最好的一条西裤，也正是这条裤子，坚定了我娶其女儿、认其为母的勇气和信心。

记得，那日凌晨我离家归队，原打算起床后即启程上路，不在家吃早饭了，可当我起得床来，岳母已将热腾腾、香喷喷的饺子摆上餐桌，"快洗把脸吃饭吧，别误了赶火车。"岳父在一旁说："你妈一夜醒了好多次，生怕误了为你做饭。"我很快把一大碗饺子吃完了，放碗时，岳母又盛来一些，说："多吃上几个吧，这一走又不知道什么时候才回来。"我的鼻子一阵发酸。刹那间，我想起一首歌来，一首因我岳母这样的慈母而写的亲情歌："慈母手中线，游子身上衣，临行密密缝，意恐迟迟归。"

我与妻成婚以来，彼此相敬如宾，恩爱有加，但也难免锅碗瓢盆的磕碰。每到此时，岳母就把我俩叫到一块儿，既严肃又饱含深情地数落一顿："两口子过日子，要学会包容谦让，怎能为一点儿小事就生气吵架？这样下去是不行的，会被人笑话的。"见岳母生气了，我俩立马"阴转晴"，承认不对："妈，以后我们好好相处，不再惹您生气了。"听我俩这么一说，岳母总是舒心地笑笑，"只要你们日子过好了，和和气气、美美满满的，当妈的心里比什么都高兴。"

女儿的呱呱落地，给我们家带来说不尽的喜悦，同时也面临不少困难，当时燃眉之急，是住房紧张和没有人照看孩子，我因此产生了脱军装转业家乡的念头。岳母知道我的想法后，极其认真地劝导我："转业不转业得听部队上安排，不能因为家里有暂时的困难就闹转业，要知道，部队的事再小也是大事，家里的事再大也是小事。"后来，我再也没有提过转业的事，以至今天依然驻守着平凡的岗位，履行着自己的职责和义务。

感激岳母，是我挥之不去的浓烈念想。

女儿十个月的时候，岳母所在的工厂精简裁员，允许一部分快到退休年龄的职工提前内退，于是她毫不迟疑，申请办理了退休手续。岳母还可以继续工作，工友们也劝她再干上一段时间，等调了工资再退。然而，为了解除我的后顾之忧，使我安安心心服役，她毅然决然地离开自己默默战斗了近三十年的工作岗位，牺牲了自己完全可以拥有得多一点的工资待遇，回到家中，照看起我的女儿。

照看孩子是体脑并用的综合劳动，需要耐心和毅力，并不比上班轻松。妻的工种又相当辛苦，上三倒班，轮到夜班时女儿便全然交给岳母。女儿挺淘气，夜里寻不见妈妈就哭闹，很难哄住，而且哭罢还常发高烧。女儿发烧后，又喂不进去药，岳母只好通宵达旦地用酒精给孩子擦手心、脚心。为便于陪护孩子，岳母大都是和衣就寝，于无比疲惫中熬过一个又一个难挨的长夜。很多时候，岳母忙累得饭吃不好，腰酸背疼，精疲力竭。她用爱的琼浆玉液，哺育女儿成长，浇灌着我们的幸福与希望。

我与妻从相识、相恋到成婚，算来已有五六个年头，但由于军人职业的特性，团聚生活的日子有限，加起来也不过年把光景。年把光景，在人生长河中是短暂的瞬间，但正是这短短的瞬间，我拥有了婚姻家庭的幸福，拥有了在母爱呵护下的天伦亲情——夫妻情、父女情。千里之外，每当遥望故里，怀想温馨家园，我就油然感慨：军功章啊，有我的一份，有妻的一份，也有岳母的一份！

悠悠岳母情，恩泽两代人。我的心底时而热流涌动，我晓得，如果没有岳母的扶助，没有岳母的默然奉献，我们的家不可能如此温馨，我更不可能在军营走到今天。就连三岁的女儿也渐省世事，长了思想，时常对我岳母说：姥姥，谢谢你给我的爱，我将来挣了钱都给你花……然而，寸草之心，终究难报三春之晖。

感激岳母，用一个军营男儿的拳拳之心。

1994年11月8日

| 向岳父学习

与爱人成婚以后我才知道，岳父年轻那会儿在厂里也算个"腕儿"，他有文艺天赋，吹拉弹唱，编演节目，写写画画，样样能够搭上手，加之外型有点像周总理，大家相当重看他。那时城乡大地处处莺歌燕舞，文艺骨干极易重用。岳父二十来岁时，党组织看他是个好苗子，准备发展他入党，便派人去家乡调查社会关系，发现他的家族曾是旧社会的商人，属于资产阶级类别，不能加入无产阶级政党。又过两年，组织和领导还是认为他思想先进，表现出色，应该吸收入党，再次组织外调，结果依然未如人愿。入不了党，便意味着仕途受阻，升迁无望。后来，岳父在工厂一线做技工，几十年兢兢业业，乐乐呵呵，直到光荣退休。

岳父生于上海浦东，20世纪50年代后期，十六七岁的他，先是只身到北京学习技工，后响应祖国号召支援河北纺织工业，走进了邯郸一家纺织厂。从黄浦江畔的鱼米闹市，到当时还比较落后的北方小城，他努力克服水土及饮食上的不习惯，以满腔的热情投入工作，很快适应了环境。岳父回忆说，那时的人们彼此融洽，就像和自己的亲人生活在一起，不生分，很舒坦。

这么些年来，我未曾听到岳父抱怨过什么，他总是乐观向上，似乎从未遇到过忧愁烦恼的事。三个孙辈从小到大都愿意跟他玩儿，见面就黏着爷爷外公地喊，以至岳母常有冷落感。岳母有时不服气，说我也没少疼爱他们，小时候没日没夜地把持，可是为什么对我就不那么亲呢？岳父答："你看看我的脸，黑是黑了点，但和蔼，友善，有亲合力。"岳母反驳："你就会当老好人，什么也不在乎，怎么摆弄都行。"岳母话里有话，她多多少少认为，岳父没棱没角，凡事顺从别人。岳父岳母的工友们也多次对我讲：你岳父是个老实人，与他在一起好相处。老实人原本是个褒义词，但有时也隐含了另一层意思，以至容易吃亏，还会被人忽视或摆弄。

因为老实，少了投机取巧，不去强求什么，岳父他还是失去了一些的。仕途上的曲折不再赘说，他在岗一线几十年，始终勤恳踏实，组织和领导有为难的事他主动分忧，别人不愿去干的活他去干，但每当涉及利益分配时他都几乎在后。同龄工友差不多都住上楼房了，岳父一家五口还挤在二十几平米的简陋平房里，起居困难可想而知。几年后，厂里又盖起两栋家属楼，岳母寻思，这回说啥也该轮上了，可结果还是没能进去。岳母问岳父：凭什么上班晚、条件好的都进了楼，而咱就住不上呢？岳父安慰说：别着急，迟早会有咱的。直到我与爱人结婚后的第二年，家里才搬进了楼房。

岳父常说，哪个人也不傻，谁都想过好，关键看你怎么认为。想当官的必然要钻营，想发财的必然要冒险，把名利看得过重了，再好的待遇再多的钱财恐怕也觉得不够。在岳父看来，人贵有平常心，凡事要想得开。因此回想过去时，他很少去寻找失落了什么，更多的是去发现值得欣慰的是什么，让时光的美好充分地展现。

我与爱人结婚时，我家条件差，自己工资又低，当时什么也准备不起。我去向岳父求婚，他亲切地说："办吧，两个人要好好过日子。"因为条件所限，选择了旅行结婚，当天我和爱人起个大早，坐公交赶到火车站，乘列车上了北京。那天是个好日子，一个家属院就有几家办喜事，院子内车水马龙，人声鼎沸，相当热闹，然而岳父家却悄然如常。岳母伤心落泪，一天没有吃下去饭，说人家的姑娘出嫁那么排场，我们孩子哪点差，怎么就没有这个福呢？岳父陪着安慰，说那些个都是形式，与将来过得好赖没关系。后来，弟弟、妹妹结婚时，岳父也是同样态度，只要孩子们相爱，其他方面不重要。如今孩子们生活和美，三个孙辈已有两个考上重点大学，另外一个正读高中，学习成绩也很好。岳父说：什么叫福？咱这就叫福。

岳父退休以后，锻炼、持家，尤其烧菜做饭，成了他的日常主业。上海人在饮食上有研究，岳父烹饪技术不错，我爱人从小跟着学，还真学了几手呢。我爱人和女儿刚随军时，岳父想外孙女，孩子也想姥爷，他来北京住了一阵子。岳父每天帮着看孩子、做饭，再就是早起晨练，几乎雷打不动。他自学一套扇子功，起初自个在操场的角上练，没过几天就有人来跟着比画，我爱人买来运动服把岳父武装了一番，俨然是个大师，这下跟着练的人更多了。每日晨练回来，岳父喜在眉梢，精神焕发。有天我去观摩，温煦的朝阳下，岳父手持大折扇，引着一波人前挥、后抖、伸腿、蹲身，那阵势，出神入化，优雅迷人。

后来几年里，岳父又练棍耍剑，也都悟出了几分门道。有年他回到上海，住在小女儿家，几个月下来，晨练效应明显，带出了一批剑友。离沪时，剑友们送来特产小吃，还为他买了运动服，岳父动情了，说，我应该感谢大家才是，怎么好意思收东西呢？后来我与岳父开玩笑，说，你这个师傅挺谦虚，教徒弟不摆谱。岳父说，我心里真是那样想的，应该感谢他们，是他们促使着我提高了练剑的水平，同时还锻炼了身体。岳父就是这样，他总能从平凡的生活中获得欣慰和满足。

岳父已逾古稀，如今满头银发，但耳聪目明，精神矍铄。他的身体底子一般，年轻时心脏就不太好，长期车间干活还落下一些职业病，下肢严重静脉曲胀。但他很少看医生，没有住过院，全凭自己的修养和锻炼。岳父对我说，人这一生需承受的东西太多，来自各方面的压力意想不到，有很多事情无法回避，但也有一些可多可少、可有可无，因而，必须学会选择和放弃，负重少了，心里轻松了，日子自然也就从容了。

随着与岳父相处时间的拉长，我越发觉得这位老人不简单，他用自己过往的体验告诉我：人这一生不容易，但懂得生活学会生活了就不难，只要阳光从容自在，就能快乐如意满足。想来，我真是幸运啊，命运让我走近了岳父，拥有了这难得的人生财富，我当倍加珍爱。

2013年3月10日

| 今日结婚

　　幸福地睡了一宿，太阳晒着屁股的时候，即将成为我妻的女友，来到我的床前，轻轻地推醒了我。

　　"几点了？"我问。

　　"快八点半了。"她笑吟吟地答。

　　头天已经讲好，上午八点钟，我们上街道办事处办理结婚登记手续。我却心中不装事，竟然迷迷糊糊睡过了头。

　　女友就坐在床边，依偎着我。望着她那饱含秋水的眸子，红润润的嘴唇和嘴角上浅浅的笑靥，我心里头的滋味啊，蜜一样的甜。

　　我母亲去世的时候，我刚满五岁。长大后才知道，母亲是患孕间病去的，她一心想给我生个妹妹，可终究没能如愿。在乡下人眼里，仅有儿子还不行，儿女双全腰板才"硬"。可怜的母亲，成了封建余毒的牺牲品。我在为母亲哭泣的同时，总是幻想着，将来能够遇上一个贤淑、美丽的女孩，把她娶回家，好让母亲在九泉之下安息。

　　二十年后，在一个收获的季节里，我真的遇见了心目中的女孩，而且一见如故，情深意长。更为巧妙的是，她诞生的年月，恰好是我妹妹应该诞生的年月。一个月明星稀的夜晚，我与女友偎坐在公园的石阶上，她一边听我述说家事的不幸，一边依在我怀里抽泣，泪水洇过衣衫淌在了我的胸口。我说"不哭不哭",可自己的泪珠却如断了线一般,流落在女友的脸颊。

那一刻,亲情使我和另一个世界的母亲有了灵魂的沟通,我感到母亲就在我的身边,为她有一双可爱的儿女而欣喜不已,一边抹着热泪一边把腰板儿挺得直直的。

在一些人看来,儿女们的婚事是父辈承接下来的一副重担,只有等到儿女们婚宴过后,这副担子才得以抽去。然而家庭生活的不幸,使我过早地从一无所有的父辈肩上,接过了这副担子,背负着艰难走到了今天,走到了我幸福生活的门槛前。我曾痛恨生活的残酷无情,更感激多彩生活的无私馈赠,是不幸的生活开创了我幸福的人生。

时至今日,远居乡下的苦命的父亲,还没见过他的儿媳呢。母亲去世以后,生活的重负把父亲的腰压弯了,但他还是供我们兄弟上完了中学,又把我送到了部队。父亲坚强如山,宽厚如海,他让我懂得了人生,懂得了生活的内涵。

家人来信说,父亲见到我和女友的合影时,只是痴痴地望啊望,半晌不说一句话,眼里溢满了泪水。父亲没有文化,脾气不好,孩提时我没少挨他的棍棒。但我知道父亲心地善良,他不过是在用一种最古老的教子理念——棍棒底下出孝子来教育我成人。如今我成长为一名军队干部,而且在繁华都市找了女友,父亲能不激动吗?

父亲获悉我要结婚的喜讯,来信问我还缺什么东西,我回复说:"什么都不缺,您就放心吧。"这是我对父亲说的谎话。彩电、冰箱、组合柜等,城里人办喜事需要置办的物件我全然没有,唯有的一张木床还是别人送的,我太需要钱了。可我无法向父亲张嘴,我清楚家庭生活的拮据,父亲手中并没有什么积攒,即使攒了几个,那每一分也都饱含了节衣缩食的艰辛。

常言说,男儿娶妻为人生之大喜。可是今日,我的心事忽然沉重起来,似乎在有意无意地在躲避,躲避着女友的柔情依恋。我对她说:"今天我还是要讲，俺农村的家里很穷，你将来成了军人的妻子，会有很多的困难……"

"不要你说，不要你说。"女友伸手捂住了我的嘴，"我要的是你这个人，不是金钱、地位。当个军人妻子不容易，但我心甘情愿。"

我外表刚强，情感却是脆弱的。女友的话令我热泪盈眶，情不自禁，我将她紧紧地拥入了怀中。我感到，我拥有的不只是一个女孩和她的温柔，我拥有的是万贯家产，是一世的阳光雨露。

天气晴朗，红色的阳光暖暖洒向大地。女友挽着我的手，我们满心欢喜，满面春光，向着街道办事处走去。我问："你就要走出青春少女的行列，此时心里头咋想的呢？"

"我在想，"她甜甜轻笑，一脸的幸福，"我在想，瓜熟蒂落，我该嫁人了。"

走出街道办事处，捧着鲜红的结婚证书，想起结婚登记员恭喜的话："小伙子，你好福气啊！"我激动、兴奋到了极点，简直找不到一个合适的词来形容此时的心情。我顽皮地对女友——不，已是我的妻——说："照片上这浅浅的钢印，像一条金丝绳，一下子拴住两个'蚂蚱'，跑不了你也跑不了我。"

"去去去，谁要和你拴一块。"

妻的脸颊生起了红晕，显得更加妩媚。趁前后无人之机，我将成婚后的第一个吻，深情地印在她的朱唇玉齿旁，也印在她明洁美丽的心房上。

今日真好，今日我荣为人夫。

1990年12月28日　于邯郸

浓浓淡淡的馨香 |

小时候，经常羡慕别人的家庭，总以为人家的生活是那么的幸福快乐。到了成婚的年龄，又时而羡慕别人的婚姻，企盼着自己能够早日交上桃花运。后来，在一个阳光暖暖的冬日，我终于怀着无比激动的心情和许多美好的愿望，兴高采烈地走入围城，堂而皇之地成了他人之夫，继而毫不客气地做了他人之父。不知不觉，十年过去了。十年后的今天，在这夜阑人静的时候，借着融融的灯光，用心盘点婚姻，我忽然觉得，婚姻的美满与否不在婚姻本身，而在于你对婚姻的感受，感受不同，生活的滋味便不同，不同的感受演绎不同的婚姻。

母亲去世早，加之又没有姐和妹，我是在缺少女性的家庭中成长起来的。我自小看来，没有女人的家庭犹如没有水的河床，很难听到潺潺的水声，有的则是卵石坚硬的磕碰声。有女人的家庭才有幸福可言，缺少女人的家庭便黯然失色。长大后，我便企盼找一个可心的女孩，与她共同撑起一片天空，组成一个家，营造一处浓浓的温馨。

然而由于职业的缘故，当我娶妻成家时，早已超出了晚婚的年龄。登上婚姻之船，逐波于岁月之河，才真正领略人生的多彩景致，深层滋味。有个家真好啊！在婚姻生活里，那相随相伴的风风雨雨，那侧身而过的一波一浪，都能展示一种情的美丽，爱的绰约。

结婚后的头几年，我和妻子天各一方，两地生活。那时打电话不方便，书信成了连接彼此的桥梁和纽带。我俩写过多少信，已无法统计清楚，但信中的窃窃私语至今仍温存于心，常忆常新。每次收到妻的来信，我都要看很多遍，反反复复，熟记深思，小小信笺所展现的是一道绝美风景，看不够，永难忘。信如红线串珠，用一声声问候，一件件平常事，把日子串到了一起，使彼此的灵魂超越山水阻隔，一同沉浸在爱的港湾里。

每次回家探亲，从启程笛声响起，到下车走出站台，也不过五六个小时，但感觉竟是那么漫长。白天行程背着汗淋淋的太阳，夜间乘车顶着思绪缠绕的星空，那份焦急的心情既兴奋又无奈。怎么还不到啊？快了，快了，马上就到了。回家，成了一个永动的心路历程，寻找的是精神的皈依，承运的是长长的牵挂和怀想。回家，又是我们婚姻的修炼过程，每一次分别后的相聚，都不乏绝妙的情趣，别样的火花。离家的日子越久，回家的心情越切，家中的一切，常在我热切的想象中活了，美妙无比。

婚后的日子，远离了云里看虹雾里摘花，面对的是生活的真实。妻常说，我关心你，你呵护我，这就是两口子过日子。妻的"日子理论"虽说简单，但务实管用。我写完了稿子，她帮着抄写清楚；我着凉背疼了，她取出火罐拔上几罐；我爱吃红薯，她买来变着法儿做；我心有郁闷，她搜肠刮肚说笑话……我也翻版效颦，相濡以沫。如此这般，心与心生出默契，梦与梦有了交汇，爱与爱找到归巢，欢乐和幸福在我们平淡无奇的日子里闪亮登场，悠然自在地跳跃起来。

一对男女生活到同一个屋檐下，是缘分，亦是天意。神话故事说，人原来是一个圆形雌雄同体的，自己的最爱就在血脉里、灵魂中。后来上帝把人一分为二，抛入茫茫无尽的人海中，让他和她全力寻觅自己的另一半。我当初与妻相识相恋，纯属于偶然机遇。但现在看来，这偶然中隐藏着必然的机缘，她正是我要寻找的那失落已久的与自己"同体"的人。许多人说，我和爱妻长得像兄妹，连眉宇间透出的气韵都相像。开始我俩不以为然，怎么会呢？但日久天长，听得多了，也有点信了。想来也是，日复一日，同睡一张床，共饮一瓢水，相厮相守的习惯生活濡染同化，怎能不导致容颜的酷似？这不，前天妻照镜子时还对我说："原来我的嘴巴平平的，现在也和你一样了，一个劲儿往高里长。"

我和妻两地生活了六年多才得以团圆。一天晚上我下班回家，女儿欢快地扑过来，"爸爸，你闭上眼睛，我送你一件礼物。"我顺从地闭上双眼，女儿放到我手里一张纸，睁眼一看，上面画着一个大肚子胖男人，边旁注着一行字：这是我爸爸。"你这个小东西！"我上前拽女儿，她一机灵钻到了妻的身后。妻正在灶前做饭，她转过身笑看说："哎，我给你做了几个菜，你去买瓶啤酒吧。"闻到饭桌上的菜香，我的肚子忍不住咕咕叫了起来，顺手捏起一块肉放进嘴里。女儿不干了，"我妈说不到吃饭的时候不准动，你干吗吃呀？你吃我也吃。"她也抓了一块放在嘴里，边吃边偷着乐。几年过去了，这样的情景我一直忘不了，那一笑一颦历历在目。也许，人生正是有了这点点滴滴的美妙瞬间，才显得弥足珍贵。

人们常用"百年好合"来形容幸福和谐的婚姻，一个"好"字，寄托了众多眷属的无限期望，也蕴涵了婚姻生活的深情隽永。而实际上，家有锅碗瓢盆，再好的夫妻也难免磕磕碰碰。这些年我俩因鸡毛蒜皮的家务琐事，也断不了怄气拌嘴，有时针尖对麦芒，互不相让。妻曾多次劝告我："家庭不是讲理的地方，解决问题的唯一办法，就是承认你错了我对了。"乍一听，这是蛮不讲理的话，但仔细思量，又似乎有几分说不明白的道理。

佛说，修五百年只能同舟，修一千年才能同枕。这千年修来的婚姻，为什么不去珍惜呢？深夜无人的灯下，看着安然熟睡的妻，心底总会生出颇多感慨来。尘世风雨中，有这么一个人忠贞不渝地与你相伴相守，同甘共苦，怎能说不是自己的福气？情到此处，还有什么样的理由不去呵护她，还有什么样的矛盾不可以化解，还有什么样的困难不能克服。很多时候，家庭生活不再需要豪言壮语，山盟海誓，需要的是真心的关爱，默默的奉献。

有一个美满温馨的家，是我此生最大的幸福。

2001年2月5日

握住老婆的手

握住老婆的手，一点感觉都没有。这是一句短信词。如今是信息时代，形形色色的短信漫天飞，飞万家。短信沟通心灵，丰富生活，却也把人们的心绪搞乱了。握住老婆的手，咋就没感觉呢？我疑惑、迷惘，一时懵懂。

"老婆，让我摸摸你的手。"

"摸那么多年了，还没烦啊？"

记忆把我带回18年前。在那个收获的季节，由红线牵引，我与妻相识，她刚满20岁，眉清目秀，一头乌发，清纯得像个中学生。那时军人找对象已见难，尤其城里边的女孩，对军人敬而远之，害怕牛郎织女生活。但我俩一见如故，两情相悦，几年后组成了家，一切顺理成章。婚后两地生活，隔河相望，过了6个春秋，妻拉着5岁的女儿随了军。这，想必就是我前世修来的缘。

妻喜欢生活平实，很少奢望什么。我们恋爱时，没有桑中之约、海誓山盟；分居时，缺少花前月下、激情浪漫；团聚后的日子，一如小河春水，波澜不惊，缓缓流过。在妻看来，男女居家过日子，有一缕平常情，一颗平常心，一身平常事和一份平常的责任足矣。平平淡淡，可触可摸。

妻刚到部队那会儿，日子过得紧巴。她没有工作，我每月的几百块工资，顾3口人生活已不宽绰，但还得置办物什，白手起家。一天，女儿闹着要看电视，说："跟爸爸来部队，连电视也没有，幼儿园的小朋友都看米老鼠，我也要看。"我说："好！咱们也看。"晚上孩子睡下，与妻商量："要不咱借钱买个电视？"妻的眼睛湿润，犹豫良久，最后还是摇摇头，"过一段时间再说吧。"积攒几个月，凑够了钱，到商场买回一台14寸电视，一连几宿，女儿兴奋得睡不着。在那几年，妻没有为自己添置过一件新衣服，也没有叫过一声苦，凭着精心操持，一分钱掰成两半用，慢慢筑起了我们温暖的窝儿。

再过两天，就是妻的生日。她今年的生日有点特别，农历、公历巧合出生那天。别人告诉她，这样的巧合19年轮回一次，难得，应该好好过。我想也是。人生能有多少个19年？沧桑岁月，风雨人生，健康、平安、快乐地走过每一天，都值得感恩和庆幸。况且，这19年我与妻几乎一同走过，历风雨见彩虹，结姻缘成正果，数千个日子举案齐眉、共挽鹿车，多么不容易啊！于是我动心思，想了几个生日计划。不料，与妻磋商时她笑了，绽放一脸灿烂，"还真当回事了？其实用不着，匹夫匹妇，简单是福。"

是啊！简单是福。许多时候，我们往往简单问题复杂化，原本轻松的事情负载太多，殊不知，一些看似平常却实实在在的细节，也许更让人感到幸福。生活是一种体验，幸福是心的感受。静心想来，两个人厮守一个屋檐下，相亲又相爱，拥有一个个清新的早晨，美丽的黄昏和温馨的夜晚，比什么都显得弥足珍贵。

我握紧了妻的手。用心品味，用情体会，我越发觉得：酒是陈的香，手还是老婆的亲。

妻上得厅堂，下得厨房，烹制菜肴算得上好手。她打小跟父母学厨艺，从煮稀粥、蒸米饭入手，烧炒煎炖，样样都学，天长日久，悟出门道。岳母多有感言，曾对我说："我闺女手巧，少不了让你吃香的喝辣的。"果真如此。这些年我和女儿嘴上没亏，天天饮食，荤素搭配，咸甜适口。女儿说她每天放学回家，走到楼门口就能闻到家里饭菜的香。我们家住五楼，在楼底闻到菜香不可能，女儿所言之香，兴许条件反射，抑或心理感应。但女儿在家用餐胃口好、有食欲，一点不假。有时，妻做一道菜端至餐桌，我和女儿即动筷品尝，三尝两尝，一盘菜没有了，再上再尝，等她做完，爷儿俩也搁筷抹嘴了。

我从贫苦山区走来，饱尝过饿肚子的滋味，因此很容易满足，饮食方面极少挑剔，唯独对童年吃过的羊肉胡萝卜馅饺子多有眷念。一次，与妻聊天，往事涌上心头，我有了对饺子的回忆："……那个香啊，回味绵长，想来嘴馋。"妻心有灵犀，到市场买来羊肉、胡萝卜及各种配料，如法炮制，帮我寻找童年的味觉。那天，妻把煮好的饺子端至桌上，说："你快尝尝，看看味道怎么样。"我一尝，跟小时候吃的饺子一个味。后来，妻就常包羊肉胡萝卜饺子，有时一包半天，边包边放进冰箱速冻，然后装袋保存，尤其到了冬季，家里的饺子从未断过。妻说："冬天吃羊肉胡萝卜好，暖身，有营养。"

我时常沉浸在幸福甜蜜之中——有个家真好啊！

只是，妻红润柔嫩的手，被没完没了的家务琐碎渐次磨损，让无情的肥皂粉、洗涤液层层剥蚀。

"老婆，你的手粗糙了。"

"保姆的手一般都这样。"

妻有时自嘲，说她是我和女儿的高级保姆。为此，我们爷儿俩反复纠正："错！你是我们的领导。"

领导就是服务。我们恭维妻，也在赞扬妻。妻不停地忙碌，用她那勤劳的双手，为我们编织生活，提供便捷。她在工作之余，尽心尽力包揽家里的大事小事，好使我们不为之分心。我感慨："军功章的那一半，不给老婆给谁？"女儿也感慨："投进妈妈的怀抱，幸福享不了。"

妻关心我工作，是事业上的好帮手。我编写书稿，她打印校对；我需要资料，她收集整理；我开会办事，她提醒催促……我是个"夜猫子"，喜欢晚上看书或写点什么，早上却赖床，不愿意起来。但每天到了固定时间，妻必定催促我起床上班，有时叫多了，我没好气地给她几句："烦！

叫什么叫，就知道叫。"妻不温不火，还会俯身拉我，并宽慰："到周末了好好睡，睡上一天也不管你。"妻守信，讲原则，是非面前不含糊。我安心服役，履职尽责，在平凡的岗位努力做事，取得进步和成绩，与妻的支持、帮助和濡染密不可分。家有贤妻，家兴业新。

女儿在眼皮儿下欢快成长，转眼间至我眉高，上了初二。前两天女儿对我说，她即将被批准加入共青团。我甚是欣慰，女儿大了，都成接班人啦。但想起女儿的成长，也深感内疚。妻随军时孩子已5岁，即使后来女儿进幼儿园、入小学、上中学，我也基本上没操过心，没有开过一次家长会，没有为女儿学习报过名、交过费，没有帮着收拾过学习资料和书包……上月期中考试，女儿考了好成绩，名列年级前列。妻对我说："这次家长会你去开，脸上有光。"我听候吩咐，等待着家长会的通知。数日后，女儿却告诉我："这次考试成绩好的学生家长，不用到校开会了。"妻旋即笑说我："甩手掌柜就是甩手掌柜，我们让你去开会，人家学校还不干呢。"

有首歌唱道，我想有个家，一个不需要多大的地方。而事实上，家不只是一处栖身的居所，家的内涵和底蕴包含太多。家是爱的港湾，婚姻的舞台，是情感上的依附和寄托，心境上的安适和恬静。这些年我时常出差远行，他乡有旖旎风光，美味佳肴，星级寓所，但每到一地，我很快就有了"想家的时候"。想家的时候很甜蜜，想家的时候也很无奈，心神飘忽，情也茫然，就想握住妻的手。每及这时，我总想：金窝银窝不如自家的草窝，早点回家吧。

在我心里，妻就是家，握住妻的手，就拥有了牵挂和怀想的一切。

我捧起妻的手，用一世的真诚，仿佛捧读一部巨书，常读常新，读它千遍也不厌倦。妻的手，浓缩了她无怨无悔的爱，镂写着相夫教子的酸甜苦辣。通过妻的手，我逐渐读懂了爱的要约，幸福的真谛，也悟出了家有锅碗瓢盆柴米油盐，婚姻中的男女，不再是云里看虹雾里摘花，而需要理性、忍让、汗水、关爱，像纤夫艄妇同舟共济，如梁孟相敬举案齐眉。

那日傍晚，雨过天晴，空气格外清爽。我牵着妻的手来到户外，漫步于马路旁的人行便道。霓虹闪烁，车流湍急，楼宇林立，灯火万家，夜色是那么美。我与妻轻柔相依，缓缓而行，窃窃私语。悠然间，发现前方有两位老人，是夫妻模样，牵手并肩，步履迟缓，相扶着慢慢前行。听不到两位老人在说什么，也许他们什么也没说，但此时此刻，又仿佛听到了心灵深处渐行渐近的絮语。我和妻悄然放慢了步子，唯恐上前打破那份超然物外的恬静，情到深处的缠绵。

　　我和妻握紧了手，在橘黄色的路灯下，亦步亦趋，和着两位老人的步韵，走着，走着……

　　执子之手，与子偕老。

2006年5月28日

我有一个胖妞妞 |

金秋十月的一天，在那间洒满阳光的产房里，女儿诞生了。护士把女儿抱出产房，笑着对我说："给，您的胖妞妞，眉清目秀，足足八斤重，快看看吧！"我笨拙地抱起女儿，神情陶醉，满心欢喜地看个没够：那脸庞，那眉眼，嘿，一个活脱脱的我。

我敢说，世上最酷爱艺术的人，在欣赏一件艺术珍品时，也不会像父母亲端详自己孩子那样倾心专注，陶然忘机。不管孩子实际上长相如何，在父母眼里，都是艺术完美、独一无二的杰作。

是夜，我便做了个梦，梦见女儿梳着一对羊角辫，穿着一身花衣裙，东跑西跳着与我"捉迷藏"，时不时歪歪小脑袋，甜甜地逗我："爸爸，我在这儿。"女儿的模样儿像个美丽的小天使，乐得我一时找不着北，竟然忘记自己已经当爸爸了。

岁月如流水匆匆而去，转眼间女儿满了三周岁，差不多有一米来高。我远离家乡，长期在外服役，这些年部队工作也繁，连正常休假也无法保证，与妻儿团聚的日子极少。在我眼里，女儿是蹦着长的，长得好快啊，每一次相见都让人惊喜。虽然与女儿不在一起生活，但千山万水隔不开血脉亲情，飞逝的时光沟通了我们父女的心灵。

那天我乘火车归队，妻抱着刚满八个月的女儿到车站为我送行。在我即将登车北去的瞬间,妻对女儿说:"乖,快叫爸爸,祝爸爸一路顺风。"襁褓中的女儿不会说话,她只是用她那秀丽的双眼,在我与妻的脸上不住地扫描。那一刻分明可见,女儿晶莹透亮、清澈如水的眸子里,流露出了人世间的离愁别绪!

几天后,妻在信上说,那天列车开出后,女儿"哇哇"地哭个不停,以至于回到家后奶不吃、水不喝,整日里像生了病似的。

军人的奉献在战场上,也在和平环境的军营里。记得我再次回家时,女儿已一岁零两个月,正在蹒跚学步,咿呀学语。女儿记忆力好,也爱学习,数十页的看图识字本,教她两遍就差不多记住了。只是她还不会说话,无法用言语表述,考问时要大人说图案名称,她用手指点出。教她看小儿书的时候,她坐那儿一动不动,既可爱又听话。

一天,女儿手持小儿书,咿咿呀呀比画着,让我教她识图看画。我故意难为她,说:"你叫爸爸,叫对了我就教你。"起先女儿不从,一个劲儿地拉拽我的手,叫我教她,但见我"铁石心肠",她才绷紧嘴、憋住气,端起了叫爸爸的架势。旋即,她那红樱桃般的小嘴,发出一串"爸、爸、爸",把我笑得前仰后合,肚子都疼了。我一下抱她入怀,鸡啄米似的亲了她满脸唾沫;女儿也高兴地张开胳膊,搂住我的脖子,把小嘴紧紧贴上了我的腮帮子……

今年春节之前,刚满两岁的女儿问她妈妈:"爸爸过年回来不回来?"妻说:"不回来。"女儿说:"妈妈,你给我买张车票吧,我要去找爸爸,我好想他。"妻越发逗她:"爸爸常年不回家,我们不要他了。"妻没曾料到,这么一句笑话,竟然说到了女儿的伤心处,使得女儿泪流难止,"不,我要爸爸,我要爸爸!"

聊起此事,妻好生狐疑,"两岁的孩子就有这么丰富的情感,有时真叫人难以置信。"我却自豪得意,"女儿想爸爸,这是十分正常的事,谁像你似的整个儿'冷面人'。"妻来劲了,据理反驳:"看把你美的,别忘了,女儿再好也是我养的。"

　　我哑口无言。我知道，正是那些备尝生活的酸甜苦辣，默默地靠柔韧双肩撑起了不完整之家的军嫂们，用生命的琼浆和勤劳的双手，为军人孕育了欢乐和希望，创建了温馨港湾和芳草地！我感谢爱妻，也感谢所有付出了爱和牺牲的军嫂们。

　　我的胖妞妞正在一天天长大。今天，成长中的女儿尚是个幼稚的娃儿，她还很难理解她的军人爸爸的理想、信念和追求。但我深信，女儿对爸爸的至爱亲情，是一种天性，充满了纯真，出自内心深处。感谢上苍的赐予，大自然的恩宠，让我从容自豪地做了父亲，拥有一个聪颖美丽的胖妞妞！

1994年12月5日

| 女儿在成长

那天晚餐时，女儿告诉我，她加入了共青团组织。我定睛端详女儿，一阵窃喜，自豪和满足在心底流淌，湿润了全身。想来也不过转眼之间，女儿就长大了，长高了，在德智体美劳诸多方面不断进步，以至跨入了红色接班人的行列。我对女儿说，入团是人生重要的里程碑，也是成长进步的新起点，要记住老前辈的教导："革命尚未成功，同志仍须努力。"她妈妈在一旁情不自禁，"扑哧"笑了，说："同志们还是先吃饭，人是铁饭是钢，吃好喝好了才能干革命。"我和女儿也笑了，一家三口，其乐融融。

女儿如今十六岁了。十六年来，我见证了女儿成长的步履，从嗷嗷待哺、蹒跚学步的囡囡，长成眉清目秀、逐谙世事的大姑娘，她的举手投足甚至回眸一笑，都镌刻在了我记忆的荧屏。同时，我也被女儿催着长了一岁又一岁，由年轻小伙步入不惑之年。日月穿梭，春去春又来，我与女儿心手相牵，一同走过，感受着寻常人家的天伦生活，体验着各得其所的美妙人生。

女儿小的时候，我们一家人两地生活，远隔千山万水。那些年在我眼里，女儿是蹦着长的，蹦着蹦着，会说话了，会走路了，也懂事了。女儿一岁半多时，我出差路过家门，领导临时决定让我回去几日。那时没有移动电话，无法及时沟通，我的突如其来，着实给了妻儿不小的惊喜，家的湖面倏地泛起欢乐的涟漪。女儿牵住我的手，屋里屋外不停地走动，还没等我坐下，又抱来一大堆小儿书，让我给她讲故事。我告诉女儿，这次回来什么也不干，天天陪着宝贝玩儿，把她高兴得一个劲儿地叫"爸爸"。拥着女儿，我的心里头美滋滋，乐开了花。

谁知计划赶不上变化，我在女儿面前食言了。一位政界的朋友得知我回来便找上门来，说我们县上的书记不简单，是全国优秀中青年干部，希望我采写个稿子宣传宣传。我见难以推辞，便马不停蹄行动，采访了两晚上一天。那天早上，妻上班走时专门嘱咐我，别光记着写稿子，要看好孩子，可她一走，我就在客厅的茶几上埋头写作，哪还顾得上照看孩子！也不知道过了多长时间，悠然间，我一抬头，看见女儿站在茶几前，两只眼睛瞪得溜圆，没等我说什么，她抓起稿纸就是撕揉，嘴里还嘟哝："让你写，让你写！"我吆喝别撕，她不予理睬，抱着一团稿纸跑到卧室，关上门，还用身子抵着。我甜言蜜语，几乎好话说尽，门终于开了。我弯腰抱住女儿，对她说："爸爸答应了人家的事就得做，咱们说话不能不算数啊。"不晓得女儿能否听得懂，但她听的极认真，还不住地点头哩。此时或许对女儿来说，懂与不懂并不重要，重要的是她需要陪护与交流。

我放下手中的笔，陪女儿玩耍。她麻利地抱来一堆小儿书，说："爸爸，这上面的故事可好了，我给你讲讲吧。"她学着大人的样子，逐页翻书解读图文，抑扬顿挫地，几乎没有错漏。我惊讶，不满两岁的孩子，竟有如此好的记性！讲到《卖火柴的小女孩》，女儿怅然说，小姑娘好可怜啊，寒冷的冬天，一个人在大街上，孤苦伶仃的。女儿的眼窝儿盈了泪水，我就伸手去拭，她扭头钻进我怀里，"哇"地哭了，"爸爸，我天天想你，你怎么就不回来呢？"

女儿的话如银针一般，猛地刺痛了我的心，我努力控制着自己的情绪，把女儿抱得紧紧的，真希望时间能够凝固在这一刻，直到永远。

我总是认为，女儿亲近父亲是天性，与生俱来。妻曾告诉我许多个细节：因为我是军人，女儿小的时候，每当在大街上或电视里看到穿军装的，就喜眉笑眼，手舞足蹈。有一次，妻抱着女儿把我送上火车，转回家时夜色已晚，但女儿怎么也不睡，躺在床上，瞪着一双大眼睛，直愣愣看着天花板。女儿会说话后，时不时地对她妈说，给我爸写封信叫他回来吧，我想他了。妻就逗她，哪儿想了？女儿用手拍拍胸口……这些细节，酿造了人生的甜蜜，我在甜蜜的感受中，幸福而又自豪地生活、工作着。

女儿五岁时随的军，到部队不久，就给她报了书画学习班，临帖写大字，想让她有点琴棋书画素养。她开始懵懂、不情愿，渐次入门有了兴趣，正、草、隶、篆、楷各种字帖都临过，长达六七个年头。习字初时，她够不着桌面，我找来许多块木板，垫了多半尺高的台阶，让她站在上面写。随着木板逐块减去，女儿一天天长高，写出的字也有了势与韵，还先后获得不少奖项。那几年，家里挂满女儿的作品，每日下班回来我都要欣赏几遍，有时看得出神入化，竟然不相信是女儿写的。尤其那幅颜体《陋室铭》，线条遒润，聚散有度，看了顿生"斯是陋室，惟吾德馨"之感。

如果不是小升初考试，女儿也许不会放弃习字，说不定也小有名气了。小升初原本电脑派位，而一些示范中学招生仍采取公开半公开考试，考的都是奥数题，说奥数好孩子脑子活，将来学习不成问题。女儿没学过奥数，为了能上个好中学，只好全力补习奥数。女儿很争气，如愿考上一所名校的试验班，赢得一片喝彩声，她却从此将笔墨束之高搁。应试制以及繁重的课负，不知道抹杀了多少孩子的兴趣、爱好和快乐啊！

女儿学习用心，成绩一直不错，今年中考又免试直升，让我们省了不少心。有家长问我，你们是怎么教育孩子的？我一时茫然。后来静心梳理，倒也总结出八个字：宽严相济，严中有爱。确切点说，这是妻的写照，她对女儿关爱备至，凡事心想到、话说到，尽力提供便捷、舒适，却又要求甚严，有时难免拳脚相向。女儿呢，一个乐天派，即使挨了打骂，有了委屈，过不了一会儿便烟消云散。在家里，女儿兴致来了，爱与我逗乐："老潘同志，你说说，你孩子咋就这么聪明呢？"我说："还不都是打出来的吗？""据说你小时候我爷爷也没少打，咋还是这么笨？""小东西，想挨揍早说？"她扮个鬼脸，一转身跑了。

几个月前，一天，女儿放学回家后说，她这次作文考试全年级第一，满分四十，她得了三十九分。我问写得啥内容，她说"生活教会我珍惜"，并拿来卷子给我看。她写到，初中就要毕业了，想起三年来与老师同学相处的日子，有太多的感慨和留恋，老师是读不完的书，同学是解不开的结……通篇文从字顺，情之切切，也勾起了我对中学时代的怀想。女儿语文成绩并不算好，她喜爱理科，老师却让她当语文课代表，初中当了三年，到了高中还是，为此她时而自嘲："这叫哪壶不开提哪壶啊！"但女儿情思真挚，写的文章大都清新婉丽，读后耐人寻味。

有天放学后，她到老师办公室交作业，老师正在埋头批阅卷子，这时有人打电话问老师何时回家，老师说："到家会很晚的，还有一摞卷子没改呢。"女儿离开老师办公室时天已擦黑，正值寒冬，北风凛冽，她边走边想着老师批阅卷子的情景，一股股暖流从心底涌起。不久，她在一篇作文中写到："最是感动老师情！这是一种春蚕到死丝方尽的情意，一种蜡炬成灰泪始干的感动。……走出校门，一次次回头相望，灯火阑珊处，分明可见不知疲惫的身影，那桌面上摞起的卷子，倾注了他们多少的心智和爱啊！"

古往今来，为人父母有一个共同的心愿，希望子女成龙成凤。古人言"父不夸子"，即使孩子出类拔萃，仍须刻苦努力；如今讲"赏识孩子"，告诉孩子"你最棒"，可以创造出奇迹。虽说家教的形式、方法在变化，但父母们渴盼子女成长成人的苦心没有变。其实静心想来，很多时候，大人们往往对孩子苛求过多，甚至于杞人忧天，殊不知"天生我材必有用"，只要孩子快乐健康地成长，知感恩，有爱心，求进取，就应是父母的最好和期望。

女儿在成长，快乐健康，充满阳光。看着成长中的女儿，我越来越觉得人生是那么的充实和有意义。生活像个五味瓶，有着酸甜苦辣咸滋味，虽然每种滋味都是生命中不可或缺的，但当你养个好孩子，这道多元素的滋味就可以随时嚼出甜来。我常发感慨：养孩子是件极其划算的事，你虽日复一日操劳，付出千辛万苦，倾注了满腔的爱，但你却收获了尊严，收获了自豪，收获了天伦亲情，这是何等超值的回报啊！

哲人说，生活是一面镜子，你笑它也笑。在我看来，孩子也是一面镜子，这面镜子所不同的是，她不但能折射出你的影子，而且不论你是喜、是怒、是哀、是乐，都能报以纯真灿烂的笑容，给你人生的快慰、信心和希望，使你持久勃发生命的活力。

2007年10月17日

女儿16岁生日记

致女儿的一封信 |

艺：

　　学校即将为你们举行"十八岁成人仪式"，嘱家长给自己的孩子写封"家长寄语"。这使我们突然地意识到，你已经长大了，成人了。时光真是神奇啊，也不过转眼之间，就将一个稚嫩的小生命，造化得如此亭亭玉立、文静秀气而又充满智慧。

　　再有几日，就是你的十八岁生日了。你出生的这个时节，天朗气爽，硕果飘香，美好宜人。记得那天下午，护士从产房把你抱出来，笑着对爸爸说："给，您的胖女儿，眉清目秀，八斤四两重，快看吧。"爸爸抱住你，痴痴地看个没够，如同欣赏这个世界上最为完美的艺术珍品。你的出生，给我们这个家带来了生机与欢乐，让我们充分地感受到了生命的意义、生活的情趣，也拥有了一种任意炫耀的资本。因而，今天爸妈首先想对你说的一句话：谢谢你，宝贝女儿。

　　十八岁，美好如梦的好年华，人生旅途重要的里程碑。这碑，记录着一个人童年少年的足迹，昭示着成长进步的未来。你已经站在人生的又一个新起点上，正开启人生的新未来，放飞绚烂的新希望。这个时候，作为养育你十八年、倾注无数心血的父母，我们想对你说的话太多，可谓千言万语涌心头，满怀情意难表达。限于篇幅，仅概要叮嘱三句话：

其一，要增强责任。一个人走向成人的明显标志，就是开始要承担对社会、对家庭、对自己的责任。如果说童言无忌，此前的你可以随心所欲，无拘无束，那么从现在起，你就得谨言慎行，严格遵循社会的行为要求和道德规范，履行一个公民应尽的责任和义务。每个人成人之后，都将在社会中扮演特定的角色，承担特定的责任和义务，而依照角色需求去尽自己的心力，这将是成为合格社会公民的起码要求。你爷爷十六岁到八路军后方医院做义工，姥爷十七岁只身从上海来北京学习技工，爸爸十八岁时参军入伍扛枪站岗，妈妈十六岁时进工厂上班创造效益，这都是按照当时的社会分工，尽着我们应尽的责任和义务。你现在是学生，学生的首要是读书学习，刻苦钻研，真学、善学、深学，学到更多的知识。把学业完成好，取得优良成绩，这是对自己负责；掌握更多的知识，拥有真才实学，将来就能对社会尽责，更好地担当。但仅仅把学习搞上去还远远不够，还要融入社会、关注民生，积极参加社会公益活动，弘扬真善美，摒弃假丑恶，敬老爱幼，遵规守纪，努力把自己培养成为有社会责任感、讲求正义、品行高尚的新时代进步青年。

其二，要懂得感恩。生活是一门艺术，秉承什么样的世界观人生观，决定着一个人的生活态度和价值趋向。我们想对你特别提醒，一定要懂得感恩，学会在感动和感恩中培育情操，提升境界。在这个世界上，我们每个人既是个体的存在，也是社会的存在，一个人的成长进步，往往离不开他人的帮扶支持，倾注着许多人的情和爱。换句话说，一个人本领再大，再能干，离开了社会和他人，单枪匹马，也将难以成事。因而要常怀感恩，懂得去爱，爱自己，爱家庭，爱自然，爱明天，爱每个人、每一样东西。任何时候都要相信爱，善于用爱去化解纠结，告慰心灵。与人相处，做到己所不欲，勿施于人，推己及人。处理具体矛盾和问题，大事讲原则，小事讲风格，阳光一些，不计较鸡毛蒜皮之小事。尤其要学会换位思考，能够以自己的接受程度来想象他人的处境，多替别人着想，多做团结人、关心人、爱护人、理解人的事，培养容人容事的雅量。当别人遇到困难时，主动伸手相助一把，守望相助乃人之美德。要保持谦虚为人的姿态，低调做人，埋头做事，一个人越是虚心、不自我夸耀，就越显得可贵高尚。在这方面，你已经有了较深的认识，做得也不错，但不要自我满足。要切记：品德修养终生事，人生成败皆于此，须臾不可轻视。

其三，要追求进取。当今社会竞争激烈，优胜劣汰，适者生存。你想展示自己、赢得成功，最可靠的方法就是拼搏进取，让学识丰富起来，让体魄强健起来，让品质优秀起来，让心态积极起来，总之，要让自己的综合素质过硬起来。生活中，有人常抱怨自己没有关系、缺少机遇，但恰恰没有从自己身上找原因。机遇对每个人来说都是公平的，只是最后选择了有准备的优秀者。而在所有的准备中，知识储备最为重要，它可以变为能力和财富，是人生的第一需要，谁的学识渊博、心智聪慧，谁就拥有了人生进取、攀登高峰的筹码。目前你正在备战高考，学业繁重，学得辛苦，我们看在眼中疼在心里，常为你捏着一把汗。但这是无法替代的事，你必须咬紧牙关坚持，坚持下去才有机会。人生路漫长，紧要处却往往只有几步，你现在就处在一个紧要关口，挺过去了，就是一个柳暗花明的新天地。这些日子，我们连做梦都在盼着你成功，考上心仪的大学，步入敞亮的天地。当然，我们也十分清楚，考场犹如战场，胜败乃寻常之事。希望你调整好心态，平心静气地复习应考，只要尽心了努力了，即便没有如愿也不遗憾。在我们看来，最叫父母亲欣慰的，是孩子健康的体格、阳光的心态和灿烂的笑容。请放心：不管你走到何处，取得怎样的成绩，爸爸妈妈都永远爱你，永远是你坚强的依靠和温暖的港湾。

祝愿宝贝女儿追求向上、健康成长、快乐生活！

爸爸　妈妈

2009年10月8日

| 把心送回家

　　远离故乡那片芳草地，在异地军营服兵役，星期天与几个"单身"战友登高远眺，一缕乡思伴着儿女之情油然而至。星期天，通常为家人亲人团聚的日子，但对于已婚的"单身"军人而言，它是一道很难解开的"两难选择题"——想回家又不能回家。

　　我四年前成的家。两地分居的军人，留给妻子的欢愉总是很短很短，留给妻子的思念和企盼却是很长很长。当时，我的婚假已到，可花烛未烬，在归队前的缱绻中，妻对我只提了一个小小的要求："到部队后别忘了家，有空儿就写信来，每周至少来一封。"望着脉脉含情的新娘子，想到就要单单地撇下她远去，我的鼻子一阵发酸。"放心吧，亲爱的！我会常给你写信的。"我答应得很爽快。

　　为了那颗纯真美丽的心，为了那双充满真诚期待的目光，更为了不失我心的承诺，几年来，我把星期天定为"写信日"，让心灵超越时空，与妻"天涯共此时"。

　　与妻"谈心"，身无压力，心无顾虑，思得轻松，"谈"得开怀。每每坐至案前，提笔展纸，便仿佛感到妻就在对面，双手托腮，甜甜微笑，等着听我东西南北地"侃"——

　　……前天，在商场里给你买了一头狮子（对不起，是布的），不日寄去。狮子买回后，战友们问我："给爱人买个狮子玩具有什么意义？"我说没有，只是好看就买了。夜晚，把狮子放在桌上，仔细端详片刻，不由得心花怒放。你记得吧？戏台上耍的狮子舞，都是两人扮演一头狮子，且只有当两者步调和谐，才能翩翩起舞。这狮子，难道不正蕴涵着你我共挽鹿车、风雨同行的人生追求？

……昨天，军报上有篇文章打动了我。说的是一位军人妻子下地干活时，因没有人照看孩子，就把孩子捆在树上……透过那晶莹的泪珠，仿佛看到了我的妻。妻白天在工厂上班，夜间带嗷嗷待哺的女儿，不多的闲暇还得料理家务，可谓"不是英雄当不了军人之妻啊"！我曾不止一次地想，如果没有军人或军人之妻，那么世间该省去多少寻寻觅觅、分分合合的悲喜剧？但这却万万不能。国家不能没有军人，"你不当兵，我不当兵，谁来保卫祖国，谁来保卫家？"军人也不可没有家，幸福美满的家庭对军人来说，是生活上的依存与安慰，工作上的动力和促进。

……明天，我要写写女儿，题目叫"我的胖妞妞"。女儿快三岁了，而我只见过几次面。在我眼里，女儿是蹦着长的，一蹦就是几个月。记得那次回去，女儿正在蹒跚学步、咿呀学语，她拿来画册让我教她识图，我故意难为道："你叫爸爸，叫了我就教你识图。"开始女儿不从，但见我"铁石心肠"，便绷住嘴、憋着劲，发出了一串"爸爸爸……"宝贝女儿逗得我直乐，而笑过之后，我又心痛自责，不免会流落歉意的泪水。

思之所至，笔之所畅，厚厚的信纸，记下了我的喜怒哀乐。春回冬去，风雨兼程，小小的信封，把我的心带回到了温馨的港湾。一件件看似平淡无奇的小事，却给我们的家庭生活涂上了绚丽的色彩。

写信写得年月多了，不但"水平"见长，我还总结出一些"经验"。节假日到了，写去"慰问信"；家人生日或有喜事，写去"祝贺信"；自己立功受奖或有什么进步，写去"报喜信"；家里有了难处或不幸，写去"分忧信"……我尽量使每封信内容丰富，妙趣横生，有可读性；面向家庭，突出爱心，有针对性。

妻复信时多次对我说：你的信是美餐，改善着家里的生活；你的信是春雨，滋润着我们爱情的绿野；你的信是冬天里的一把火，熊熊燃烧在我的心窝……

星期天，家庭生活的幸福乐园，让人向往之至。家中特有的亲情、爱情、友情，能调理疲惫的身心，使精神丰润充实。作为已婚"单身"军人，背负着神圣使命，星期天身不能回家，但心儿可以穿过千山万水，回归家园，撞击出爱的火花。

信，用纯真情爱编织而成的红线、纽带，紧紧连住了我和家。

1994年8月1日　于北京

何处觅家园 |

那日，与妻儿嬉戏在充满馨香的小屋里，乐融融兴致正浓时，女儿突然地问我："爸爸，你的家在哪儿？我想跟你回家。""这不就是咱家吗？""这不是你家，也不是我家，这是姥姥的家。"女儿扑闪着一双美丽的大眼，话答得极是认真。其时女儿才过两周岁，所问之话也许无意识，但女儿的话还是萦绕进了我的脑海里。

夜阑人静的时候，面对无言的墙壁，我也问自己："你的家在哪儿？"

"我想有个家。"这是谁唱过的一首歌，我记不清了，只知道歌声代表了众多人的心。想当年，首长们见我二十五六岁了还是"光杆司令"，便轮番做我的思想工作，说人到一定年龄就得成家，没个家咋行？于是我回乡找了对象，继而娶其为妻，有了孩子，只是不知道何处是家园。妻是贤惠的，伤感时却也有叹息："我们什么时候才能有个家！"如今，幼小的女儿也要跟我这个爸爸回家。

回家？家在哪儿？繁华城市，万家灯火，怎么找不到家园呢？我哭了。我的家啊！

结婚五六年来，我与妻银河两岸，隔水相望。妻在河那边搬过几次家，我在河这边也调动了几个单位，虽称不上"夫妻团聚一次换一个地方"，但差不多每一次相逢都有"家园"新感觉。妻随我去过山沟训练场，也到过城区军营。她来了，我临时找间房，弄两个单人床一合并，这便成了一个"家"。碰到首长和战友，也少不了声声招呼："有空儿到家去玩，一定要去啊！"

家，这温馨的字眼，好像一根线似的拴住了我的心。每次回家时归心似箭的那分欣喜，每次离别时的依依深情，都深深地困扰着我。

那是个初冬的夜晚，我出差拐回了家，可是家不见了，抚摸着那间依然散发着爱的芳香、流淌爱之暖流的小屋，我的眼睛模糊了。老邻居把新家的住址指给了我。于是，在静静的月光下，我伸出微微颤动的手，敲响了家里的门。"谁？"女儿的声音。我答："是你爸爸。""谁呀？"妻的声音。我答："是你老公。"门开了，爱火燃着了，天伦之乐溢满了仅有的空间。

相聚的日子好甜蜜，这时，所有的辛酸都成了灵动的美丽，所有的坚忍也化为百转的柔肠。然而，高兴之余又不无伤感，这是居住过的第几个家？将来还需要搬几次家？

一块儿入伍的战友，已有几个转业回去。他们都有了物质的家，虽华丽简陋有别，但毕竟有了个自个儿的"围城"。见到他们甜蜜蜜、乐陶陶，我好不羡慕。假如投投关系，找找门子，我也是可以转业的，到地方估计不愁有个温暖的家。可是，自己生就一副牛脾气，想走的路就要一直往前走。有时，一个人有了悲哀也怨不得别人。

其实有时看来，家并不复杂，一个简陋的面积不大的地方也可称之为家。进而深想，又感觉到家不只是一个居所。我之向往家，不仅仅因为家是安身栖息之处，更因为它是浓浓的牵挂和醇美的亲情。这些年，独自在遥远的军营，每每想家便去远眺或静思，眼前总是闪现妻子忙忙碌碌、不辞辛苦的身影，耳边总是响起孩子亲昵可爱、展笑靥红的娇声，只是寻不见那个所谓的家。

我的家啊！你到底在哪儿？

记得那时我的婚假已到，可花烛未烬，在归队前的忙碌中，妻对我说，你现在可是有家的人了，以后还要多顾家啊。于是我把每个月的工资如数交给妻，只以为这便是"多顾家"，不料被妻数落一番，说我"根本没有家庭观念"。从此，我变寄钱为写信，时常把记忆和想象中的爱的符号，用朴实的文字传递到河的那一边。不久，妻来信说："老公，有家的滋味真好哇！"

迈过腊月的门槛，对家的思念便开始浓郁起来，还有好些天才到春节，妻就打来电话，问我什么时候回家。她告诉我，家里年货已备齐，只等你回来了。聆听着妻的热烈呼唤，我实在不忍伤害她的心，可又没有办法，还是得说："部队工作忙，我回不去了。"随即，妻没说也没容我说一句话便挂断了电话。是夜，我的心游向了家中，但见妻儿泪水涟涟，样子是那么的可怜，那么的酸楚……

翌日上午，我想给妻子打个电话，好生解释一番，使她们娘儿俩能过个快乐的年。正在思考"电话词"的当儿，桌上的电话铃响了："喂，请找一下……"一位女性的柔声。"我就是，你是哪位？"我顺口应来。"我是你老婆。明天到车站接我们，我和女儿找你算账去！"

怀着万分兴奋的心情，把妻儿接至军营，四处找来日常生活用具，又把简陋的小屋收拾一下，便有了我们迎接新年的家。没有丰盛的年货，缺少过年的气氛，一切如常，于无"新"中过了个节。妻儿走时，我心存歉意，不时说："真对不起，让你们娘儿俩过了个平淡清贫年。"不料，妻依偎进我的怀里，含情脉脉地说："这个年过得最快活，真的！我和女儿谢谢你。"在一旁的女儿也过来拉住我的手，天真活泼地说："过年好，过年爸爸有空儿陪我玩，咱家热闹。"我一把拥住妻儿，幸福的泪儿随之落下。

我的家在哪儿？不正是在妻儿和我的心中吗？心中的家是永远的常青藤，这藤，充满色彩，四季如春。

我爱我家，永生永世。

1995年5月2日　于北京

雪在飘零

夜色寂静。窗外忽然飘起了雪，纷纷扬扬的。纷飞飘零的雪，连通了天地间的自然万物，心与心在相融际会，距离不再遥远。

我的爱妻，此刻，你在教女儿看图识字背诗歌，还是在屋里屋外忙家务？抑或，你们娘儿俩早已进入了梦乡，正在我们温馨的家园，享受着军人家庭特有的天伦之乐。

雪落在异土他乡，雪落在雪的怀里，也悄然落进我的心里。我酷爱雪，在心与情感的季节里，不，是在人生的旅途上，雪使我感到了满足，体味到幸福甜蜜，一种从未有过的纯真感受。

那个雪日，你与我漫步在丛台公园。你穿着一件紫红色大衣，秀气的脸上泛着红晕。在公园门口，你望着那雪人儿禁不住哑然失笑。我问你，笑什么呢？你说，这个雪人儿好可爱啊！我定睛一看，原来那雪人儿是个"当兵的"，像我似的"傻乎乎"。

那个雪日，我俩牵手攀缘在八达岭长城，这是我们进京旅行结婚的第三天。站立长城脊背上，眺望悄悄来默默去的雪花，我情不自禁地赞叹：景色好美啊！来，咱们照张相吧。你麻利地依我胸前，问我选择哪儿做背景。我说，当然是长城啦，背靠长城犹如你背靠我，会让人有一种安全感。你遂伸出手敲打我，"去去去，你能与长城相比吗？""没听人说过吗，每个军人都是长城上的石头砖块。""如果算是，你也只能算一粒小小的石子儿。"

那个雪日，你拉着女儿去车站为我饯行。火车鸣笛，就要启动，女儿却"哇"地哭了，紧抱着我不让走。我哄骗孩子："宝贝不哭，爸爸去办点事，一会儿就回来。"后来你写信告诉我，那晚女儿说什么也不睡，非要等着我回家不可。你对她说："爸爸骗你的，他已经回部队了。"她却说："妈妈骗人，爸爸一会儿就回来。"时至午夜，女儿依然圆睁大眼，凝望着雪白的墙壁，静心等候爸爸的敲门声。

……

我酷爱雪，真的。每当走进雪中，便能领悟雪的语言，感受到爱的理解和温情，无边的柔情蜜意。那飘然而至的雪花，常在我眼前化成绚丽彩虹，彩虹边，有一片青青芳草地，上面闪动着你和女儿欢快的身影，在戏耍，在欢跃……那是我的家，我的温柔乡啊！

窗外的雪，不停地飘零，真想到云端去看一看，那六角形的雪花是怎样被严寒催开的。雪花开是笑，雪融化成泪。纷纷扬扬的雪花，又如根根银针，时而刺疼我翻涌的思绪。

妻，你知道吗？我又是多么害怕雪的到来，甚至不敢独自望雪。雪天冰地的，让人苦寂、心寒。

那个雪的夜晚，寒风裹着雪粒，打得窗子阵阵作响。你急急忙忙，抱起高烧难抑、渐入昏迷状的女儿，直奔厂医院。给女儿打罢针天色已晚，回家的路上，风雪肆虐，你滑倒了，致使左脚严重骨折。当我从军营匆匆赶回，看见你们娘儿俩倒卧在床的情景，我难受极了。我是个爱说笑的人，此时却哑言无语，只觉得胸口堵得慌。

那个雪的早晨，雪花飘飘，凛冽寒风袭人。你与女儿依偎在火车站月台上，等候我这个"不回家的人"。天公不作美，火车晚点半小时。你拥着女儿问："宝贝，冷不冷？"女儿坚定地摇了摇头。见我走下火车，你抱着女儿飞也似的跑了过来。你对女儿说，快叫爸爸。女儿两眼望着我，嘴唇微微颤动，却没有发出声来，女儿的嘴唇已冻僵了！我紧紧抱住女儿，用整个身心温暖着。女儿在我怀里哭了，"爸爸……"

往事如烟，萦绕心头。我每每回忆，总难免这样想：如果没有军人或军人妻子，那该多好啊，那人世间该省去多少悲欢离合？但这是不行的，祖国的繁荣需要钢铁长城的卫护，军人也不能没有女人的温馨和家的欢乐。一个贤惠的妻子和幸福的家庭，对军人来说，是精神的支撑，心灵的安慰，更是工作上的动力和促进。

这样便苦了你们，苦了你们这些默默奉献、任劳任怨的军人的妻子！我搜肠刮肚，已经找不到赞美军嫂的词语，也许，唯有洁白纯粹的雪，才能表达我感激的心声。

妻，我好想你和女儿。借着桌前橘红色的灯光，我能觅见你们美丽如花的笑容，还有纯真热烈的深情。我多么想把你们拥至怀中，尽情享受"老婆孩子热炕头"的温馨呵！日月相催，时光似水而去，在火热的军营，军人思念的情愫永远属于你们。

雪夜千里寄相思，冬消阳生春又至。

妻，桌上的台历清晰提示，一周过后就是春节了。我多么想立刻回去啊！我实在不忍心告诉你我回不去了，但这已成事实，今年又轮上我们值班了。昨日，我专意到商店买来一只红帆船，不日托战友捎回家去。身居异乡的军人，于悠长的乡思中，最盼望亲人的平平安安、顺顺当当。我祈愿，从这雪的夜晚开始，就让这只红帆船伴随你和女儿，一帆风顺地驶向新的美好的明天吧。

1995年1月23日夜

第三辑

闲情偶寄

我攥着金旦爹给的那块饼干
一溜烟儿跑回姥姥家
姥姥坐在院子竹林下做着针线活
她慈祥地笑笑："好孩子，吃吧！"

姥姥后来就给我做"土饼干"
每隔半月二十天总做一次
我在幸福的滋味中，成长着
我曾无数次地暗想
等将来挣到钱了
买一大箱子饼干孝敬姥姥
但这一梦想没能实现
永远也不可能实现了，因为
姥姥没等我有买一大箱子饼干的钱
就匆匆忙忙撵着姥爷去找我娘了

我的又一座天堂坍塌了
我的美滋美味的"土饼干"，从那天起
便成了回忆

饥荒时的味觉记忆 |

妻从早市买回几斤鲜柿子，她和女儿都喜欢吃，她们每次吃时总要引诱我，"你也尝尝，很好吃的。"而我无动于衷，且固执己见，"也不会好吃到哪儿。"女儿嗔怪，"你又没尝，咋知道不好吃呢？"在京城长大的女儿并不知晓，最甜美的柿子产自冀南山区，我就是吃着那柿子长大的，至今回味无穷。今天，我试图用文字把我年少时的味觉记忆写出来，让女儿她们权当童话去听吧。

柿 子

七月枣，八月梨，九月柿子红了皮。每年到了秋分，土地爷就给柿子灌蜜水了，通过树干及枝条的脉络，夜以继日地，将满树的柿子催得渐次红润、饱满而鲜亮。柿子成熟了，远远望去，一树树的绚烂缤纷，如张挂结彩的小灯笼，像少女红扑扑的嫩脸蛋，洋溢着喜悦，弥漫着馨香，使整个山乡沉浸在甜蜜之中。

故乡山野土地稀薄，庄稼难有好年景，柿树却年年都能结出丰硕的果实，给饥饿中的乡亲以特有的怜爱。每到柿子收摘时节，村上一片欢腾景象，男女老少熙来攘往，每棵浓密醇厚的柿树下都会引来一群人。采摘中，男的采摘背扛，女的捡拾装筐，小孩们则凑着热闹吃个肚儿圆。柿子也分成色好孬，同生一棵树上，日照充足、疏落通风处的，就格外红润、饱满而甘甜，可称"色胜金衣美，甘逾玉液清"。每棵树上总有那么几个早就熟透甚至被鸟儿啄过，已经晒得乌紫干瘪的软柿子，而这种柿子最是好吃，摘下后用嘴一嘬，如蜜团儿，似糖蛋儿，使劲吮吸，里边的甜舌头软嫩滑溜，就往肚里钻，那个爽啊，简直找不到语言形容。

　　柿子分到每家后大都连夜加工，除挑选一些成色优佳、个头适中的留着尝鲜外，其余分三类炮制：个大且硬邦的，用刀旋去皮做成柿饼；软嫩及破烂了的，放进石槽与谷糠和到一块攥成柿糠疙瘩；剩余的切为块或片，统统晾晒到房顶、窗台、屋檐下及山坡的石头上，直至成品。加工后的柿子就不再是水果，而成了一种充饥止饿的主粮。冬日早晚，吃上一把柿块，喝碗豆面汤，就是一顿饭；春天下地干活，带上几个白生生的柿饼，可算是最好的硬干粮；而柿糠疙瘩自不必说，它更是以自身特有的钢性支撑了众多乡亲的生命之重。

　　柿糠疙瘩极具时代印记和家乡特色，彰显了一方人家繁衍生息的奥秘。柿糠疙瘩晒干后并不能直接食用，还需炕熟并碾成面。炕时，将柿糠疙瘩堆放到睡觉的土炕上，下边烧起小火，每日翻动一遍，大致炕十多天，炕熟后到石碾上推轧，再用箩筛成面。乡亲们管这种面叫炒面，加上汤水一拌，就可以当饭吃。每户人家每年都要做相当数量的炒面，用缸存放起来，指望着它过日子。有年冬天，邻家奶奶推炒面时我在碾坊玩耍，肚子饿了，伸手去碾盘上挑拣柿块吃，不留神伸错了方向，伸到由驴子正拉着转的碾滚子前边，被笨重的石滚倏地碾过，整个左手碾成了血肉模糊……所幸三个月后神奇愈合，五根手指还都在，也没留下功能残疾。柿糠疙瘩，成了我既爱又痛的冤家，牵动着我刻骨铭心的记忆。

　　如今每至初夏之际，我断不了到营院的柿树下捡柿花和落果，常把捡来的落果用丝线串起、晒干，挂于室内，看上去犹如祈福的佛珠。到了炎热傍晚，我乐意去柿树下纳凉闲聊，每当仰望那满树绿油肥大的柿叶和柿叶包裹中的累累青果，就油然念想起了故乡，想见了流落在乡间的快乐与忧伤。转眼间，秋天来了，柿子红了，红彤彤、亮闪闪的。但我极少再吃柿子，并不是因为吃伤了，而是因为心境，我知道，已经找不回儿时的那种味觉了。

饼 干

那天下午，我攥着金旦爹给我的那块饼干，一溜烟儿跑回姥姥家，进院就喊："姥姥，姥姥，金旦爹给我饼干了。"姥姥坐在院里屋门口竹林下做着针线活，她看到我手中的饼干后，慈祥地笑笑，说："好孩子，快吃吧。"我依偎在姥姥身边，用舌尖舔着饼干，舔着舔着软化了，往嘴里一放，就和着唾液滑入嗓子眼儿。这是我记忆中的第一次吃饼干，时年六岁许。那块饼干也就墨水瓶盖大小，但它的香滋美味仿佛浸入我的体内，怎么也排泄不掉。接连几天，我总是向姥姥说起那饼干的滋味，有时说着说着嘴里便生满了口水。

金旦爹在城里工作，是吃商品粮的，每次回来都给金旦带吃的。我和金旦是好朋友，时常在一起玩儿，他断不了给我讲城里的故事，讲他爹带回来的零嘴如何的好吃。但除了那块饼干外，我再没有吃过金旦家的食物，我脸皮儿薄不爱向人要东西，金旦和他的家人也舍不得给。那时凡是与粮食沾边儿的都短缺，买吃的要凭粮票，而粮票只有吃商品粮的才有。我姥姥家属于农户人，没有粮票，即使找人要到了，也没有钱买。姥爷是农村社员，经年劳作也抵消不了一家人的口粮款，哪还有钱买零食！姥姥每天都得动心思，想方设法做出三餐，尽可能让我吃好（或说吃饱）。我听见姥姥对人说："俺外甥的命苦，娘走得早，孩子一顿吃不好，我心里就难受啊！"

有天中午，我从街上玩耍回来，姥姥在灶房叫我："三儿，快来啊，看姥姥给你做啥了。"姥姥在用浅底儿锅烙饼哩，只是与以往不同，那饼一块块的，贴在锅的边上。没过多大会儿，姥姥将它们逐一揭下，叠放到一个小筐里，说："姥姥给你做的饼干，尝尝好吃不？"我拿起一块塞进嘴里，香喷喷，脆生生，味道好极了。姥姥告诉我，她听人说自家也可以做饼干，将面粉里加上鸡蛋、糖、油及其他辅料，揉成面团醒一个时辰，而后擀薄、切块，放锅里用小火炕就成，她如法炮制，没想到居然做成了。姥姥把她做的饼干叫"土饼干"，每隔半月二十天总会做一次，以便我充饥解馋。姥姥越做手艺越娴熟，不但对配料、揉面、火候、口感掌控自如，还不断变着花样，做出了葱花、椒盐、芝麻等不同口味的"土饼干"。

我在"土饼干"的幸福滋味中，一天天长大。我曾无数次地暗想，等将来挣到钱了，先买一大箱子饼干孝敬姥姥姥爷，让他们也享享口福。但我的这一梦想没能实现，永远也不可能实现了，因为姥姥没等我有买一大箱子饼干的钱，就匆匆忙忙地撵着姥爷一同去找我娘了。姥姥走时我十四五岁，我当时悲恸欲绝，守着灵堂三天三夜，茶不思饭不想，眼睑哭肿了，心也破碎了。亲戚们都说，小外甥和姥姥亲，舍不得姥姥走；他们或许没有想到，我的又一座生活天堂坍塌了。我的美滋美味的"土饼干"，从那天起，便成了回忆。

窝 头

秋天新玉米下来后，我就日思夜想，盼着爹能做一顿松软香甜的窝头吃。忽一日，见爹拿出簸箕盛上玉米，忙着扬糠去秕、淘洗泥沙，这窝头就快吃上了。通常是在晚饭后，爹将淘洗好的玉米倒进锅里，加适量水煮泡，至二三成熟时捞出，晾到一个箩筐里，翌日用石碾滚轧后箩成面。那时村上没有电力，加工米面全靠原始的石碾、石磨。碾子由牲口拉，面是人工箩，捣鼓大半天，最多能推轧三四十斤玉米。倘若时间允许，轧出面的当晚，爹就会蒸一锅足够一家人吃一顿的纯玉米面窝头。爹蒸窝头时我常在旁边打转，待捏好的窝头放进笼屉后，就心急火燎地守着灶台，一会儿瞅瞅炉膛内熊熊燃烧的火焰，一会儿闻闻蒸腾飞扬的缕缕清香，还没等吃上窝头，心已醉了。

　　那时糠菜半年粮，另半年也得勒紧腰带熬，饥饿如魔鬼无时不在折磨人们。饿怕了的乡亲精于算计，即使秋天分回粮食也舍不得吃，还要想着如何熬过一年三百六十多天。家乡种不了大米，小麦产量极少，玉米也很有限，大都要在玉米里掺和六至八分的谷糠或麸皮儿，几家拼凑一马车，拉到几十里外的漳河沿岸找家水磨坊磨成面，这种面就叫糠面。用糠面做的窝头实在不好吃，难以下咽啊！因此我打小就盼望，盼望着能有玉米面窝头吃，哪怕三五天吃上一顿也好。但这不啻一种奢望，饥饿的折磨，是那年月谁也无法躲过的劫数。

　　有年冬天，村上掀起农业学大寨热潮，在山沟里平滩造田，全村社员踊跃参加，有的甚至举家上阵。当时除却政治的因素，还有一个实际的动因，那就是，凡出工者皆可到村上的大食堂去吃饭。虽说饭有定量，一个壮劳力每顿俩玉米窝头加一碗面汤，饭量大的根本吃不饱，但吃个大半饱也比饿着强。尤其每晚收工后，大食堂门口黑压压一片人，个个手拎饭碗候着打饭。而此时在大食堂对面的街巷口，也站满了尚未上学和放学回来的孩子，他们都在那儿翘首以待、垂涎欲滴。天寒地冻，饥肠辘辘，如此日复一日，在那个石头堆砌的古老山村的街巷口，上演着揪心动容的一幕幕。

　　一个寂静落雪的夜晚，我和邻居小伙伴石头来到了大食堂前，不由自主地趴在窗口张望，伙夫们正忙着卸笼屉呢，一屉一屉金灿灿的玉米面窝头就码在邻窗的案台上，太诱人了！"去去去，回家睡觉去。"我俩被人撵跑了。踩着吱吱作响的积雪，百无聊赖地往家走着，石头突然小声对我说："那窗户上的铁栏杆能钻进去人，等他们走了咱去偷几个窝头吃吧。"饥饿相投，一拍即合。我俩随即调头回去隐蔽起来，等到大食堂灯火熄灭，估摸伙夫们已经走远，便迅速行动。一切顺利，转眼间每人怀里揣进俩窝头，兴奋而又恐慌着逃离现场。雪仍在飘零，四周变得粉妆玉砌，我慌忙中回头张望，街道上留着两串歪扭不堪的少年足印。我俩怀揣窝头不敢回家，怕遭致棍棒，就悄悄钻到房屋后的草垛里，四平八稳地享受起美味来。

"好吃，真好吃。"石头看看我，我看看石头，喜滋滋，乐悠悠。每人吃了一个半窝头，剩半拉实在吃不下了，便藏在了草垛里。翌日傍晚，等再去吃时早已变成冰碴块儿，用牙一咬透心凉，嘴唇都要冻麻了，但我俩依然心满意足，互相说着："好吃，真好吃。"

酸 枣

听父辈说过，过日子好比吃酸枣，其滋味青涩酸甜，酸酸甜甜，越嚼越有滋味。现在想来并用心品味，更能领会父辈的感受。对于饱经饥荒肆虐的乡亲，他们所说的甜滋味总是与苦涩相依存，是从苦涩酸楚中咀嚼而来的。或许是受父辈的影响，我打小就爱吃酸枣，从中品味着过日子的滋味，也品味着生活的酸甜。

酸枣树属于灌木，枝条弯曲回绕，长着细密的锐刺，家乡的山坡、地坎、堰头边到处都是，其生命力极强，每年春雨过后就疯长，七月中旬就能熟果。酸枣红了时，刺条儿上一瓣一瓣的，像玛瑙，像珍珠，随风摇曳，勾人食欲。七月十五过后，采摘酸枣就成了我和小伙伴们每天的心事，直至霜来雪飘了才收心。那些时日，我们的衣兜里常装着酸枣，当干粮也当零嘴，饿了吃上一把，馋了嚼上几颗，津津有味，乐不可支。但酸枣也不能多吃，吃多了肚子胀，屁多，不舒服。

其实酸枣并没有多少肉，薄薄一层皮，用手一捏，就能触到坚硬的核。有时，上山打酸枣并不光为嘴，寻乐趣也是题中之义。五六七八个孩子，手拿竹竿或其他木棍，气势汹汹占领高地，对着目标风卷残云，摘够了吃足了，就分派打土仗、过家家，变着花样闹腾，那才叫随心所欲、痛快淋漓。我们每次上山时，屁股后头总跟个小尾巴，甩也甩不掉。她叫金花，一个弱不禁风的小女孩。金花喜欢黑豆，过家家时总爱当黑豆的媳妇，黑豆也尤其怜爱她，打来酸枣先往她的衣兜里塞。大家笑话黑豆："回家给你爹娘说，让金花去给你做童养媳吧。"让人没有想到的是，多年以后，金花真就嫁给了黑豆。有一年我回去时还引逗金花："现在黑豆不往你衣兜塞酸枣了吧？""啥时候的事了你还记得。"金花就笑，一脸的幸福与满足。那年月，乡下的两小无猜，在花开花落的芬芳里，很容易修成正果，甜美、饱满而隽永。

说到采摘酸枣，我又想起我慈祥的姥姥。姥姥生前对我疼爱有加，做什么事都顺着我，记忆中只打过我一次。那日下午，还在姥姥家生活的我和小伙伴们去摘酸枣，行至村前北山坡腰际，见一处土岭堰上酸枣刺茂盛，结的酸枣既红又大，一尝特甜，继而一哄而上展开"歼灭战"。就在大家衣兜鼓满吃喝回家时，二狗从堰上摔了下去，脑袋上碰个大窟窿，流血不止。二狗摔落时我并不在跟前，但他回家后却对他娘说，是我从堰边上把他挤下去的。他娘是村上出了名的骂街婆，当即拽着浑身是血的二狗到我姥姥家闹了起来，闹得鸡飞狗跳，四邻不安。我对姥姥说："他们讹人，我没有挤他。"然而姥姥不听我辩解，抡起巴掌就朝我屁股上一阵打，噼噼啪啪的，就像打酸枣。我愤然作色，一气之下跑到街上，把两裤兜酸枣抛进粪坑，又沿着山沟跑向村外，一直跑出好几里地。我想跑回到我家，但因峰回路转，天色已晚，加之我胆小怕鬼，所以停了下来。姥姥好不容易找见了我，她将我搂进怀里，当即哭成了泪人……

一把酸枣，几多滋味！在生命的旅途上，总有一些东西让人念想，总有一些情感让我们情不自禁。那甜甜酸酸的酸枣啊，承载着太行人家饥荒年月的光景，浓缩了我儿时的情愫，时刻缠绕在心头上。

焖 饭

入伍通知书是下午到的，通知我后天早上去公社集合，而后统一前往县人武部报到。晚上，几个发小来我家商定，走前大家聚聚吃顿饭，为我饯行。吃什么呢？金锁说："明儿晌咱们去西沟打兔子，背上我爹的猎枪，打着了就炖兔肉吃。"大家一致赞同。初冬的山野已见荒凉，叶去草枯，风凄露寒。我们一行几人悄然潜入起伏的山峦，凝神静气，远眺近觅，也没费多大功夫，便寻见数只野兔在嗫草，金锁麻利地跪卧举枪，"砰"的一声，铁砂子弹散射而去，一只野兔当场击毙。大家喜不自禁，又往枪膛装上火药和子弹，继续向前寻觅。然而，直至天过午时再无所获，只好心有不甘地返回。一只弱兔，五六张强嘴，怎么吃啊！还是金锁有办法："咱们做兔肉小米焖饭，做上一锅，保管每人吃饱。"于是分头忙活，宰兔、涮锅、淘米、抱柴，一切准备停当后，在釜底点燃了柴禾。锅烧开了，放上油，油烧热了，把切成块的连骨兔肉倒入，爆炒几分钟，加上大半锅水，开锅倒入小米，再开锅后搅拌均匀，随即改文火煮焖。大致用去个把钟头，一锅软硬适度、金黄香馥的兔肉小米焖饭，就做好了。

这顿晚餐，是我参军离开家乡时的最后一顿晚餐。大家伙聚在我家堂屋，手里托着土色瓷碗，就着如豆般的煤油灯火苗，嚼着油汪汪、香生生的焖饭，絮着我们成长过程的趣事和对未来的憧憬，其味无穷，情意融融。大家时不时逗我，石头说："到部队上就有好吃的了，再也吃不到冰碴子窝头了。"大牛说："带上几个柿糠疙瘩走吧，不然会忘本的。"金锁说："这兔肉焖饭好吃，要不装一碗让部队的首长也尝尝。"……我的眼睛顿时湿润，泪珠滚落下来，为纯真的发小情谊，也为穷困潦倒的乡亲。这时虽至80年代初，我国的改革开放春风已经吹起，但由于家乡偏僻闭塞，山水贫瘠，乡亲们依旧在昏暗的煤油灯下挨着饥寒交迫的日子。

在当时，小米当作粗粮中的细粮，小米焖饭算是每家还能够做得出的少有美味。那时谷子没有农药和化肥污染，碾出的小米色泽金黄明亮，熬粥焖饭皆上品，吃起来香甜可口，且健脾和胃有营养。一碗小米焖饭下肚，干活不饿，冬天暖身，夏日还防暑。但家乡山水贫瘠，谷子广种薄收，平素庄户人家也吃不起焖饭，顶多熬锅小米稀饭喝，只有在农忙期间或过节走亲戚时才能一饱口福。多数人家做焖饭时，还要配上南瓜、红薯、萝卜之类充数，像做兔肉焖饭那样做出菜与米掺和在一块儿的焖饭。记忆中，我很少吃过纯色小米焖饭，而带腥味的焖饭也仅吃过那么几次。

转眼近三十年过去，饥荒早已不在，新的太阳光耀大地。但我总觉得，那煤油灯下的晚餐恍若昨日，兔肉焖饭的香馥依然飘溢，发小们的音容笑貌犹在眼前。记忆是时间的反动，也正是因为这种反动，才使往日情怀变得浓稠厚重。不管明天的生活还会多么甜美，饥荒年代的味觉记忆，都是我一生最心动的想头，灵魂最坚决的守望。

2008年12月20日结稿

| 生活之树常青

　　早晨乘车上班途中，望着窗外匆匆过往的车流人群，脑海忽然想：人生与生活是什么关系？一路寻思琢磨，渐次理出头绪，感觉人生与生活犹如树的主干与枝叶，有人生才有生活充裕，有生活就有人生繁茂。如此想来或许浅薄，但生活与人生相辅相成却显而易见。人这一生，被生活裕如宠爱，在鲜活丰厚的生活里，日复一日地成长着，追求着，希望着。此刻，我的内心便涌动起了"生活"。

　　人的一生会有许多追求、许多憧憬，而许多的追求和憧憬，往往源自生活的诱使。想起年少时，生活在贫穷的大山区，缺吃少穿，没有电灯，没有商店，没有澡堂，每每见到城里人来，尤其看见在城里上班的带着个穿裙子烫头发的回来，孩子们就簇拥着跟在屁股后边看稀罕。有天中午，一个穿着光鲜的陌生中年男子走进了我家，身后也撵了一群孩子，那人见着我就冲着笑，到堂屋和父亲嘀咕了好大一会儿。那人走后，父亲对我说，人家在县上开小卧车，是开着小车来的，家里条件很好，就是缺个男孩。我当时年幼，一时没能领悟父亲的意图，直到后来听人说起此事才知晓，我差点成了别人家的孩子。多年以后，回去休假时有次与父亲戏言此事，我说，当年你是不是真的想把我送给人家啊？父亲说，没有的事，我怎么舍得呢。我说，即使给人了也不要紧，你永远是我亲爹呀。父亲憨笑，眼窝却充盈了泪花。母亲去世时，我们兄弟尚小，父亲含辛茹苦把我们拉扯成人，不容易啊！所以打小起，我就梦想着快点长大，长大后就到山外边去，上城里做工挣钱，和那些穿着时髦细皮嫩肉的人们一样，过光鲜体面的生活，也带个穿裙子烫头发的回来为父亲撑撑面子。

我年少时的那些同伴，大都有着跟我差不多的梦想与追求，常是对山那边的世界望眼欲穿。那时乡下，不止是缺吃少穿，连煮饭和取暖所需的柴火也相当困难，每年入冬后各家都得上山砍柴，在上学的大点的男孩子通常是，每天早晨鸡叫三遍起床，带上镰刀和绳子，三五个结伴，跋涉上高远的峰峦，砍割一捆荆棘回来，然后用红薯萝卜或糠团之类的填填肚子，再赶往学校。很多时候，我们是在黎明前的黑暗中摸索跋涉，在高耸的峰峦上迎来朝阳。晨曦中，立于峰岭眺望冬雪包裹了的连绵山峦和山峦外的世界，年少的梦想极易长上翅膀，漫无边际，但看到日头每天照常跌落山后，一切憧憬便失却光鲜。

梦想与现实往往是矛盾的，冲破残酷现实的桎梏，需要毅力，更需要信念。在追梦圆梦的路上，我时而想起蹬山砍柴的情形，想起沟壑的惊险、跋涉的艰辛，想起寒风中劳累饥饿时的困顿，而且每一次想起，都给我力量，给我信心，促使我去追求，去奋斗。感谢命运之神的眷顾偏爱，让我的梦想根扎土壤，在现实中得到充分的展现。我在城里成了家，有了钟情爱人，添了聪慧女儿，住上了楼房，用上了电灯，洗上了热水澡。后来我又调至京城工作，爱人孩子随之迁入，在首都有了安稳的家，过上年少时梦想的和更多没曾梦想到的城市生活。

时光荏苒，转眼之间，到京城已二十多个年头，女儿上完幼儿园、小学、中学，现在读大三了。梦想追求犹如一种有力的牵引，牵动着人们去创造生活，而生活又能够孕育成就一切，能够让美好的春梦在生命的天空留下余响和色彩。夜晚躺在自家温馨舒适的床上，睡不着时常想，我真是幸运啊，生活给予我这么多，有回情不自禁直抒感慨：我呀，感谢党，感谢老婆，是党和老婆让我过上了甜美幸福的生活。老婆忍俊不禁，拍着我说：快睡吧，别感慨了，明天还上班呢。

是的，还要上班，一直以来，我都把上班工作视为时来运转的最大机遇。我始终相信，干是硬道理，一切美好的东西都要靠干来创造，更多幸运的机会只有在干中才能赢得。生活老师教我懂得，这人生，就是一个筑造梦想、追寻希望的过程，是创造与拥有、突破与求新的持续往复，而支撑其中的，是执著的信念、毅力和勤勉，此身、此时、此地，尽心竭力把能做并且应该做的事做好，人生就会多一些超越梦想的机会。

前段时间，电视媒体推出一个专访，话题是"你幸福吗"？后来网民围观起哄，一时众说纷纭。网上言语多元庞杂，但也反映现实，争鸣问题。人生活在社会当中，幸福感的形成与流露，是主客观交织生成的产物。衡量幸福可以有许多的维度，每个人都有自己的答案。记得十多年前，光明日报举办"幸福是什么"大讨论，我有幸参与，论的是"拥有理解是幸福"，当时的我最渴望理解，也常常被人理解，所以我觉得拥有理解就很幸福。前几日读报，说山东招远一个九十岁的老农，常年靠捡破烂为生，以粗茶淡饭度日，却资助了许多贫困学生和需要帮助的病人，老人说自己"越帮助人心里越好受"。这位尊敬的老人又告诉我，安贫乐道，守望相助，也是一种幸福。

我有个中学同学，我们同窗四年，曾同桌就读，因为学校建在他们村上，我还多次上他家吃饭或住宿。他早我两年参军入伍，在部队服役了十多个年头，后来转业地方投身于市场。经商之初，他摸着石头过河，走不了多远便趟水湿鞋，以至经营惨淡，债台高筑。让他最不能接受的是，曾经与他海誓山盟无论富贵还是贫穷都会相守一生的妻子，居然劳燕分飞，一空依傍。走背字的那些年月，他赤手空拳，形影相吊，徘徊在人生低谷。但他没有消沉、颓废，艰难与挫折反倒历练了他的智慧、情怀和勇气。如今，他早已走出阴霾迎来丽日，财富积累多达数亿。或许因为经历了人生的起落，品尝了生活的苦辣滋味，他对幸福有了自己的理解。他说，人的心底都有一面镜子，这镜子照着别人也照着自己，照着眼下也照着过去，这面镜子让我们懂得，真正的美好幸福，温润、绵长，能够慰藉心灵，温暖情感。

有回我们俩彻夜漫聊，聊爬过的山、趟过的河、经过的事、有过的爱，聊到年少时的穷困饥饿，我们想起上初二时的那个盛夏。其时一天，我俩密谋过一个不可告人的行动：乘着月色攀山越岭往返十多公里到公社林场偷果子吃。饥饿年代饥不择食，人们对吃的念想尤多，总想吃点什么充饥解馋。那天下午放学后，我俩在学校等到天色擦黑开始了行动：穿过几道坡岭，绕过沟壑水库，翻越高大的峰峦，折下去就到了林场围墙外。时候尚早，护林人员还在纳凉聊天，间或传来几声犬吠，不敢盲动，只得伺机。如水月辉洒落原野，微风吹拂心旷神怡，我俩曲蜷隐蔽于宽阔的山石上，石体储蓄了太阳的余温，身子下面暖暖的，加之跋涉后的饥饿困乏，很快不知不觉都睡着了。醒来已入午夜，迅即翻墙直奔挂满果子的盘桃树下，没用几分钟就把身上的口袋都塞个满当，然后撤离到安全地带，饥不可耐地狼吞虎咽起来，吃得肚饱腰圆了，我俩才发觉桃子还生呢，桃肉青涩，没有甜味。翌日凌晨闹开肚子，胀气放屁拉青屎，接连折腾了好几天。然而，如此的一个年少往事，那晚却让我俩聊了半宿，聊得情绪亢奋，有滋有味，一种久违了的幸福感，在彼此心中充溢荡漾。

这个同学又启示了我，他让我进一步明白，生活也像是一种轮回，爱过恨过哭过笑过之后，人们想要回归的都是原本的自己。一个人百折不挠，拼搏追求，终于功成名就，不愁吃穿不缺花销了，此时此地他念念不忘心里想要的，或许还是儿时贫穷的母亲为他做的那碗鸡蛋面，还是与少年伙伴在河塘光屁股洗澡的美妙时光。经历岁月洗礼，再去品味咀嚼生活，我们便不难发现一个被忽视了的心灵现实：原来在名利之外，始终有温暖的东西在浸润心灵，让心里"好受"。心里好受、舒适，我想，这就是如意、快乐、满足，幸福的体味。

前几日晚上，看央视感动中国人物颁奖晚会时我几次落泪，获奖者看似平凡的故事却送来一股股热流，让内心情感积聚，难以平静。已经很久没有这样感动了，忙碌和浮躁遮挡了心灵的眼睛，时而忘记欣赏和回味旅途的精彩，忘记这世上原本并不缺少崇高，依然有这么多让人感动的人和事。感动，多么简单而又美好的情感，我却在悄悄地对它淡漠。写到这儿，心生自责，隐约作痛。

眼前又浮现家乡的山水，那里是我生命的起点，有我抹不去的崇敬和感激。很多看似过去了的东西，其实如影随形从未离开，生命的影像在交错，思想的情感在凝重。想起年少时光，被人感动和感动别人，是司空见惯习以为常的事：儿子找对象女方上门相亲，左邻右舍会把自家压箱底的铺盖抱来撑面子；春天干旱缺水了，村上只要还有一家的水窖未干，就不会出现吃水断顿的；农户家私有的像犁、耧、耙之类的农具皆为公用，而且先人后己，自家的物件反倒不方便用……人性的善良与崇高，在这样的乡土民俗中，自然而然地积聚。

记得参军走的那天，父老乡亲将我送至村外，保平叔握住我的手抱住我的肩，一声"侄儿的，再见了"，竟使我想成了永久的作别，眼泪倏地滚落。已经走远了，再一次回头，我看见还有不少人站在那儿张望。多么眷恋的山峦，多么可敬的乡亲啊！每每想到家乡的沟壑、村庄和乡亲，我的心就会踏实下来，动情的回忆便从心里往外燃烧。然而，现实对人的命运的安排各有不同，有时并不完全考虑人的情感，我当兵五年第一次回乡探亲时，保平叔真的就找不见了，他被狠毒的病魔劫持而去。后来每次回乡也常会找不见某个熟悉的面孔，三十多年过去，那么多牵扶过我拥抱过我温暖过我的手渐次不复存在，我一次次伤神落魄，感慨生命的脆弱与短暂。好在苍茫的峰峦和古老的村落，不时传唱岁月的歌谣，留着乡亲们的影子、声音和记忆。

　　故乡的慰藉温暖着我，泥土的力量冲撞着我，那街道那胡同那村落的零零总总都是那样的亲切贴心，让人止不住追忆满怀。然而，记忆毕竟是记忆，更多过往的感动已无法重来。很多时候，精神与躯体并不栖息同一个驿站，我们需要守望精神家园，但更需面对鲜活的现实，过好当下的每一天。现实不比忆想，无法取舍或回避，不能像莫言讲故事那样，拣最动人最好听的摆出来；但所有的光鲜亮丽都出自现实，包括所有的感动，无不是现实的事和爱凝结而成的。人不可能仅仅生活在回忆中，热爱生活需要投身生活，追求美好需要创建美好，领悟感动需要懂得感动。也许，并不是每个人都能像"感动人物"一样，用自己的坚守、责任、担当，去超越自己、感动社会，但我们每个人都可以追求人性的善良和崇高，为人世间美好的情感加温。

　　岁月易逝，人生易老，唯有生活之树常青。想来，人生只是个过程，在这个过程中，有得也有失，许多事情只是眼前一种暂时的状态，坦然面对就好。但懂得感激，记得感动，却应时刻铭记于心。昨晚读书时，我记下这样一段话：我们可以是深情的放歌，唱出赞美的旋律；可以是绽放的鲜花，奉献芬芳的馨香；可以是清澈的泪水，浸润被困扰的灵魂。让感动成为一种滋养，一场润物无声的好雨，催生我们心灵升华的生机，养育精神之树的蓬勃吧！我想，我会如此追求的，因为，我已深切感受到了生活的饱满与真实，体味到了生命时光的美好和价值。

2013年3月25日　于北京

| 随感四章

登山远眺

初夏一周末，登山放牧身心，途中有感，而记。

晨醒时分，电话铃响，王庆森兄询问去不去爬山，爬太舟坞，我欣然答应。二十分钟后，我们从约定地点驱车出发，驶向目的地。

太舟坞地处京城西北，是燕山山脉上的一座小山峰，距我们居住的地方并不远，也就半个小时的车程。一路顺畅，车行山前，停放于车场，便开始了向上攀登。

因为选择的是一条小道，路径有点曲折、坎坷，想必原先并不是路，走的人多了，慢慢形成的。王兄说，他每个周末只要时间允许都来爬一次山，这条道已经走熟了，走出了感情。在他看来，爬山是一举多得的运动，强身健体，舒缓心情，还能享受山野的新鲜空气，领略大自然的万千气象。

我紧随王兄左右，沿着弯弯曲曲的山道，亦步亦趋攀登。感觉也没有多长时间，就到达了第一个垭口。天晴日朗，举目四望，满眼的绿色紧抱着山体逶迤绵延，古老而又崭新的京城无边无沿与天相接，苍翠溢着清甜的味道，欢快的鸟儿时不时从头顶振翅飞过，简直赏心悦目，蓦然有一种返璞归真的美妙。我曾无数次走近过太舟坞，从它的脚下往返，在它的面前仰视，但从未料想到，这看似寻常的山峦上，竟然有如此迷情的风光。

许多东西或许就是这样，自以为司空见惯，看似熟悉，觉得寻常，其实你并不清楚或者还很陌生。大爱无形，大美不言，惊奇往往隐藏于平淡。正如这太舟坞，多么需要深刻的发现啊！

眺望着远方，我油然感叹，感叹大自然神功鬼斧的无痕造化，也感念尘世苍生的周而复始。人生一辈子，也如爬山啊，每跋涉一步无不需要付出，而想要步入新境界寻个新的风景，必须坚忍不拔奋勇攀登，有时还要避危石、踏泥泞、越坎坷，不可有半步的取巧。

王兄带着我继续攀登。阳光千万里，绿色似波涛，我们在敬畏中俯身虔登，一步步迈过沟坎迈上台阶。一路上，看看山，想想人，说说事，从容不迫，愉悦轻松。到达第二个垭口时，气温升高，汗水淋漓，也有点累了，便来到一处浓荫下小憩，让身心回归自然彻底放松。

仰望天空，天蔚蓝旷远，空间维度亮堂堂的。山风徐徐吹来，树影摇曳，绿意浸心，清凉驱散了疲惫。阳光与阴凉，使我想起贯穿整个中国历史的儒道互补：有了儒，可以入而仕，而有了道，则可以退而隐。这儒道互补可谓珠联璧合，精彩绝伦，叱咤于朝野和息影于山林都是美妙不过的事。只是，现实生活令人难以把握，生命常游弋在"两极选择"的"两难"境地。做人难啊，做到"任天上云卷云舒，看庭前花开花落"的份儿上，可算是一种境界。

对视大山，山静默无语，峰回路转连绵起伏。在大山的怀抱里，远离喧嚣，神清气爽，理性梳理着情感。人在旅途常会看到别样的风景，遭遇意外的情事，聚与散，幸福与悲哀，希望与失望，如影随形且由不得选择。既然前程不容选择，"富贵功名皆由命定"，那么，不妨学作圣贤，守住那颗宠辱不惊、去留无意的心，在随遇而安中平静踏实地做人做事。

在蔚蓝的晴空下，充分享受着阳光、绿色、山风的恩赐，自由地呼吸，尽情地远眺。我忽然觉得，身处清明的原野，心怀变得亮堂了，思想舒展了许多，久违的快意溢满周身。深感寄情山水，放牧心灵，不但可以真切地展现自我，还不难找回生命中本真的那些感动。

王兄说，越往上风光越好，山顶建有望京楼，在那儿凭栏远眺，京城美景尽收眼底，有时白云还能抓上一把，那才叫美呢。而我忽然间改变了主意，说咱们不往上爬了，等下次来再爬吧。我感到，人这一生，山是攀登不完的，登了这座还有那座，不必在意登到哪里，只要内心感到愉悦、充实，就已经足矣。

返程时我相告王兄，下个周末，还要与他一起爬山。一个人勇于并乐于攀登，生命就有活力，他也就会明白，没有比人更高的山，快乐就在跋涉中。我由衷地想，就让我们迎着朝霞、春风，也顶着阴霾、秋雨，永远俯身山水，不断登高远眺，去迎送每一个春夏秋冬，收藏更多的旅途感动，即使雷鸣电闪也无所畏惧，只要心不疲惫。

观海遐想

秋日，辽东湾观海，天水共蓝、无垠，油然浮想。

在山海关老龙头，面对浩瀚广阔的大海，我深切地感到，人的思绪一旦跃入大海，便可以忘却现实生活中的许多无奈，而且深邃无边的海，还能为你张开遐想的翅膀。有人感慨，作为一个男人，应该常到海边走走。是的，男人与海有缘，需要海的给予。

我们一行几人，迎着有些灼热的秋阳，兴致勃勃地亲近老龙头，尽情观望万里长城如何与滔滔大海交臂，怎样在惊涛骇浪中戏水。老龙头地处山海关城南，自身形成半岛深入渤海湾中，依山襟海，地势险要。明代初年，开国元勋徐达镇守燕地，见这一带"大山北峙，巨海南浸，高岭东环，石河西绕，形势险要"，便将长城修筑于此，从而使老龙头气势更为雄阔，景色更加壮丽。自古以来，从天子到臣民，从文官到武将，络绎不绝的人们到老龙头观海赏景，舒展情怀。

　　清代的诸位皇帝，康熙、雍正、乾隆、嘉庆等不止一次大驾光临，其中乾隆帝四次莅临老龙头，每次面对"无古亦无今，不减也不盈"的大海，他不仅写下许多诸如"我有一勺水""秦皇心实侈"等诗作，还别出心裁，与随从大臣们一起联句赋诗。一个叫钟和梅的知县，专门把乾隆帝及大臣们的联句诗镌镶在观海楼的墙壁上，为老龙头增添了一道景观。

　　咀嚼品味先贤的牙慧，凭栏观望辽阔的大海，心随海的波涛涌动起伏，思绪被徐徐吹来的微风不停地撩拨。我操纵心灵的小舟，漫无边际地游弋，眼前居然出现纷繁缭乱，一派迷情神奇的景象。

　　我忽发奇想，要是能出现一处海市蜃楼那该多好啊，就像那年那日在蓬莱庙岛烟波万顷的海空上，倏地冒出一片崇山峻岭，亭台楼阁，人马车辆……让人领略奇景，一饱眼福。要是能够放舟大海那该多好啊，那蓝色的海与蓝蓝的天无缝融合，海面上阳光普照，处处清澈透明、赏心悦目，仿佛连空气都是蓝的，没有酒绿灯红，没有尘嚣之累，可以领略超然物外的洁净与单纯，清新与脱俗。要是能把自己变成一只飞翔的海鸥那该多好啊，那样就可以自由自在振翅蓝天，悠然自得俯视沧海……

　　我还想到，人这一生如果能在海边生活，那将是一件幸福的事，每天可以观海、踏海，与海融在一起。当你劳累或烦恼的时候，来到这大海边，静静地感受湿润、清新、带着水草气息的海风，或踏着海浪，随心所欲地捡拾一枚枚五彩的贝壳，那该是多么的惬意啊！

　　思绪持续蔓延，但出现了"拐点"。我开始认识到，自己的这些个遐想不现实甚至不可能，它属于多彩迷人的梦！即使可能成为现实，也只愿接受它美妙堂皇的一面，因为隐匿其后的另一面并不见得赏心惬怀。人往往看惯了常见的事物，总想着好的一面，殊不知，一些东西原本可望不可即，如同空中楼阁、雾里花环。试想，那海市蜃楼的景象，来无踪去无影，来得突然，去得也突然，最后还不是消散碧空的云烟？放舟于大海，假如浓雾突如其来，且远方没有灯塔，近处也没有航标，只有不定向的风的鼓噪，在死亡逼近的黑暗中，此时你依依眷恋的难道不是尘世风月？而那凌空翩然翱翔的海鸥，不也时常洒下凄楚的哀鸣吗？

我走近了海边，从礁石的边沿望下去，望见一个无浪的水域。水清得如同乌有，它以它的一览无余给人一种错觉，仿佛你伸手就能把握平静的海底，能随心所欲地获取五彩的贝类和游鱼，你却察觉不出平静中潜藏的凶残一面，看不见这里有多少个无情的水压在等着你。

大海如此，现实生活又何尝不是如此？人生在世，你想得到的东西不一定就能得到，你看得到的现象不一定就能认识，有时恰恰相反，想得到偏偏又失去，想放弃却又挥之不掉，原本以为美好的东西却藏了污纳着垢。得与失、好与坏、欢笑与痛苦，常常是难以确定的变数，犹如成功中排列着失败，欢乐中隐藏着痛苦，平静的海面下潜伏着害命的漩涡。

由此想开，我对自己曾经的一帆风顺或雪上加霜，慷慨激昂或愁肠百转，抱负满怀或凄迷哀婉，有了新的见解，获得新的感悟。

潮起潮落，涛声不息。饱经沧桑蹉跎万世的大海，周而复始地予人力量与激情、智慧与启迪，让海蓝色填充内心的空白，用海水冲洗心灵的尘垢，心胸能变得充实、宽广，浮躁的灵魂便得以安顿。

品味人生
静夜思，盘点旅途生活，滋生感想，遂记。

前些日子，曾收到一封远方来信，是一位转业多年的战友写来的，他说自打离开军营以后，时常怀想在军营生活的日子，梦里常与我聚在一起，信的笔调情感凝重。读信时，我的心底一沉一沉，很不是滋味。共同的理想把我们召唤到一起，从相识相熟到亲如兄弟，情深谊长了又不得不分手，不能不与他分别，又不能不把他思念，现实把人纠结得无可奈何。

仔细想来，这无奈的情景简直太多，几乎无时不有无处不在，将人紧紧缠绕着，有时连喘息都难。曾几何时，想集中精力做点事，却忘记了娱乐；聊天的时间多了，又少读了几本书少写了几篇稿；沉浸于家的温馨之中，便冷落了殷殷盼着的战友……回到了这片属于自己的山地，又要想起那方多情的都市。纷繁的生活中，总有一些人和事向你走来，随之又有一些人和事离你远去，矛盾的生活时常令人无所适从、左右为难，心中不由生出几分惆怅和烦恼。

女儿长得飞快，眨眼间到我胸高，我和妻子欣喜不已。女儿却并不满足，她时常对我说："我现在要像你们这么大就好了。"而面对镜中那张不再稚嫩的脸，回想起生活中的风风雨雨和人生的磨难，我又对女儿说："我现在要像你这么小就好了。"青春年少时，总是羡慕那些成熟的人；白发上头了，又对童年及其成长中的无忧无虑羡慕不已。几十年以后，女儿恐怕也会与她的孩子重复我们之间的对话。

过去曾看过韩少功写莫应丰的一篇文章，谈到莫先生仕途知返，却因患了癌症而壮志未酬的事。我拟想着莫先生身在官位时的情形，众人仰慕，前呼后拥，周旋于达官显贵之间，这不是常人所理解的"成功"吗？他却在"成功"中感到一片茫然，意气风发的他渐渐目光呆滞。他终于辞了官，想去开辟一个农场，希望过安静而深思的生活。不料，死神却在此时逼近了他。人生的转折竟这般迅捷、突如其来，个中滋味，成就了莫先生咀嚼不尽、感慨万千的人生况味。

得此失彼，失此得彼，拥有与失去不停地交替互换，这也许就是人生，就是生活。在人生的排列组合中，每一次失去似乎都是一种必然，失去后的另一种拥有又似乎是命运的注定。塞翁失马是失也未必不是得，谨小慎微是好事也未必不是坏事。我们没有必要因一时的失而感叹声声，也不必因眼前的得而喜形于色，应学会坦然面对，保持一颗平静的心。

不久前，我有个战友在京城接待了他一个中学同学，令他多有感慨，心中难平。他的同学在地方开办公司，也不过短短十几年时间，便成了腰缠万贯的老板。他的心态有些失衡，他甚至想到脱掉军装涌入商海，也去拼搏一把。岂料，他的这位同学辞别京城不久，便给他写来一封长信，言之切切，语重心长，无不流溢对军营的向往和对军人的羡慕之情。他说，假如我还年轻，还有机会，我将毫不犹豫地选择军旅人生。这使得我的战友甚是惊讶，又深受触动：曾经倾心羡慕别人，以为自己不如意，想不到原来自己也在被别人羡慕着。

有哲人说，我们每个人都是幸福的，只是你的幸福，有时候感受在别人的心里。妙哉斯言！这是一种彻悟，有了这种彻悟，人生也许就能少却烦恼、抱怨和焦急不安，就会拥有轻松、满足和乐观向上。

人生从单纯走向复杂，从幼稚走向成熟，犹如在没有路的原野行走，其间有平坦也有坎坷，有愉悦也有烦恼，有风和日丽也有凄风苦雨，可以说五味杂陈。在无可奈何的时候，我们不妨改变一下视角，换一种心境解读人生，用心去发现和品味，在缺憾甚至残酷的现实中寻找美的愉悦，创建美的生活。

感悟快乐

周国平说，就算是浮生如梦吧，也要把这梦做下去。

近段时间来，感觉竟是这么糟，烦恼、郁闷、痛苦，缕缕不断生发，如同被浓重的阴霾包围着，不知道什么时候才是尽头。

几乎是刹那间，我失去了快乐。我忽然发现，自己以往所认定和追求的东西，一下子变得苍白无力，毫无价值。你满腔热情，苦苦追求，你不甘平庸，积极进取，竭尽心力体力，并且自以为满有把握的事，结果也可能成为空中楼阁。生活难以预料，事实不讲情义，而在无情的事实面前，自己又是那么的孤单无助，渺小得如同一棵小草、一粒灰尘，根本无人在乎。

晚饭后百无聊赖，打开报纸翻阅，一行醒目的标题进入眼帘："你快乐吗？"真是搞笑！我现在只想哭，痛快淋漓地哭上几天，让泪水把内心的苦恼冲刷干净，快乐已经与我无缘。

这当儿妻子走来，拉起我上街溜达。妻善解人意，近些天总是陪着我到处转悠，看景致，逛商场，路边闲聊。妻常说，人这一生，有吃有穿，平平安安，就是最大的福。妻的通情达理，给了我极大的安慰和生活的信心。

走出营院大门没多远，就碰到了在路边卖烤红薯的妇女，"大哥，今天的红薯不错，不来块尝尝？"我爱吃烤红薯，经常买她家的，碰面彼此总要聊上几句。距她不远处的修理自行车的师傅，见我们走来，也憨憨一笑："转转？"我不晓得他们的姓名和来历，只知道他们在京城有了些年头，当初那妇女还是姑娘模样，眼下身边带着个半大孩子，而修车的师傅也日渐衰老，他那双油腻粗糙的手已明显迟缓。每次看到他们，一种自然而然的亲切感便油然而生。

这些默默劳作、为我们提供便捷的人们，年复一年，守候在充满喧嚣浊气的街巷角落，栉风沐雨，吃苦受累，生活中该有多少的难处啊！也许夜晚连一处温暖的居所都没有，十天半月还洗不上个热水澡，但他们却有着那样的热情，那样的微笑，那样的从容自如。相比之下，我有光荣的职业，有固定的收入，有公寓房住，有公费医疗，我比他们强多了，但自己还时常不满足，还如此郁郁寡欢。他们的笑容让我愉快，他们的热情让我温暖，他们的坚忍与美丽令人感动深思，让我突然地觉得，快乐，有时并不需要理由。

近来总爱怀旧，或许因为怀旧排遣忧愁。小时候家里贫穷，在寒冷的冬夜时常被饿醒或冻醒，那时的生活却留给我许多温馨的回忆；当年高考落榜后，我摒弃抱怨、退却，坚持白天工作，夜晚读书写作，持续度过了数个寒暑，即使这段疲惫无比的岁月也充满了快乐；与爱人成婚以来，日子过得静如河水、淡如云絮，有时也难免锅碗瓢盆的磕碰，居然还有那么多的人称赞有加……

人人都想好，都希望自己快乐生活，永永远远。也许正因为如此，普希金早就劝告世人："假如生活欺骗了你，不要忧郁也不要愤慨，相信吧，快乐的日子就要到来。"

然而，快乐到底是什么，如何才能快乐，并非谁都是清楚的啊！

我开始调整心态，改变自己，学着忘掉烦恼，给内心充填快乐。我一点一滴地做着，日子果然变得清亮起来，身心也日渐轻松，凡常的生活中平添了开心情趣。快乐，其实就是一种感觉，一种可由自己支配的心绪。快乐需要用眼睛欣赏，用耳朵聆听，用身体感受，用心灵品味。成功、满足、兴奋时有快乐，苦难、坎坷、平淡中也不乏温情。

报上说，天天抱着"喜乐之心"，就会使"粗茶淡饭"变成"美味佳肴"，也会使"情感角落"充满"灿烂阳光"。既然这样，我们何不笑对生活，与快乐同行呢？愿快乐伴随你我，地久天长。

2008年10月整理并记一篇

故乡的老井 |

　　过去了的是历史，忘不了的是回忆。每当忆起故乡，我就会想起村前的那口老井。井深三丈余，井宽约三尺，井水清澈甘甜，四季用之不竭。只是说不准井的年龄，"村史"不见记载，爷爷们更是捋着胡子一筹莫展，"说不清楚啊，大概是在清朝年间掘成的吧。"老井是故乡人的命根子，它养育了一方儿女，延续着故乡的历史。

　　我小的时候，常随小伙伴们来到村前，攀援在高高的石台上，瞪着好奇的眼睛，观望南来北往的打水人。男女老少，穿红挂绿，行色匆匆。那场面，如同"清明上河图"，浓缩了家乡的生活风情，也展示着乡亲们的人生。后来才知道，故乡方圆十几里，唯有这么一口活水井。平时，别的庄户人靠水窖、水池蓄水吃，而到干旱季节，就得"男女老少齐出动"，来这儿"肩挑手提打水忙"。不远的邻村人家，即使在雨水季节，也不乏前来打水的，都说这口井水甘甜，性温和，养人又防病。故乡祖辈多有长寿，人也生得白皙水灵，想必是常年吃这井水的缘故吧。

　　老井给予我太多的回忆。大约是在我六七岁时，那年春上大旱无雨，地干裂了，树枯死了。无奈中，勤劳的乡亲们不得不撂下犁耙，搁起粮种，四处"奔水"。一天傍晚，我去村前看热闹，只见老井周边候水的人熙来攘往，黑压压一大片，比赶庙会人还多哩。忽然间，传来一阵悲凉啼哭，叫人好不凄楚。人群开始涌动，循着哭声而去。我也随之前往。原来是一个十来岁的女孩在悲恸饮泣，"俺娘重病在床，急着熬药没有水，求求你们行个好，让俺先打桶水吧。"很快，人群中闪出一条道，女孩前去摇转辘轳，吱吱呀呀打上水，然后一边点头谢着大爷大叔大哥大姐，一边马不停步地往家跑……

几天后，在老井边，我又碰到了那个小女孩。她身穿孝衣，表情木然，嘴唇干裂，双眼红肿，往日的泪水似乎早已枯竭。熟识她的人依旧给她让道，叫她先去打水，她却无力地摇摇头，哀婉悲戚地说："不用了，不用了。"

上学以后，老师常常讲述当地曾经发生过的水的悲哀，以此教育我们从小立志，努力学习，长大好建设家乡。老师讲，有一年夏天，一位年近古稀的老汉，步行十多里来挑水，在老井旁整整排了一天的队，傍晚时分才打到了水。老汉头顶月色，忍饥挨饿，大步流星地往家赶。早已等候在村口的儿媳，但见挑水而来的公公汗流浃背，气喘吁吁，便紧着上去接扁担，谁知，就在双方换肩的刹那间，一只砂锅在路边的石头上"咣"地碰破了，紧接着，失衡的另一只砂锅也"咣"了（过去家乡人挑水的用具多是砂锅，也有少量木、铁桶）。望着流失了的生命之泉，老汉傻了，呆呆不动，媳妇则捶胸痛哭，肝肠寸断。当天夜里，老汉在村南山坡的一棵柿树上，用根麻绳自缢了。老汉在遗书中写道：我去了，不为别的，我只想用死来感动老天爷，求上天慈悲为怀，赐水于无辜的百姓。

老汉去了，悄无声息。据说，老汉死后，全村上千口人为他守灵三天，他们多么希望能以此打动上天啊！而事实上，在那些年月，因缺水而去的乡亲又何止老汉一人？直到70年代初，大姑娘找婆家，依然是把家里有无水窖以及水窖的大小，作为定亲的重要条件；走亲访友，主人的干饭随你吃，水还是不管喝。祖辈们盼水想水念水，连给子女起名儿，也要生法带上个水字。故乡人与水相连的，是几代人诉说不完的苦涩哀愁。

我中学毕业后参军到了部队，随后又在外边成了家，也就一转眼的工夫，却已阔别故乡十多个春秋。前年春节，我回故乡探亲访友，大年初一，依旧起五更去给老井拜年。我默立老井旁，深情的目光定格了：我的梦绕魂萦的老井啊，请接受游子的崇高敬意吧！

蓦然间，我开始觉得有几分春寒，寂寞冷清的滋味涌上心头。从前此时，老井旁香烟袅袅，爆竹声声，笑语朗朗，邻村人家成群结对地来拜井，可此时却不见了那浩荡场面，我好生疑惑。这当儿，家叔也来到了老井边，他见我在发愣，便善解人意地拍拍我的肩，说："现如今，方圆左右的村子都有了机井，人家再不用来咱这儿求水吃了。"

"别的村庄都有水吃了？"我很惊讶。

"有了。"叔含着笑，话说得那么的肯定，"听咱县上的书记说，到今年年底，全县就没了缺水村。"

叔叔的话掷地有声，我却一时难以置信，这个刚解放时百分之九十、直到70年代初还有百分之六十的村庄人畜饮水困难的穷乡僻壤，如今居然不愁吃水了？然而事实胜于雄辩，家乡的变化就在眼前。

我弯下了腰，似虔诚鞠躬，伸出稚嫩的双手，深情抚摸已经生锈的辘轳和那被历史的桶索打磨得光滑可鉴而又凹凸不平的井口之石，任思绪不停地翻滚，心儿由衷地感慨：老井的盛衰变迁，难道不正是今日之故乡欣欣向荣、日新月异的有力佐证吗？

1996年2月20日

| 时常忆起童年

数十年风雨人生的浸润濡染，头脑里储存了太多的信息，过去的现在的，感性的理性的，美的丑的，彼此交织在一起，有时甚至纠结得叫人发晕。但静心思忖，不需要寻找，不需要追忆，时刻温馨于心铭记脑海的，还是那些纯真无邪的童年往事。

小 花

小花是我一个远房舅舅的小女儿，长得眉目清秀、纯洁文静，小我一岁。我幼时丧母，在姥姥家生活了许多年月，因而与小花自小相识、相熟。可能因为亲戚的关系，抑或情趣相投，从懂事起，我和她便有一种默契，时常一块儿来去，同吃一碗饭，共饮一瓢水。

故乡土地贫瘠，那时乡亲们生活贫困，多以糠菜维持生计。大约六七岁时，我便与小花等小伙伴们相跟着，一起到山上采挖野菜。故乡山野野菜繁多，嫩芽初上时节，尤其几场春雨过后，像地上的菇菇春、马齿苋、苦菜苗，树上的榆钱、椿芽，满山遍野到处是。我手脚笨拙，每次都没有小花采挖得多，但每次回到家门口时，她都会大方地抓给我几把，好让姥姥夸奖我。

眼下看来，采挖野菜并不见多难，许多人甚至乐此不疲，但对于幼时的我们来说，却是件极不容易的事。故乡山野空旷，攀行中的苦与累尚在其次，迷路、饥饿也算不了什么，遇见野兽才叫可怕哩。一天傍晚，我们采挖野菜归来，行至半山腰时，传来一阵阵野兽的悲鸣，吓得个个浑身颤抖，缩成了一团儿。惊慌中，小花的菜篮子脱了手，滚到了山坡地，满篮子野菜撒个精光。小花心疼不已，当即涕泪涟涟，后来每个人匀给了她几把，才平息了事态。

野菜哺育了我们的童年。有时在野外，饥饿难忍了，就扯一把野菜嚼上几口，等嘴里苦得不行，再"呸、呸"向外吐。但许多野菜经过加工制作，做成菜团子、菜饼子，或者腌泡咸菜、过水凉拌，味道是很鲜美的。至今，我依然心存对野菜的那份独特的情感。

小花晚我两年上学，我上学以后，她经常跟着到学校玩儿。我上课了，她就在校门外玩儿，等到放学后一起回家。让我刻骨铭心的，是那个风雪交加的冬日。那天我放学走出校门，冰天雪地，寒气袭人，她独自一人蹲在石阶旁，孤零零如无家可归的孩子，白嫩的小脸蛋冻成了紫黑色。

"你是不是傻了？"我连忙上去拉起她，马不停蹄地就往家跑。一路上，她绷着个脸，一句话也没说，眼窝儿盈了泪水。

翌日晚上，小花她娘对我说："你妹妹冻病了，高烧了一夜，还在炕上躺着哩。"我慌了神儿，急忙跑去探看。小花见我进屋来，便麻利地从被窝爬起来，伸出手笑眯眯地招呼我："哥，你快过来。"等我走近炕沿儿，她从被窝里摸出来一个鸡蛋，说："俺娘晌午给俺煮了两个鸡蛋，俺吃了一个，这个是你的。"那时鸡蛋属于奢侈品，我说什么也不要，可她硬是装进了我的衣袋。

回到姥姥家，我掏出鸡蛋捧在手里，看了一遍又一遍，馋涎欲滴，多么想一口吞下啊！那年月，庄户人家全指望养几只鸡下几个蛋来兑换油盐酱醋，通常情况下是吃不上鸡蛋的，因此孩子们想吃鸡蛋的心情犹如盼过年，谁若能吃上一个，甭提有多美。

然而，小花送给我的那个鸡蛋我始终没有吃，不是舍不得吃，而是不忍心吃，最终放坏了。放坏了的鸡蛋早已失去，永远失不去的，是那鸡蛋中饱含的童真情谊。直到今天，我透过鸡蛋依然可见病榻上的小花，可见她那冻得发紫的小手，她那恹恹中的纯朴的笑脸。

树 林

心向故乡，伴我童年成长的往事就会纷纷涌现，犹如活跃于血脉里的生命细胞，自由畅快的游弋。此刻，村前河滩上的那片小树林，投影在我记忆的屏幕上，依旧葱郁喧闹着。

小树林面积不大，也就三五百亩，但称得上是树的海洋、绿的波涛。榆树、椿树、柿子树、桑树、杨树，大大小小密密匝匝倚在一起，从高处望去，春夏时像一方绿茸茸的地毯，而到了秋季，简直就是一幅绚烂多彩的油墨画。

小树林犹如春姑娘、布谷鸟，是家乡四季更替的"预报站"。早春，周围的一切还是一派寂静，它却在不惹人注意中，悄悄繁衍着生命的碧绿。新的生命逐日喧闹起来，纷纷擎起青春的旗幡，沐浴着春风，欣欣然跳舞，自由自在歌唱。乡亲们干涸已久的心田，随即被随风摇曳的绿和野花的芳香，播上了生机与希望。

夏时，小树林绿荫浓密，花草点缀，空气格外清新，即可纳凉聊天，谈情说爱，又能放牧心灵，排遣烦恼。漫步其中，金色的阳光透过树叶筛落下来，在脚下铺就成了斑驳零碎的图案；穿林风悠荡轻拂，鸟儿们的歌声婉转啁啾，悦耳动听。树木争雄，托起一天轻柔舒卷的白云，孩子们穿越着爬来爬去：那苍老的榆树皮不止一次地擦伤过我；光滑而笔直的椿树难以攀缘，急得大伙儿抓耳挠腮；柿子树皮原本粗糙，由于轮番爬登打磨得光滑发亮……

日子如小河流水，不知不觉地，流走了春的烂漫、夏的葱郁、秋的金浪，林子的树叶开始泛黄了，飘零了。下雪的日子里，站在村前林子边，看一朵朵轻盈洁白的雪花，从铅灰色的云空中飘落，轻柔覆盖在树的枝杈上，心中时常掠过丝丝凄凉。但我知道，冬天到了，春天也就不远了，很快，小树林又能展现生命的绿色。

然而，有一年隆冬，在一片"劈山修地"、"平滩造田"的呼喊声中，曾经供虫儿鸟儿筑窝做梦、唧唧啾啾，给了乡亲们许多慰藉和欢乐的小树林，永远地从视野中消失了。心中的鸟语花香没有了，树影婆娑没有了，我仿佛看到，鸟儿们惊慌地飞走，野兔舍下分娩不久的兔崽仓惶迁徙，树丫上的斑鸠窝儿随着大树的伐倒而不复存在，摔在地上的雏鸟儿无力地张着嘴巴哀鸣……

好长一段时间，面对光秃秃的河滩，我和小伙们茫然若失，稚嫩的心禁不住地呼唤。没有了花香鸟语人踪兽迹，有的只是灰色的河滩，以及后来河滩平整后垫上一层土变成的所谓的"地"。我始终无法理解，为什么要把好端端的树林砍掉，难道在乱石滩上垫一层薄土就能产出粮食吗？我觉得生活在改变，一切都陌生了。

淳朴善良的乡亲们，在那人造滩地上辛勤劳作了许多年头儿，指望着它的丰产，可总也没见到收成。事实上，贫瘠稀薄的土壤不可能给人以丰厚的回报！后来，在一年的秋天，一场大雨突兀而至，以摧枯拉朽之势，顷刻间毁掉了那片河滩地，也摧毁了乡亲们的"梦"，残留下一片苍茫满目疮痍——这便是大自然施以的无情报复！

每次回乡探亲，我都要久久伫立于河滩，沉浸到对林子的怀想之中，与鸟儿们作心灵的对话。这不单是为了重温那段业已逝去的岁月，还为了献上一份来自我心灵深处的祭奠。

秋 天

游子在外，根依然扎在故乡的泥土中。前几天乡友聚会，席间多有乡味乡情。一个战友说，他前年秋天回过老家，山还是那样的苍翠，果实还是那样的诱人，秋色比以前还美哩。顺着乡友们的话题，我的思绪被家乡的山水缠绕了，情不自禁地回到了童年的秋天。

家乡位于太行山东麓，山水贫瘠，但秋天的景色很美。记忆中，白露时分，秋天似乎就真的到了。秋天，以金色的神韵展示着丰厚与成熟，沉甸甸的谷穗点头哈腰，金红色的柿子垂满枝头，长长的玉米棒子露出了笑脸。秋天，将美味佳肴洒满人间，把厚重、丰满献给辛苦劳作的乡亲，也赐予了让我们无限眷恋的童年生活。

童年的秋天令人回味的趣事甚多，野餐便是一件。那时，几个小伙伴赶一群牲口上山，把骡马驴们安顿好，便张罗起自己的野餐来。大家分工合作，有的到地里挖土豆、红薯、萝卜，掰玉米棒子，有的捡干柴杂草，随后山沟里便燃起了浓烟。用不了多大工夫，香喷喷的味道扑鼻而来，接着便是一阵狼吞虎咽。那可是绿色食品啊，原汁原味，满口清香。大家手捧珍馐，眉飞色舞，边吃边赞叹，一种悠然的幸福感涌向心头，挂在草灰抹得黑一块白一块的小脸上。

秋日里在田野看风景，也是一件很美的事。坐在田间地头或山坡上，凝望秋色尽染的山野，好似一幅绚烂无比的写意画。看那悬挂枝头的柿子，透着成熟的金红色，溢着甜滋滋的馥郁，一缕轻风吹过，左右摇摆不停，仿佛向人们点头致意。而最为诱人的，还是柿子树上的叶子，它肥大而温柔，并不红透，但却是很有层次地透出一点点苍劲的红来，柿子们静静地垂在里面，让人感觉既恬静又鲜亮，既温和又浪漫。此时，人的心情与大自然很容易融在一起。

在河滩打谷场上，也有难忘的开心事。大人们精心打粮，把捆好的谷草、玉米秸堆放一边，却为孩子们筑起了迷宫。玩捉迷藏的时候，找一个缝隙钻进去，顺着曲曲折折的小径走到最深最远的地方，等到寻找自己的小伙伴们累得精疲力竭，喊得口干舌燥时，才得意洋洋地从藏身之处跑出来。在我们的心中，打谷场就是有趣的游乐园。

当然，童年的秋天也有烦人的无奈。比如，大人们都到田野收秋去了，却不让孩子们出去，只好在院子徘徊打转儿。看着慢悠悠赶路的太阳和空无一人的院子，脑子想着田野飘香的果子，想着打谷场上嬉戏的趣事，那份焦躁不安的烦恼，简直憋闷得受不了。

童年的秋天啊，记录着我的快乐与忧伤。那堆积起来的五谷，随处可餐的野味，甜甜酸酸的果子，还有高远湛蓝间有几朵白云飘动的天空，以及温煦的秋阳，凉爽的轻风，都永远定格在了记忆的深处。

过 年

小的时候，最让我们念想的首推过年，过年可以放鞭炮，可以穿新衣裳，可以吃饺子。那时，一年才能在春节吃上一顿饺子，因而孩子们盼想过年，很大程度上是盼着吃那顿足够回味一年的饺子。

记忆中过了腊八就是年，腊八粥先解馋，很快就到二十三。二十三是小年，从这天起进入年的程序：二十四扫房子，二十五磨豆腐，二十六去割肉，二十七走亲戚……年味，就这样一天天酿造出来。

"爆竹声中一岁除，春风送暖入屠苏。千门万户曈曈日，总把新桃换旧符。"王安石的这首《元日》，我打小就能背诵，因为每年写春联总能用上，而且许多人家都是重复着用。不晓得何人发明的写春联，但这个创意真好。记得有一则形容"春联"的灯谜："两姊妹，一般长，同打扮，各梳妆，满脸红光，年年报吉祥。"春联那么一贴，门口再挂出灯笼，家家红火添色，处处吉祥喜庆，年的气氛便烘托出来了。

故乡民俗丰富，过年多有讲究，其过程繁杂、神秘而温馨。过年要贴春联、贴年画、放鞭炮，还要祭祀、祈福、守岁，每种文化符号、每个环节都不可以简略，如果简略或淡化，也就失去了年韵、年味和年的意义。

过年祭祀，从除夕开始，先把灶王爷、财神爷、门神爷和天地爷等诸神及祖宗三代请回，在龛处或适当位置立个供奉牌，然后挨个放些供品，敬上三炷香，虔诚作揖、叩头。初一起午更后，照此办理。烧香时不准喧闹，大人们有时也念念有词，但几乎听不出说的是什么。给祖宗之位敬香，每天三遍，在早中晚饭时，至正月十六撤去供奉牌位送走祖宗为止。

那时为大集体时代，过年的副食品要么凭票到供销社购买，要么由生产队分发。生产队分发的，有羊肉、粉条、红萝卜，年景好时，每家还能分到几斤小麦。每个生产队都喂养着数量不等的羊群，腊月二十八九时，牵出几只来，召集社员们在村边山坡上一起宰杀。常见男女老少一大片，有看的，有忙的，几个人摆弄一只羊，先割断气管放血，再吊在树上剥皮，然后剔肉、分份、编号，最后由每家出一人抓阄儿，抓住哪份就取走哪份。肉多时每户可分到一二斤，少则六七两，各家就用这些肉，加上红萝卜、大葱和作料，剁成肉馅包饺子。人口多的家庭，就在剁馅时多放些红萝卜、大葱充数，以确保包出的饺子够全家人在大年早上吃一顿。

我们村子依山而建，左右两条街道拾级而上，在村中心，有一个相对平整的场坪。从除夕夜开始，场坪上隆起篝火，一直燃到正月十六。其间，大人们拎个小凳围火而坐，你一言我一语说着笑着，有的还把自家的馒头、枣花拿来烤着吃，烤得香脆可口；孩子们则成群结队串来串去，打打闹闹，有的去火上点几炷香，钻到街边放爆竹，东一声，西一响，噼里啪啦……

该吃的吃了，该拜的拜了，该乐的乐了，这年，也就差不多了。初五"破五"、元宵节放焰火，虽说还能掀起几个小高潮，但终究拉不住时间的手，年在意犹未尽中渐归平静。

时间不停地流淌，载着我儿时的年流向了远方，留下来的年味却回味无穷，弥漫心头。如今每年进入腊月，我依然想着、盼着、念叨着，儿时那年啊！

2006年3月整理并记一篇

幸福，在我看来 |

幸福，温馨的字眼，美好的概念，古往今来都牵动人们的情感。那么，幸福到底是什么？怎样才叫幸福？历来众说纷纭，今天在这个经济潮涌的时代，更是仁者见仁，智者见智。

十多年前，《法制日报》以"幸福是什么"为题展开大讨论，我回答《拥有理解是幸福》，并很快登上版面的头条位置（1996年6月12日）。现在想来，当时的我多有苦涩：与妻儿两地生活，远隔千山万水，妻在家乡城区既带女儿又上班，茹苦含辛，让人牵挂；孤苦的父亲生活在穷乡僻壤，年事渐高，而且几次闹病，时而惦念；工作上更是繁杂忙碌，成年累月难得歇息，经常出差路过家门而不能入。妻居住的家属院离火车站大约十分钟车程，若放在眼下，随机打个电话，在火车站的月台上碰个面也是可以的，但那时通信闭塞无法联系。尽管这样，我并未长吁短叹，怨天尤人，反倒觉得日子过得充实又从容。何以如此？理解使然。那时我最渴望得到理解，也常常被人理解。父亲说"古来忠孝难两全，爹不怪你"，妻子说"家里有我，你在外边就放心吧"，领导们说"这些年干了很多工作，辛苦你了"。理解万岁！理解似春风化雨，驱散我心头的阴霾，心底有了阳光，日子变得灿烂，快乐在身旁露出了微笑。

对于幸福，不同经历的人有不同的理解，现实生活中，幸福不可能找到统一的答案。在我看来，幸福与生俱来，常伴左右，但却没有良久的幸福。幸福是个变量，取向于更好。人都会有这样或那样的欲求，欲求的满足让人幸福，然而，任何的满足都难以固化。即使同一个人，随着年龄和境遇的变化，他的欲求也在变化，功名利禄全有了的皇帝，还想长生不老呢。人生路漫漫，虽不乏快乐，但通常"不如意者十之八九"。换句话说，人世间如果人人幸福满足，事事尽善尽美，那么，一切的追求和努力都可能会停止。正因为人有不如意，事有不完美，世人的追求和获取仍会继续。

追求幸福是权利，心想事成是希望，但幸福从来不会天上掉馅饼似的掉谁头上。吃得苦中苦，方知福中福。痛苦与幸福总是搅和在一起的，因而很多时候，痛苦，便成了人们追求和拥有幸福的一个动因。但同时也得明白，并不是说你吃苦了追求了就能得到幸福，有时还可能适得其反，"想得到偏偏又失去"。英国文豪王尔德说过：人生的悲哀有两种，一种是你有渴望却得不到，另一种是得到了。得到了为什么还悲哀？或不尽完美，或时过境迁，或得不偿失，总之，世人所渴慕的权位、财富、爱情等，因得到而生出的悲剧不胜枚举。

幸福不容易得到，却容易走开，犹如水中的鱼儿、身边的小鸟，抓不住就会飞溜跑掉的。想抓住长着翅膀的幸福，让幸福相伴人生，除了付诸行动不放弃努力，还应学会用心去掌控。先贤说"福由心造"，幸福，其实就是一种感受，心里快乐、如意、满足，就能感受到幸福。可惜在这个物欲横流、心浮气躁的时代，人们慢慢失去了感知和品味生活的耐心，甚至新鲜感、兴奋感乃至真情感动都可能成为一种燃烧，转瞬即逝。因此，谁想抓住并获得幸福，谁就得调整心态、梳理情绪，让浮飘的心沉静下来，以舒缓的心情观赏蓝天中飘忽的白云，与亲朋好友分享生活的情趣，以至夜晚轻松入梦，翌日愉快工作。

想抓住并持久地获得幸福，尤须淡泊名利。名是缰，利是锁，名利想的越多会活得越累。钱财可以改变生活质量，但不一定能改变幸福的质地。美国有家机构曾对数十个年收入过千万的富人和若干普通人的感受进行调查对比，发现富翁们对自己生活的满意度并不比普通人高，相反，他们对生活的抱怨更多。发达国家和地区越来越多的巨富自愿捐出大量的金钱，我猜想，他们或许是在寻求内心的平衡，试图避开"幸福递减律"而保持生活情趣，让快乐与幸福永长。

幸福看似难得，其实无处不在，只是很多时候被我们忽视了。对身边的现实的甚至细微的幸事的忽视，使我们失去了生命过程中许多真实而美好的感受，以及这种美好感受对心境的影响。幸福需要憧憬，需要编织，但更需要用心去发现和体味。收藏者于庞乱赝杂的古玩市场发现一件真品，是幸福；摄影者在旅途中发现风雨后的彩虹，是幸福；求房者发现一处位置合适且价廉的房源，是幸福；拾荒者在路旁的垃圾桶里发现一堆塑料瓶，也是幸福。一条看似平淡无奇的小路，若用心去发现，眼前也许会有动人的情景：石头、小草、流水、风声、树，相得益彰；阳光、绿色、新鲜空气，温馨宜人。我们现在需要做的，就是尽快地擦亮双眼。总盯着痛苦更痛苦，能发现幸福更幸福。幸福是自己的事，需要自己去发现，谁发现了感知了，谁就拥有了幸福。

有人说，"幸福是个哑巴。"是的，幸福很矜持，相逢时它不会与你打招呼，离开时也不说再见，全凭心的交汇。我女儿小的时候说："幸福就是和爸妈在一起。"其时女儿并不知幸福为何物，但幸福其实就这么简单，有时简单得会让人忽略掉。幸福的表现形式，可能是一次团聚，一顿美餐，一个清新的早晨或温柔的夜晚。作家池莉深情劝告：你孩子梦呓中呼唤你，这就是你的幸福，抓住并收藏它吧。

2008年4月28日　于北京

| 谁是你的贵人

常言说，贵人相助，逢凶化吉。那么，到底有没有贵人，谁是你的贵人？

前些天与友人论及这个话题，没想到越谈论越有意趣，这看似寻常的一个话题，竟然蕴涵了太多的心理文化和哲学命题。我静心梳理生命之序，回望数十年风雨人生，试图通过那鲜活灵动的每一个细节，去感悟和标识贵人。脑海渐次清晰，诸贵人灿然显现——

父母是贵人。一切从父母开始，父母把我们带到这个世界，给予了生命，给予了爱和家。无论家庭实际富贵还是贫寒，也无论生活遭遇何种不测，父母都永远情有独钟地默默呵护自己的子女，尽心竭力地做着一切，为孩子的天空撑起一片蔚蓝。父母之恩，没词难书。

老师是贵人。人非生而知之，孰能无惑？如果没有老师的传道、授业、解惑，你不会走出穷乡僻壤，不会与现代文明同行，也许仍在守着那方封闭的天地，普度艰辛的日子。古训讲"一日为师，终生为父"，恩师当永记心间，成为一生的感念。

爱人是贵人。从相识相知到步入婚姻殿堂，恋人变成伴侣，爱情融为亲情。尘世风雨中，与你同甘共苦、相扶到老的，也许只有你的爱人。因为随着时间的推移，父母会先行而去，孩子可能独立出去。毫无疑问，爱人最最重要，相伴日复一日，关乎幸福安康。

孩子是贵人。延续你的血脉，强化你的责任，成就你的梦想，给你增添生活的信心、活力，让你收获人生的欣慰、尊严。很多时候，是孩子那一声甜甜的爸妈，一个温情的相拥，甚至一句无忌的童言，一个顽皮的笑脸，为你解除一日苦劳，抚平烦乱心绪。天伦亲情养心养性，无以替代。

领导是贵人。每个人的成长进步都离不开领导的培养关心，生活上的诸多困难也需要领导的帮助支持。关键时候，领导的一个关照提携，就可能改变你的命运。虽说不可以把组织的教育培养全然记在个人头上，但领导的知遇和栽培之恩，实在是至关重要。

朋友是贵人。不必说"两肋插刀"，仅从"人生得一知己足矣"中，便不难领悟朋友的重要。朋友就是照亮心灵的路灯，就是战胜困难的力量。有首歌唱得好，朋友不曾孤单过，一声朋友你会懂，一句话一辈子，一生情一杯酒。

对手是贵人。人生处处是考场，谁也不可能永远一帆风顺。不顺时，传递温暖热手的是贵人，而在一旁说风凉话甚至落井下石的，也能激发你奋力拼搏，英雄往往就诞生在与对手的较劲中。也应该感谢对手，是对手给了我们勇气、智慧和力量。

同事是贵人。远亲不如近邻，远水解不了近渴，抬头不见低头见的同事，也许才是真实常在的依靠。从这一点上说，用不着刻意去寻找什么贵人，贵人就在身边眼前，同事更能成就你我。

还有，化除病痛的医生是贵人，驾车运营的司机是贵人，逗你开心的艺人是贵人，为你导引的路人是贵人，传递爱心者是贵人，给予启示者是贵人，那些提供生活便利的小商小贩也是贵人。

但用心想来，最大的贵人还是自己，自己的精气神，自己的和谐心境。每个人都活在自己的世界里，相信自己，拜自己为师，就可以战胜各种困难，做完一切事情。与其哀叹命运，抱怨不公，不如从点滴做起，踏实做事，躬身耕耘，幸运总是垂青有准备的人。

　　朋友，让我们敬重和珍爱贵人吧！因为我们拥有贵人，有贵人的牵挂、守候、相助，生活才这般温馨、美好、意味深长，生命才如此硬朗、充裕、绚烂多姿。

2009年5月2日　于北京

谁说今日无雨 |

今日清明，今日无雨，清明怎能无雨？

唐代诗人杜牧早已说过，"清明时节雨纷纷，路上行人欲断魂"，今天却未能应验，不免让人心生几分郁闷。或许正因为杜牧的《清明》诗，让一个原本预示万物勃发生机、充满清和明朗的节气，逐渐演变成了人们祭奠祖先、缅怀逝者的特定节日。

这样也好，中华民族讲孝道、重情感，有一个日子连接古今、拜谒先贤，既可对死者追思悼念，也使生者平添安慰。如今国家将清明节列为法定假日，这不只是一种文化符号的改变，而是一种民俗文化凝聚力的认同和增强，从中感到了传统文化回归的浓稠意蕴。

每逢清明时节，我总是盼着老天下雨，淅淅沥沥，细雨沁心，好静坐在窗前，尽情体味大自然生命万物的轮回，追思远去的亲人和往事。然而今日却没有雨象，几次抬头观望，白云悠悠，蓝天无际。宇宙变幻莫测，从不以人的意愿为转移，让凡夫俗子们无可奈何。

窗外葱郁的绿色生机，使我油然想起苏轼的《东栏梨花》："梨花淡白柳深青，柳絮飞时花满城。惆怅东栏一株雪，人生看处几清明。"只可惜，满园春色不长留啊。想来，人的一生，也如草木一季，虽无限美好，却无法恒久，生命太短暂了！生命中化作恒久的东西也有，比如血脉，比如情爱，比如代代传承的精神品格。也许正因如此，怀旧与思亲便成了人们乐此不疲的事，那生命与生命间的浓浓深情，那储藏于心底的深沉况味，犹如陈年老酒历久弥香。

古时，清明节前一天为"寒食节"，这一天禁止动烟火，只吃寒食。寒对应暖，如同死与生、悲伤与欢乐相对应，而寒与暖通常指向阴阳两极，因而每逢此时，人们怀旧、念亲、伤感也在情理之中。"广武城边逢暮春，汶阳归客泪沾巾。落花寂寂啼山鸟，杨柳青青渡水人。"读王维的《寒食汜上作》，分明可见诗人寒食清明触景伤感的心境。而宋之问的《途中寒食》，则抒发了浓郁的思乡情："马上逢寒食，途中属暮春。可怜江浦望，不见洛桥人。"

如今对于清明节，每个人都有自己的度过方式，或千里扫墓，或静思默哀，或探亲访友，当然也有到原野踏青的，但无论采取何种方式，不经意间的一朵小花、一张照片、一个场景，足以将人们怀古思亲的心门打开。

此刻，我的眼前又浮现一个清晰的面影，她，沂蒙山区的刘大妈，一个和蔼可亲、慈爱有加的好妈妈。

那时我入伍不久，部队组织官兵到驻地村庄助民劳动，我和几名战友被分到了刘大妈家。刘大妈年约半百，朴实勤劳，略显黝黑的脸上挂着几分忧郁。在她家的责任田里，她与我们一起割麦、捆麦、推麦，汗水湿透了她的衣背。歇息时，她慈祥地跟我们拉起家常，她问我："你多大了？"我说"20了"。没有想到，我的一句话竟使大妈明显动容，不一会儿她转身抽泣起来。我们一下懵了，不知所措。这时，前来送开水的小妹说："三年前，俺哥在自卫还击战中牺牲了，哥哥当时也20岁，娘又想哥哥了。"

后来，我和几个战友经常在节假日到大妈家去，帮着做些农活、家务。我们的到来，给这个贫穷的农家平添几分生机，使得大妈和体弱多病的大伯一家人欢声不断，脸上漾起笑容。

没过多长时间，大妈送给我一双手工布鞋和几双鞋垫，她说："这鞋是大妈给你做的，不知合不合脚？"我说什么也不要，可大妈不依，硬是塞了过来，"这是大妈的一片心意。"回营的路上，我问战友小王："你说，刘大妈为什么单单送我一双鞋呢？"小王说："上次大妈问到你，我们说你打小没了娘，是苦孩子，时常赤脚去上学……"

当天夜里，我把鞋子放进被窝，紧紧搂在怀里，久久不能入眠。我知道，我拥得的绝不仅仅是一双新鞋，而是一份人世间最醇厚的情感——母爱。

后来，我随部队移防进城，与大妈见面的机会少了。但在紧张的训练、工作之余，我时常从箱子里取出大妈做的鞋子，尽情体味那针针线线饱含的慈母深情。结婚成家时，我把鞋子带回家送给了妻子，并告诉她这是妈妈做的，很珍贵。妻不信，说妈妈去世时乡下还没有这种式样的鞋。于是，我就把刘大妈的故事讲给她听，妻抹着泪说："沂蒙山的刘妈妈真好，有机会我们一起去看看她老人家。"

再后来，我调至京城机关工作，从此与大妈失去联系。一晃八九个年头过去，突然有一天，我在京城与老部队的一位战友不期而遇，并托他给刘大妈捎去两袋北京果脯。大约一周后，我收到大妈小女儿的来信，谁知传来的却是令人心碎的噩耗："俺娘没命，去年秋天得了紧病，去世了……"

我始终不能相信，那样一位曾经为祖国安宁奉献了自己的唯一儿子，又用淳朴宽厚的母爱激励着另一个子弟兵的好妈妈，竟然无声无息地走了。她就像窗外的绿叶和小草，在季节里奉献了自己全部的生命之色以后，便悄然枯萎飘零，化为泥土。

每一次遥望苍茫的沂蒙山，我的心总是烟雨潮湿，我晓得，这是不变的心之泪、情之雨。

谁说今日无雨？清明雨在云里雾里，也在人们的心中。云雾里的清明雨变幻无常，偶有失约，而心中的清明雨年复一年，如期而至。清明雨，拨动人们心弦的情之雨啊！

2008年4月4日　清明节

| 雨夜时光

雨是午后落地的，雨珠由疏而密，不停地哗啦，打得窗户棚顶和窗外的树叶噼里啪啦，丝丝入扣，动人心弦。

今夏京城雨水偏大，前两天那场暴雨倾泻如注，雨水涌过我家卧室的窗缝儿，肆无忌惮地向室内淌流，把屋子变成了泽国。连日来家中湿气弥漫，爱人无奈戏言："咱家都成海洋气候了。"你还甭说，今夏的京城，湿润凉爽，真有点海洋气候的感觉呢。

晚饭过后，雨还在噼啪流落。推窗放目，满院的雨泻声，到处湿漉漉的，树叶洗濯得油绿鲜亮，在灯光映照下葱郁而朦胧。突然感到，雨夜是这么的美，没有尘埃飞扬，听不见喧嚣杂音，一切被雨声带走了。生活在拥挤、聒噪的闹市，整日奔波忙碌，干旱又年复一年，实是久违了享受雨水的心情。静坐窗前，雨声缠绵入心，浸漫着的，却是时光岁月的思绪。

生活不总是艳阳丽日，风风雨雨都是红尘之象。人这一生，风也得过，雨也得过，学会适从尤为重要。风调雨顺时，须格外珍惜，尽可能把生活过得顺当美满。而遇见恶劣的天气，不妨想想走过的路，迈过的坎，想想那个阳光明媚的日子，躺在青草地上任由阳光轻柔抚摸的美妙时光，努力用蔚蓝色和泥土的气息充裕心田。

雨气缕缕袭来，我伸手至窗外，雨水打湿了裸露的肌肤，很快一股清爽的凉浸入心底，而后是一丝潮湿的温柔，仿佛多情美人的抚摸撩拨，给人以无穷的回味和遐想。

年少时生活在太行山区，那时春天多见干旱，但进入夏秋雨水就多了，山涧小河哗哗流淌。那时没有读过《老子》，不懂得上善若水，却也感受到了水善利万物的功德。雨水与山乡人的日子紧密相连，好雨水就有好年景，好年景就是好日子，所以乡亲们对雨水格外好感，一到春分过后，就开始想雨、盼雨、求雨，企望雨水的润泽。

每每想到润物无声的春雨，心境上便生长鲜嫩，平添清爽。也许因为经历了冬的萧瑟寒凉，一夜微风吹来的如丝春雨，那悄然缠绵的飘落，恰似婀娜多姿、步履轻柔的纯情少女。春雨没有夏雨的暴烈，少却秋雨的忧愁，是那样充满深情地滋润每一个角落、每一棵小草，使得一垄垄的小麦返青活灵。走在乡间的小路上，任由细细的雨丝流落脸上，那种美妙的感觉，浓郁了人与大自然亲密和谐的舒爽与惬意。

而事实上，不管细雨、急雨、阴雨、暴雨，也不管那雨是淅沥沥、哗啦啦、轰隆隆，它们都在润泽生命万物。有了雨水的洋溢，才有烟雨飘动的曼妙，清水芙蓉的清高，雨打芭蕉的幽雅，才有春夏秋冬的景致，才有生命时光的丰富与浪漫。

面对诸多的大美物象，想来最令我心仪的，还是月光之美。战地的月光，草原的月光，小城的月光，沙漠的月光，无数的月光日积月累地融进了心魂。夏夜的月光下，原野万物涂抹上了明亮、淡雅乃至诗意般的色彩，村头的树林没有了蝉鸣，静心去听，隐约有细微的沙沙声，那便是刚从泥土钻出来的蝉蛹在向树上爬。被月光拥抱笼罩着的山乡，是那样的皎洁清亮，静美中透着温情。在城市待久了，找个月朗星稀的时段，到乡村山庄小住几日，心中会忽然地充盈淡然与舒缓。

我总是在想，乡村的夜为何那样美，那样让人心动神怡？也许就因为它是自然的，是静谧的，并且有如水月色的浸染。

然而，今夜却没有了月光。没有月光的夜，最好还是下雨吧，雨夜灵动、苍茫、深邃，平添魅惑与遐想。想来古人对雨夜也是情有独钟的，仅唐人的梧桐听雨、芭蕉听雨、小楼听雨、隔窗听雨便可见一斑。读杜甫"好雨知时节，当春乃发生"，白居易"隔窗知夜雨，芭蕉先有声"，王维"雨中山果落，灯下草虫鸣"，足以领略先贤们因雨而喜的欢欣，以及雨中情境的清润与优美。雨虽是自然界流动的物象，可一旦进入人的情感世界，便充满了神秘与浪漫的意蕴。

哗啦流落的雨，在浸洇大地的泥土，也使人的心田潮湿滋润，进而浓稠情意绵长的心绪。尤是秋的雨夜，一个人凭窗聆听风声雨声和落叶声的扑响，心中会滋生怎样的况味？读李商隐的诗章，不难想见那个秋的雨夜，独处巴蜀异乡的他，那种漂泊之感、思念之情，一如巴山夜雨，在心头无情地飘落漫溢："问君归期未有期，巴山夜雨涨秋池。何当共剪西窗烛，却话巴山夜雨时。"满世界都是雨，潺潺秋雨和着飘零的秋叶涨满了池水，也涨满了诗人的羁旅之愁。

雨中有欢欣，雨中有雅趣，雨中有悲凉。雨时而以不同的情态，寄托人们不同的情思，在穿越岁月的时空中，沥沥啦啦下个不停。

夜已漫入更深。这炎热的夜，因为有哗啦不停的雨，凉爽气息袭过窗口裕如身心。爱人和女儿进入了梦乡，她们睡得酣畅甜美，间或传来女儿的梦呓。我心底在涌起亲情的缱绻，可是头清眼亮没有丝毫睡意。天高地厚，夜色无岸，在雨的浸沐中，一切变得相依相融，情意盎然。雨的夜最让诗情流淌，孟浩然发出"花落知多少"的感怀，韦应物流露"不知春草生"的惊叹，定是意识在现实与想象之间的自然流露。可惜我不是诗人，我没有诗人的激情和悟性，我只是夜的读者，没有谁能惊扰我独享的夜。

雨还在噼啪流落。雨所洗洁的是空间世界，也是人的心灵世界。在雨夜的静听和深思中，我忽然感受到了雨的几分禅意，有雨的鲜活浸润，生活如此的适意和美好，享有雨夜的美妙，这是一种幸福。

雨，在润泽生命时光，也在送走人世沧桑。

2011年7月30日 于北京

追寻希望 |

1994年8月初，报纸上刊发了这样一则消息：南方某地的一名男学生，因高考落榜而灰心丧气，深感前程渺茫，于是自寻了短见。看过这则消息，我当时心情异常沉重，既为之惋惜，又怒其不争，连续几日坐卧不安，心神难定，受一种责任的驱使，连夜草就一篇寄语高考落榜生的小稿，题目为《寻着希望走》。1994年8月17日，《中国人口报》"人口杂谈"栏目给予刊发。摘录如下：

你是否还在痛苦流泪，高考落榜的朋友？寒窗苦读十年，却未能赢得"金榜题名"，这可谓是人生的一件憾事，伤心总是难免的。可是，今天我想对你说：朋友，擦掉伤心的眼泪吧，人生路漫漫，美好的希望还在前头。

人生活在希望之中。希望自己上大学，成为时代的"骄子"，多么美好的愿望啊，但正如想着当将军的士兵不一定就能当得上，你苦苦编织的"大学梦"偏偏遭破碎。有时候，现实就是这般的冷酷无情，让人很失望。其实，这属于人生的一般境遇，有道是"成才不能讳言失败""失败乃成功之母"。宋代文学家苏洵，科场两次失利，但他没气馁，刻苦自学，成为唐宋八大家之一。明代著名医学家李时珍，三次考举人三次失败，后立志学医，成就了流传千古的医学巨典《本草纲目》。清代著名文学家蒲松龄，几次考举人也都落第，他仍是苦心攻读，并深入民间广集博采，创作出闻名世界的《聊斋志异》。历史上，许多人成功的故事都说明一个道理：人生道路上不可能事事顺利，一个人在事业的某一方面失利了，只要不怨天尤人、灰心丧气，而是执著追求美好的希望，生活便永远有精神支柱，生命之树便永远充满生机。

现实生活中，也不乏"落榜不落志，自学攀高峰"的事例，许多同志把高考落榜看成是新希望的起跑线，顶着失败前进，矢志追求梦想，一步步走出逆境，赢得希望。

不瞒朋友说，当年我也做过"大学梦"，一心想考上军校，长期留在部队工作，谁知两进考场两次败北。更令人难以接受的是，我们几个十分要好的同乡战友，文化基础彼此差不多，人家都圆了"梦"，唯独我名落孙山。我有过一时的沮丧、彷徨，但很快振作了精神，又驾驭希望的小舟扬帆起航。我在没有围墙的大学里孜孜以求四个春秋，圆了"大学梦"，同时结合工作搞新闻报道，短短几年时间就在多家报刊发表新闻、文学作品几百篇。后来，部队把我树为自学成才标兵，给我记了功，将我提了干。我虽然算不上什么成功者，但在自己希望的路上努力追寻，却幸运地握住了"梦"的手。

朋友，振作起来吧，榜上无名，脚下有路，成功的希望与辛勤为伍，与奋斗为伴，在汗水中生根、发芽、开花、结果。请相信，条条大路通阳关，只要扬起头不停地追寻，每一天都蕴涵新的希望！

这篇小稿有感而发，流自心底。人这一生不可能一帆风顺，难免痛苦与挫折。顺境也好，逆境也罢，都应保持向上的心态，切不必抱怨命运。换句话说，上苍不会只垂青于别人，单单让你成为命运的弃儿。忍受不了痛苦，战胜不了挫折，为逃避一时的痛苦而走极端，无异于自己剥夺了自己拥有幸福的权利。人人都追求美好，向往幸福，但真正的美好幸福，往往是在经历了不幸以后才感受到的。就像呼吸，人人都在做，时时都在做，习以为常，甚至浑然不觉，只有曾经溺水窒息过的人，才知道能自由地呼吸有多好、多畅快。几十年的人生经历让我体会到，人生，其实就是一个不断摆脱痛苦、追寻希望的过程，在苦苦甜甜中寻，在风风雨雨中觅，也从百折不饶中找，寻觅生命生存的意义，寻找展现自身的价值坐标。

我5岁的时候，母亲被无情的病魔夺去年轻的生命，父亲没有向命运低头，拉扯着我们兄弟几个艰难地熬过来了。我15岁的时候，父亲带着兄长背井离乡去山西谋生，把一个古老家庭的重负丢在我稚嫩的肩头，从此独自支撑着一个破碎的家，过着孤苦伶仃的凄凉生活，其间吃过的苦，受过的累，经过的生活煎熬，是许多常人难以想象到的。一次我得了病，在炕上昏迷了两天，后来邻居婶子见我几天没有开过院门，也没见去学校上学，便越过庭院房顶前来察看，这才使我幸免于难。即使是这样，我依然对生活充满信心，始终用阳光心态呵护心灵，坚信明天会有好日子。我18岁参军入伍，起初最大的愿望就是考取军校，改变自己的命运，结果未能如愿。在痛苦与挫折的重压下，我消沉过，也哭泣过，但很快振作了精神，勇敢地直面人生，坚定地向着未来、向着明天奋进。

在我看来，人生不能缺少追求，有了不懈的追求，方可使人生更有意义、更加精彩。美好因生命而存在，生命因拼搏而永恒。尤其在我们还年轻的时候，应该抓住每一个来临的机会，珍惜拥有健康生命的好时光，兢兢业业去做自己想做并且能做的事，趁着风华正茂的年龄优势，一步步、一天天、一年年地，于飞逝的时光中汲取生命的精华，修炼人生的功德。挫折只能击倒弱者，永远也吓不倒真正的强者。不管明天的路还会有多少艰难，我都将永不停步、执著追寻，以百倍的信心和努力，不屈不挠地去迎接新的希望的曙光。

2001年5月6日　于北京

作品集《绿色融情》自序

| 今夜，北京时刻

　　此刻，2008年8月8日之夜，一场气势恢弘的视觉盛宴，透过屏幕展现在世人面前。京城的穹幕上怒放着耀眼的烟花，十朵、百朵，千朵、万朵，异彩纷呈，璀璨夺目。奥林匹克旗帜下，偌大的现代化"鸟巢"一片欢乐的海洋，张张笑脸激情飞扬，灿烂动人。

　　这是一个创造历史的时刻。

　　今夜，奥运幕启，世界聚焦北京。

　　"有朋自远方来，不亦乐乎！"当鲜艳的五星红旗高高飘扬，清亮的童声唱起《歌唱祖国》，我和我的家人情不自禁，止不住热泪盈眶。女儿说："我们中国太伟大了！"是的，博大厚重的中国故事，优雅绝伦的东方情韵，在今夜，奏出了古老民族五千年灿烂文明的华美乐章。

　　这无眠的夜让人感慨。时光不能倒流，但历史不容忘却。曾几何时，我们这个历史悠久的泱泱大国，被人讥笑为"东亚病夫"。1932年洛杉矶奥运会上，形只影单的刘长春被人怀疑"中国人也能跑吗"；1948年伦敦奥运会上，中国体育代表团是唯一住不起奥运村的代表团……奥运史上，记录着中华民族的辛酸和悲壮！

　　这无眠的夜更让人自信。梦想了一个世纪，热望了千百天，奥运会主火炬在今夜的"鸟巢"点燃了。这圣火，从希腊古奥林匹亚遗址赫拉神庙燃起，由"祥云"火炬承载着跨越千山万水，播撒"同一个世界，同一个梦想"的友谊，发出"北京欢迎你"的邀请。擎起圣火一路起来，自豪与喜悦，热情与友谊，涌动在华夏儿女的心间，洋溢在古老民族的脸上。

今夜，九州同庆，四海欢腾，激情迸发的时刻。

这时刻来之不易啊！从申奥成功那天起，在企盼梦圆的过程中，我们经历了太多的挑战与考验。年初南方遭遇罕见雨雪冰冻灾害，3月西藏首府发生打、砸、抢、烧暴力事件，之后"藏独"份子于境外破坏火炬传递，尤其是在距奥运会开幕仅有88天的时候，5月12日14时28分，四川汶川发生大地震，突如其来的不幸袭击了我们的家园。一时间，几乎整个社会、所有的人，都身临其境般地陷入大地震的疼痛里。

猝不及防的大地震，考验着13亿中国人民，也在凝聚着意志与力量。规模空前的生死大营救，历经艰险的千里大驰援，涌动如潮的爱心大奉献，共克时艰的社会主义大协作……世界触摸到了一个古老民族的强大合力，感受到了人世间至真向善的大爱之爱。

忘不了5月19日，举国哀悼日的清晨，我的同事宗政从抗震救灾一线发来短信："汶川不哭！中国挺住！奥运成功！"这一天，类似内容的信息我收到许多，也传递了许多。不哭，挺住，成功，这是无尽悲怆中的心声表达，更是化悲痛为坚强、坚持、坚守的理性所在。举国哀悼日，成了全国人民的壮行日。心连心，手牵手，不放弃，擦干眼泪，我们挺起民族的脊梁！

就在大地震之前，法国人曾放言说，假如中国不能够输出有效的价值观念的话，就不可以称之为强大。此刻，中国可以告诉世界：汶川的大灾难磨砺了我们的坚韧、博爱、道义和信念，奥运的大盛典彰显了我们的自信、自强、自豪与希望。是的，没有什么比大悲与大喜更能历练人的情怀，也没有什么比大爱与大志的崛起更让人欣慰和自省。不必期待，中国这艘巨舰已经鼓帆起航了。

今夜，人类奥运的里程碑，中华复兴的新起点。

从奥林匹亚到古都北京，一届又一届的奥运会，播种着团结、友谊、进步的种子，收获着更快、更高、更强的果实。

从两度申办到7年筹备，中国人民不断探求奥林匹克真谛，对奥运的理解从未有今天这样深刻，推动奥林匹克发展的意识从未有今天这样强烈，办一届有特色、高水平奥运会的愿望从未有今天这样迫切。北京以自信、诚信、热情乃至实力兑现承诺，努力用中国之方式、百年奥运之北京版本，为奥林匹克精神注入新的元素，向世界呈现了独一无二的精彩。

看吧，拂去历史的尘埃，从春秋，从明清，辗转千年百年，我们一步跨进今天。"飞天"托起的五环下，巨幅的历史卷轴缓缓展开：文房四宝、四大发明、戏曲礼乐、丝绸之路、武术太极……或婉约或激越，或高山流水或浅吟低唱，演绎了中华文明的博大精深。奥运会不只是一场体育的盛会，更是一种文明的结晶和彰显；超越在金牌之上的，是文化的交流、碰撞和人与人之间心灵的融会。今天，中华文明与奥林匹克精神实现了交融、汇聚、升华。

听吧，青春在拥抱，激情在澎湃，今夜的北京，一部绿色、科技、人文奥运的交响诗。遭受过屈辱的民族，最懂得强大的价值；经历过苦难的人民，最理解幸福的含义；创造过辉煌的国度，最渴望复兴的荣光。中国走向奥运的过程叠加于改革开放的进程，1979年重返国际奥林匹克大家庭后，一路走来，拾级而上，折射出一个民族复兴进取的身影。城乡面貌的巨变，生活水平的改善，综合国力的增强，国际地位的提升……当代中国经济社会的发展成就，通过奥林匹克这扇窗口，通过绿色、科技、人文奥运的理念，清晰地展现给了世界。

有交流才会有理解，有理解才会有友谊，有友谊才会有和平。当"祥云"火炬穿越五大洲照亮"和谐之旅"，当迎奥运、讲文明、树新风的热潮在神州涌起，当"微笑北京"成为一道最亮丽的风景，不同国家、不同信仰、不同肤色、不同种族的人们，所深切感受到的，是友谊与和平，是快乐与甜蜜。

今夜，北京时刻，良宵美景难忘。

"我和你，心连心，同住地球村。为梦想，千里行，相约在北京。来吧，朋友，伸出你的手。我和你，心连心，永远一家人。"让我们合着刘欢和英国歌手莎拉·布莱曼那天籁之音，一同唱响本届奥运会主题歌《我和你》吧！

一年一年的等待，一天一天的等待，我们终于在自己的家园燃起了奥运圣火。这难忘的时刻啊，熔铸了世界对一个发展中大国的新期许，见证了中国人民高擎团结、友谊、进步的旗帜，和世界上一切热爱和平的人们一道，把和平的追求与梦想引向更远的时代风范。北京奥运，创造奇迹、超越梦想，必将化作永恒的经典。

奥林匹克，力量的凝聚，激情的展示，进步的动力，和平的旗帜。今夜，北京，永远定格在奥林匹克史册上——

我们拥有同一个世界，

我们拥有同一个梦想。

2008年8月9日　于北京清河
奥运会开幕式后百感交集遂记

补记：幸福总是一瞬间。8月24日晚，精彩无限的第29届奥林匹克运动会圆满落幕。中国代表团获得51枚金牌、21枚银牌、28枚铜牌，百枚奖牌圆了百年梦想。闭幕式上，国际奥委会主席罗格称赞说，这是一届真正的无与伦比的奥运会。

| 世博让畅想美好

参观上海世博园后，我对"一切源于世博会"有了更深的领悟。是的，一部世博会的演进史，就是人类社会不断进步，走向生活更加美好的发展历程。1889年巴黎世博会，埃菲尔铁塔横空出世，标志着钢铁大规模工业化应用的到来；1933年芝加哥世博会，汽车工业迅速崛起，意味着高碳时代的降临；1958年布鲁塞尔世博会，"原子球"创意雕塑，吹响了人类和平利用核能的号角。本届上海世博会，以"城市，让生活更美好"为主题，倡导绿色、环保、节能，从而将揭开人类社会"低碳时代"的序幕。

城市是人类的创造，文明的花朵。城市犹如一驾强劲的火车头，在城市化的进程中，带着人类穿越时光，远离山野乡村，驶入高楼林立、电器电化、五彩斑斓的现代社会。城市改变着我们的生活，续写着人类的历史。我国的城市化浪潮，伴随改革开放更是不断涌向巅峰。但城市化的弊病也在日益凸显，拥挤、污染、喧嚣、压力，乃至人情冷漠，使"水泥丛林"中的人们越来越多地感到了"不如意"。城市，让人悠然诗意地栖居，似乎成为一种奢望。

上海世博会聚焦城市，不同国家和民族的人们，以不同的表现形式，回望人类文明，畅想美好未来。丹麦馆里，小美人鱼安谧沉静，向人们讲述安徒生的故事；尼泊尔馆在加德满都城的故事中，讲述两千年来建筑、艺术、文化的灿烂辉煌；澳大利亚馆的"畅想之洲"，使人们深切感受到自然与人类文明的交融；印度馆以"和谐城市"为主题，彰显传统与现代、宗教与科学的和谐。多元多样，交相辉映，世博园成了名符其实的"文化嘉年华"，让人们在交流与碰撞中享受到了丰盛的文化大餐。

两百多个国家、地区和国际组织，把自己最值得展示的东西集中到上海浦江两岸，通过世博的舞台窗口，展示给我们，展示给世界，共同演绎着城市生活的美好。在我看来，世博会的重要意义和最大效应，就在于展示可能，昭示未来，让多元文化交汇聚合，其中最重要的是世博理念。正是那些闪耀灵光的进步理念，在传播与认同、创造与实践中，带给了人们新的梦想与希望。

不得不感叹人类智慧的伟大，对自己面临的发展困难，总能找到解决的方案。走近卢森堡场馆，森林与城堡亲密相依，植被与流水浑然天成，让人惊奇地发现：原来钢筋水泥也能与大自然如此的贴近；意大利馆用庭院、小径等传统经典的城市符号，传递着"人之城"的理念；非洲联合馆"从农村看城市"，其独到的视角让人耳目一新；而瑞士馆在"城市与乡村的互动"中，勾勒了未来城市化的轮廓。一个场馆就是一座微型城市，每个场馆都在诠释一种文化理念。

城市是我们的家园，让城市成为能够舒适、愉悦、幸福、安康地过美满生活的地方，是人类共同的理想和追求。相对于礼赞城市来说，今天，我们更需要对城市现状进行反思，对城市未来进行探索，没有什么比关乎人类生存环境和生活质量更重要。也许正因为这样，世博园的每个场馆都在试图回答，如何更好地医治当下的"城市病"。

世博园辟有"城市最佳实践区"，以其形象直观、可以复制的案例，集中展示人类居住、生活和工作的模式，探讨解决城市难题的招数。马德里的"竹屋和生态气候树"、德国不莱梅市的"城市交通解决方案"、巴黎的"植物墙建筑"，以及上海的"沪上·生态家"、成都的"活水公园"、苏州的"古城保护与更新"，诸如这些，都在精彩表达和演绎主题，开启未来城市的天窗。而大量的新技术、新材料、新产品，像透明水泥、可发电地板和窗户、会呼吸的房子、能溶解的墙壁，还有新能源汽车、新媒体展示、智能信息技术等，则把人们引入了更广阔的空间视野，去体验、感悟和思考未来的生活。

我们一家三口，在世博园区参观了三天。虽然人流如织，酷暑炎热，排长队等待入馆更是难耐，但我们的兴致始终浓郁，手持上海世博会特制《护照》手册，马不停蹄地穿行在五大洲四大洋的会展场馆，签证夹页盖满了国家、地区和国际组织的纪念印戳。枚枚印戳各具特色，五颜六色异彩纷呈，图标符号充满文化意蕴。《护照》扉页如是标注：中国上海2010年上海世博会。类别：国际展览局注册类世界博览会。主题：城市，让生活更美好。副主题：城市多元文化的融合，城市经济的繁荣，城市科技的创新，城市社区的重塑，城市和乡村的互动。核心理念：和谐城市。举办时间：2010年5月1日至10月31日。小小《护照》饱含文化与情感，是上海世博留给我们的珍贵纪念，也是这次精彩盛会的历史见证。

上海世博开启时代，让我们看到了发展着的世界，也发现了全新的自我。如果说，中国古代的洛阳、西安、开封贡献了四大发明，那么今天的上海，在人类历史、现在和未来交织的拐点上，以世博的主题理念和精神财富，为人类文明谱写着新的篇章。不难想见，随着时间的推移，世博理念将把人类文明的光带向远方，世博财富将惠及越来越多的民众，城市生活也会因此而不断刷新。

从上海返京的飞机上，我止不住遐思万缕，浮想联翩，世博在我的脑海打开了一个全新的世界。是啊，一切源于世博会！世博聚合文化，聚合品质，那些领跑前沿的科技，创意独特的场景，无不启迪开创未来，促使绿色、低碳、智能、和谐、共生等一切的一切，成为可能，变为现实。就让我们尽情畅想吧，为人类未来生活的无限美好。

2010年7月25日

这里是一片沃土 |

周五晚饭时，女儿边吃饭边对我说：这个周末得麻烦老爸了，我们学校在筹备60周年校庆，发动家长写纪念文章，题目是"我眼中的一零一"，你也写篇吧。对女儿说的事情，我一般不敷衍塞责，不了了之。我许诺女儿，争取把"我眼中的一零一"写好点。

北京一零一中久负盛名，是一所革命的红色学校。它是我们党当年在老区创办并迁入北京的唯一一所中学，郭沫若同志写的校名，意为"百尺竿头，更进一步"。学校地处圆明园遗址，校园环境得天独厚，且东临清华，南接北大，顶级名牌大学辐射形成的教学氛围更是无与伦比。不过，仅凭这些大而化之的东西，勾画不好"我眼中的一零一"。我开始搜索记忆，用零碎的所见所闻所悟，来描摹勾勒我这个家长眼中的真切的一零一。

记得第一次走进一零一，是在女儿上四年级的时候。当时一零一开办小学素质班，女儿有幸参加，我随之到过学校几次。最初的印象是，一零一面积很大，校园宽敞幽静，园林风格，古朴优雅，没有高楼林立，远离闹市喧嚣，犹如一处都市中的"世外桃源"。

到了夏天，校园内外花香茵绿，古树参天，清香静谧，凉爽宜人，感觉空气都是新鲜的。双休日带着孩子来学习，孩子们在教室上课，家长们于树荫下席地而坐，谈笑风生。那时，家长们谈说的话题，多是如何让自己的孩子到一零一上学，读初中，读高中，由此步入名牌大学的殿堂。我坐在校内人工湖边，望着碧波荡漾的湖水，浓郁诱人的绿色，心中充满无限的遐想，眼前总是闪现女儿在此读书、奔跑、与人嬉笑玩闹的身影。透过那人与自然完美和谐的情景，看到了这里的每一个孩子是怎样快乐地学习和成长的。

如果说一零一优美宜人的校园环境是一种天然优势，那么，教学水平的持续攀升便是另一个令人心动的人文优势。"进去的不一定是最优秀的孩子，后来孩子学习成绩却都不错，一零一绝对是所好学校。"我有个同事经常这样说，他的孩子几年前从一零一考上了清华。屈指算来，我们单位已有不少子女从一零一考取北大、清华等知名大学，少说也得有十好几个。天底下的为人父母，都在望子成龙、望女成凤，而中学时代往往是孩子成长的基础和关键。因此，家长们对孩子上中学的选择特别关注，通常是校比三家，权衡利弊，这其中教学水平的高低就是首选因素。2003年秋季，获悉一零一高考取得海淀区文、理科总分第二名的好成绩，我们这些家长喜上眉梢，彼此相告诚约："咱们说定了，别的学校不去，就让孩子上一零一。"大家就这么一厢情愿，全然不考虑自己的孩子成绩怎么样，能不能被学校录取。

2004年春天，一零一通过"圆明杯"数学邀请赛选拔初中实验班学生，经过初试和复试，在焦急的等待中，我们盼来了女儿被录取的消息。那一刻，我和爱人不胜喜悦，心里倏地轻松许多，女儿的眉头也顿时舒展，露出的不只有笑脸，还有几分自信和傲气。女儿很幸运，一零一偏爱了她，机遇选择了她，青春年少的天空升起彩虹，生命年轮刻上一份精彩绚丽。

转眼之间，女儿上初中半年多了。这短暂的半年时间，我欣喜地看到，女儿忽然间长大了，在待人接物、思考问题、语言表达等诸多方面，透出了灵气、智慧和成熟。我们不得不承认学校教育的潜能作用，不得不佩服名校名师育人的魅力。我曾不止一次的问女儿：在一零一上学感觉怎么样？女儿的回答很干脆："好啊！"在我看来，孩子说的"好"，既有满意认同的意思，也包含了具体的标准。如今的孩子养尊处优惯了，是不会轻易言"好"的。

我又想起了我爱人跟我说过的两个细节：

一个是，初一年级两个实验班的学生提前录取后，学校组织孩子们进行学前培训，实际是"开小灶"，让实验班的学生提前跨越小升初的"过渡期"。每周上一次课，安排了十多次，每次都由学校资深教师授课，不收任何费用。说真的，女儿从幼儿园开始，参加这艺术班那学习班也有一些，但从来没听说过不收钱的。在这个市场经济时代，当越来越多的人紧盯着钱，有的甚至抓住父母教育子女心切的心理借机牟利发财时，一零一这"不合时宜"的举动，带来的除了感人心扉，还有以人为本、教书育人的大家风范，这着实让人刮目相看。

另一个是，女儿第一学期结束时学校召开家长会，那天会上，清一色年轻任课教师那一番番情理相融、意味深长的谈吐，展现了敏捷的思维、广博的学识和独到的见解，洋溢着时代的新鲜气息和蓬勃向上的青春活力。尤其是各位老师对孩子们优缺点的评说，一针见血，入木三分，感动得家长们连连点头。不到一个学期，就能把几个班的学生看清摸透，这不是一件简单的事，这是教师们强烈事业心和责任感的充分体现！把孩子放在这样的学校，交给这样的教师们去培养，还有哪一个家长不放心呢？

树高千尺仍需泥土的培养，孩子成长离不开学校的教育。作为一名学生家长，我常常想，把孩子送进一零一中，就如同把一棵小苗栽进了肥沃的土壤，这里有优美的环境，有和煦的春风，有充足的阳光雨露，有追求卓越的辛勤园丁，这里就是孩子们成长成人的一片沃土。

2005年6月12日　于北京

补记：2006年北京一零一中60华诞之际，这篇感言收入《家长眼中的一零一》一书，我女儿撰写的"最是感动老师情"收入另一本纪念文集《感动一零一》。女儿由初中直升高中实验班，在一零一完成中学学业，2010年秋以651分高考成绩考入中国人民大学新闻学院。

天山石

案头添置了一块石，拳头大小，赤褐色，品相无特别之处，但在我眼中并不一般，它是一座山一湖水，是岚是松是涛，是拨开云雾透出的万缕阳光，是激滟碧水倒映着的雪山牛羊，一道绝美的景观。

这块石出自西域，濡染了神山圣水的灵性。这块石使我越发觉得，人与大自然间隐藏着遇合的机缘，冥冥之中似有神灵的力量。

前不久的那天下午，在乌鲁木齐公干结束后，原本没有安排活动，但见时间尚早，便有人提议不妨去趟天山天池，看看高山湖泊入冬的景象，恰巧同行的首长也未曾去过，动意即刻成行。时近岁末，疆域寒起，夜间飘过小雪，天气阴沉不透。车行山前，抬头遥望，群山峰峦雾气缭绕。大家兴致浓郁，毫不迟疑，驱车沿傍山大道盘旋而上，路边时而断崖峭壁，时而幽林曲涧，感觉没多长时间便行至导游接待处。这时满目浓雾，迷蒙升腾，泠泠瑟瑟，峰岭草木全都包裹隐遁。导游小姐甜美热情，说今天赶上拉雾，登上去恐怕也难看到天池，不然先到室内通过沙盘和图标了解一下景区概况吧。首长临机决断："还是上吧。"车子穿云破雾，越过山崖峭壁，几分钟就到了宽阔的坎坡。说起来连我自己也难以置信，就在停车开门的当儿，太阳在西边峰顶上空拨开了云雾，倏地洒下缕缕光芒，天池犹如撩开面纱的仙女，露出了梦幻般的真容。

阳光洒落之处千变万化，转瞬间，化雾霭消散于无形，变山水秀美于眼前。海拔两千米的群山环抱中，豁然呈现一泓水光绮丽、景色明秀的神妙湖泊，在晚霞的温存涂抹下，宽阔的湖面泛着粼粼柔光，恬淡而静谧。远眺山野逶迤寥廓，天边漂浮消长不定、浓淡相宜的雾气，峰峦上洁白的冰川积雪闪烁银光，山窝里散落的牛羊在悠闲地嚼着枯草；近看湖面波光摇曳，倒映着雪峰、莽岭、牛羊和苍松云杉透着的绿。山岚徐徐吹拂，池水涌起光影，细密的波纹层层漾动，像一匹新缎折出的褶皱，格外赏心悦目。少却了尘嚣之累，空气透着宜人气韵，顿感身心清爽，超然物外。

天池钟灵毓秀，传说为西王母的瑶池，东南相依蒙古族膜拜的灵山博格达峰，山水相依成趣，被誉为西域的"神山圣水"。漫步池岸水滩，踩着零乱的岩屑砾石，聆听导游娓娓动听的解说，品味着塞外高原的"海上"风情，油然感到了生灵的气息和生命的美丽。我弯腰伸手试水，水凉得生冷刺骨，索性浸润裸露的肌肤，沾点圣水的灵气，立马凉透周身，等心头凉彻之后，却是妙不可言的爽。首长兴趣盎然，于岸滩精挑了一块砾石，蹲到水边洗洁浸润一番，然后用面巾缠裹住放进了包囊。石藏于山，贵在偶得。仔细想来，这天山砾石，聚天地精华，融灵山血统，经圣水裕如，犹有王母肌肤相亲，跨越千年不朽，堪称是石界的贵族子孙。导游风趣地说："都拣上块吧，这是天池灵石，传说当年乾隆皇帝还专门派人来此拣过几块呢。"我随手拾起一块，悉心端详片刻，窃笑着塞进了衣兜。

不期而遇的美妙总是稍纵即逝，太阳悄然坠入山后，余晖在那"定海神针"的枝丫上凝神片刻，便随着风儿荡然消失。此消彼长，雾气很快弥漫而来，薄纱飘散般缓缓叠加，景区重又成了雾的天地。忽然感到，雾中畅游也蛮惬意，如入迷离幻境，给人一种遐想无穷的充盈。行到水穷，坐看云起，体味这般心情，此刻再好不过。然而气温骤凉，衣服略显单薄，只得在烂漫的想象中，不情愿地作别了。下意识地触摸衣袋的灵石，顿觉厚实几分，似乎绮丽的山水在怀中升着温。

自然藏大爱，宇宙无至境，神山圣水自有绝妙深邃。驱车离开景区，天色渐次暗淡，回首张望雾蒙暮沉，旷野在笼罩神秘。不必杜撰任何的神话了，再没有什么比大自然的魅惑更令人神往。途中意犹未尽，把摩品味手中之石，沁凉中透出温润，粗砺中藏着灵性，表意、象形如若神奇的化境，居然情生兴起，遂感赋以记：

    天山瑶池边，满眼乱石闲；
    阿母绮情物，遗世结尘缘。

    我的天山石啊，湖光山色，形神灵秀，凝成了陋室隽永的风景。与之相濡为伴，领悟大自然的美与神韵，升华心的情感与意趣，浮躁而不安的灵魂，便有了宁静致远、怡然自得的闲适与满足。

2011年11月30日

第四辑

旅途品读

巴黎属于浪漫与艺术之都，它将
生活与浪漫、艺术与时尚融为一体
穿行其中满眼美的景致
有凝固美，也有流动美

巴黎街头的咖啡馆
算得上一道风景
临街搭着玻璃门棚
棚内棚外摆放着座位
人们沐浴在暖阳下，漫不经心
品着咖啡，聊着天，看着报
几个金发女郎指间还夹了香烟
优雅地吐着白雾
彰显一种法国式的闲适和惬意

巴黎女人抽烟的姿势很美，三两结伴
甩着金发，挺着胸脯，叼着香烟
从面前闪过的瞬间，倒让人觉得
抽烟是一种时髦

阳光千万里 |

今日元旦，天晴日朗。

日出地平线，新一轮太阳缓缓升上澄澈的天空，格外耀眼亮堂。阳光之下，远处近处，生命万物，同在新的起点舒展新的景致。

太阳周而复始，千万年不舍光耀，以最为明亮透彻的姿态，经年和辽阔大地拥抱，与生命万物热语。因为有阳光的照耀，这世界四季兴替，万象更迭，春生绿，夏布荫，秋染黄，冬日绽放馨香的枝梅。

在太阳的转动中，时光穿越着生命万物，时光过处景致环生，或寂静或灵动，或绚烂或凄美，不一而足，但无论何时何地何种景致，也无论怎样描述评说，最美妙动情的，当在阳光之下。立于新生的太阳下，透过岁月的小窗，会猛然发觉，那些曾经的阳光雨露、云蒸霞蔚，其实并没有随风而逝，与自然、场景和情感一起，凝成了一道道鲜亮、感性的景致，以至于可触可摸。

一个暮秋的下午，我和朋友去郊外游玩，在登山途中乌云四起，朵朵云絮上下翻涌，如绽放的黑色棉桃，像泼墨的巨幅写意。朋友说，就要下雨了，我们找个地方躲躲吧。我说不一定躲了，真要下就挨一次雨淋吧，也挺难得的。谁知，就在我们商议要不要躲雨的瞬间，天空陡然异样起来，抬头观望，原来太阳出来了。在阳光的照射中，每一朵云团都镶上了亮闪闪的金边，简直美妙至极。

太阳出来，云就散去。自然界奥妙无穷，有时云遮雾掩未必大雨将至，反倒让人领略奇异的景观。阳光和它的温煦，赐予生命万物以希望，也启发了人们对生活的万千思考。

这些年我时而远行，东南西北，也曾跨越国界，行走千里万里。旅途之中，并不是每一天都风和日丽，但时有的阴霾终久挡不住阳光和它的温煦。我在心底感念阳光，这种感念日积月累，悠长隽永，融入灵魂血脉，成为生命中最眷恋的守望。

在此，节选几段我旅途中关于阳光的记忆：

2005年5月23日 晴 在火车上

迎着晨曦，火车轰轰隆隆驶出了京城，穿越城区、乡村、山野、河流，一路南下。我信手翻阅书卷，书中的一处文字竟与窗外的景致不谋而合：明媚阳光下，金色麦田一望无际，麦浪涌动，麦香流溢。阳光射进了车窗，着落在和我对面而坐的一对乡村夫妻的身上。从他们散乱的对话中，我得知他们在京城打工，回冀南农村收割麦子。他们注视于窗外，对着阳光下的麦田，喜形于色，眉宇间挂满幸福和甜蜜。后来，他们依偎到了一起，慵懒地慢慢睡了。我在一对乡村夫妇的甜美和梦境之外，在艳阳丽日下、麦香田野上的激情奔跑着的火车之内，怡然自得。

2006年6月26日 晴 在日月山

乍一看，日月山平淡无奇，没有突兀的山峰陡峭的悬崖，没有树木，甚至没有和煦的风。但是，站在这海拔三千多米的山脊上，被灿烂阳光拥着，眼前有遥相呼应的日亭和月亭，有连接青海湖的涓涓细流，以及千年唐蕃古道和文成公主的精灵，很快就眺望到了另一番风景。一个两颊通红的藏族小孩，抱着一只雪白的羊羔走来，说："抱着小羊照相吧，当年文成公主就在这儿抱过小羊呢。"我一下乐了，仿佛看见雍容华贵美丽动人的文成公主怀抱羊羔款款走来，手持大唐皇帝赐予的日月宝镜，为自己西行之路播撒光明。山下，广袤的草原上阳光如金，有藏家女在歌唱："太阳和月亮是一个妈妈的女儿，她们的妈妈叫光明……"歌声飘荡，婉转悠扬。

2007年11月5日 晴 在武夷山

太阳西沉的时候，导游引着我们步入一条幽深的巷子，上老乡家购买武夷岩茶。小巷古朴亲切，青石板路光亮可鉴，经夕阳浸染涂抹，尽显妩媚、温馨。在老乡院落，有一对年迈的似夫妻模样的老者，沐浴着火红夕阳，就坐在茶桌旁的藤椅上，不紧不慢地品着茶茗。白发阿公不时用他那古铜色的手端起古铜色的泥壶，颤悠悠地往茶碗里斟茶，那阿婆在旁边对视无语，形成一种悠然的默契，任凭茶汤汩汩、茶香漫溢。当我们离去时，太阳已沉落山后，绚烂归于平淡，但两位老者依然稳坐在那儿，静心品着那壶"下午茶"。夕阳逝，情未了。

……

新一轮太阳缓缓上升着，明媚的阳光透过窗口泻在床头、地面，光线柔软稠密，暖融融的。这凛冽的冬季，因为有满室的阳光，有阳光灿烂的日子，生活变得这般的澄明、灵动，充满温情。

这世界是阳光的世界，世上的万物生灵皆为阳光恩泽滋养的儿女。阳光让大地开怀，让种子发芽，让鸟儿飞翔，让少女的双颊泛起红润。拥抱阳光就是拥抱生活，守望阳光便是守望生命。

想起儿时的冬天，一帮子土孩子，整天追着太阳撒欢奔跑。清晨，翘望朝阳从村前山那边喷薄而出，红彤彤的，耀眼四射；傍晚，目送夕阳晃悠悠跌落进村后的山里，失却光艳，可就是找不见太阳的居所。在日落日出中，春天来了去了，庄稼绿了黄了，我们也一天天硬朗，长大了，懂事了，上学念书了。

想起远在乡下的父亲，就想念冬天与父亲一起坐在房屋根儿晒太阳的日子，想念跟在父亲身后顶着日头春播、夏耕、秋收的情景……

想着念着，我感到有说不出的幸福。阳光下的日子里，有无法抹去的美好记忆，收藏着我日益增长的爱和感动。

立至窗前，眺望前方与远方，天地万物尽收眼底。不错，那就是神奇美丽的青藏高原，我又看见了如梦如幻的"太阳雨"。雨悄悄从云中洒落，可太阳却在照耀，雨线顺着阳光飘落，轻风吹来，雨线晶莹婀娜，绚烂多姿。雨突然停了，斜阳下的瞬间，从山峦的谷根腾起一道彩虹，尽情炫耀阳光的色彩与美丽，众多的进藏朝圣者鱼贯而入。这充满禅机的浪漫，赏心悦目，让人心境朗阔，感受着新鲜、温暖、丰富和力量。我不禁感叹，人类的宗教也许不在庙宇殿堂之内，而在阳光普照着的山野大地上。

阳光下的每一方土地，都是安身立命的最好天堂。

阳光千万里，缕缕金色铺满大地，那远近、虚实的景致，既清晰又梦幻般相融交织，灿然迷情，大者为永恒，小者为一瞬，我们就在这瞬息与永恒的变幻里，从容裕如地工作、生活着。

这是我热恋的家园，我爱这充满阳光和生机的多彩世界。

2009年元旦记　于北京

流落途中的故事 |

　　我们每天都在不停地穿越，穿越城乡街巷、山峦河流，穿越长长的时光隧道，有时却因步履匆忙，没顾上倾听、捕捉、回味和感悟，以至把不少原本美妙的东西流落在了途中。近些天，我在试图寻找流落的记忆中猛然发现，人生的每一段旅程都有故事，它们与自然、与时光、与情感融在一起，曾经饱满而真实。

　　海水也咸，泪水也咸，咸的泪
　　水与海水一经相融，深情隽永

　　五月的海南，热浪升腾袭人。
　　那是个晴朗的夜晚，在三亚大东海的沙滩上，我们一行六个哥们儿，赤脚沿着海边踏浪，沙是那么的细，那么的软，踩在上面如同触摸美人的肌肤。波澜壮阔的海面上，远处渔船点点，亮着一盏盏灯火，为夜幕中相融的水天平添灵气。海风拂在脸庞，有一点海腥味，凉爽沁心。大家踏着海，说着海，感悟着海，与无边无际的海相依着，心底涌动了浪潮与惬意。
　　夜色渐深，意犹未尽，忘记了是谁的提议，大家来到沙滩中的大排档，点了数个海鲜小炒，喝起了啤酒。宽阔的岸滩，汹涌的大海，包容了宵夜者的闹腾。情浓酒香，大家越喝越酣畅，刘兄不停地吆喝"拿酒来"！他又给每人续满酒杯，立在徐徐吹来的海风中，身子已见摇晃，"我再提议干一杯，这杯酒，我们敬给母亲。"随之双手捧杯，朝着四川大巴山的方向，恭敬地深鞠一躬，"娘啊，儿子在三亚大东海给您敬酒了。"这一杯干得痛快，谁也没有迟疑。

兴致再起，又一轮推杯换盏。就在这时，阿陈突然趴在餐桌上呜咽起来，热泪酸心，啜泣难止，让哥儿几个不知所措，闹腾气氛顿陷低潮。原来他想起了母亲，他说母亲刚过世不久，老人家在太行山里生活了一辈子，生前总是念叨海，就想看看大海有多大，可最终还是带着遗憾走了……情到深处，悲喜陡然可生，即兴淋漓尽致。

"拿酒来！"刘兄的又一声吆喝，打破了凝重的气氛。他说这事吧，着实让人伤感哩，但也没办法补救，人去不能复生。我提议，咱们一起给陈妈妈敬个酒，让她老人家在九泉安息吧。这一杯干得也利索，都是一饮而尽，连"钉子户"陈兄也没多说一句话。

阿陈的情绪渐次缓和，他说起母亲绘声绘色，他说他母亲勤劳贤惠，人缘好，长得也美。当年八路军转战太行山，他姥爷家是堡垒也是房东，住了不少队伍上的人，有几个战士来自大海边，时而给母亲讲海的故事，他们讲海的蔚蓝与辽阔，讲海边生活的浪漫与情趣，因此母亲打小就向往大海，对海的那份渴望一直积淀于心。母亲后来嫁人时，因为他父亲到过天津，在天津港口做过几年工，就心甘情愿地嫁给了他。父亲也曾多次许诺，要带母亲去看海，在海边住上几天，可后来父亲在一次意外事故中遇难，过早地走了……

海水涨潮了，海涛扑打着礁石，激起簇簇浪花。大家的心潮也在涌动，一浪逐一浪。不曾想到啊，一个淳朴善良的山乡母亲，从青春年少至古稀老去，年复一年在峰岭沟壑中守望，守望着山外边那传说中的海，海成了她一生的寻觅。然而，生活太过残酷，对人生的安排各有差异，苍天在上有负了人世的情爱。

"拿酒来！"陈兄说话了。他有些不胜酒力，后来歪倒在桌上，大家以为他睡着了，谁知他酒醉心明，情不自禁。"我也提议一下，咱们一起唱首歌吧，就唱阎维文的《母亲》。"他给每人斟满酒，大家都端起酒杯，面对着大海母亲，深情引吭："你入学的新书包有人给你拿，你雨中的花折伞有人给你打，你爱吃的三鲜馅有人给你包，你委屈的泪花有人给你擦，啊，这个人就是娘，啊，这个人就是妈……"

酒后的歌喉激越浓郁，和着大海的波涛，那么雄浑动人，就连海风也受到感染，变得温顺多情，默默地将歌儿带向远方。

大东海景色迷人，那里有阳光、碧水、沙滩、椰树，有海底七彩珊瑚礁凝成的幻境，还有让我刻骨铭心的那个夜晚。

古城柔美，情也柔美，柔美的
情与古城一经相融，恍若天堂

丽江就是丽江，它有着自己的浪漫和气质。

忘不了那个盛秋的下午，我们从香格里拉采风折回抵达丽江古城，当时给人的第一印象是，城区街巷错落有致，干净清爽，河水穿流其间，清清澈澈，缠绕流淌，数不清的石桥、木桥来来回回，经火红夕阳的浸染涂抹，平添几许柔美、朦胧。

夜色笼罩下的古城，没有了白天旅游团队的熙攘喧闹，街巷客栈、酒吧门楣上亮起灯笼，漾出温柔恬淡的光，间有缕缕茶或酒香浸漫，悠扬的音乐缓缓回荡，那小桥、流水和瓦顶飞檐下的人家，有点像姑苏水乡，彰显的却是纳西风韵。忽然觉得，时光一下子柔软缓慢下来，变得婉转闲适，透着诗意、温情。怀着极大的兴致，穿行在古老与现代交融的街巷，寻着迷情的灯笼，我们走进一家客栈。

所住客栈是李兄提前安排好的，他原本与我们一路同行，去了香格里拉采风，但由于高原反应厉害，身体严重不适，只好提前下山到丽江等候。李兄独自来到丽江，百无聊赖，在大街小巷转悠，转着悠着，就走进了一家客栈。客栈内木雕典雅，花石铺院，草木繁茂，女店主眉清目秀，匀称柔美，把客栈打理得温心贴意。李兄无半点犹豫，当即住下了，这一住，居然真的成了宾至如归。

一连几日，李兄坐于客栈庭院品茗，女主人陪侍左右，絮着悠远的茶马古道、丰富的纳西风情，间或相扶着登楼沐浴阳光，俯瞰古城，远眺雪山。有天夜晚，街上下着蒙蒙细雨，两人撑起一把伞漫步去了，流水滴答，雨雾朦胧，灯光于河面忽隐忽现，夜色似梦境动情撩人。每日三餐，更有女主人亲手烹制的美味菜肴。

李兄乐在其中，却没有忘了朋友，他不停地给我们打电话，说你们赶紧来救我吧，我遭了艳遇，不能自拔。于是我们来到了这家客栈，走进了演绎罗曼蒂克的故事场，见证和分享旅途的甜蜜。

那晚的饭菜很丰盛，李兄抑不住喜悦兴奋，频频给大家斟酒、敬酒，他说，谢谢各位上家来，希望随遇而安，吃好喝好，夜里做个好梦。女店主于旁边含笑少语，与李兄相形默契。大家借着酒兴起哄，女店主端起了杯，她说我真的不会喝酒，但今天也敬大家几杯，先喝为敬，我干了。

推杯换盏，接连几杯，女店主双颊粉红，更显妩媚，她分明动情了。她说，我总是觉得，生命中的每一天都有意义，遇见的每一个人都与你缘，像我和李哥这样聚了这么些天，便是不小的缘分。我很珍惜这种缘，希望每一个来客栈的人，都能找到回家的那种感觉。大家听得出神，心间泛起柔曼的涟漪，层层叠叠的，久难平静。

夜色曼妙，情更迷人。在古城丽江，心与心变得透明，心与心相互温暖，驿动的心灵找到了停泊的港湾。据《古兰经》描述，天堂里河水穿流，绿树成荫，有水果有美女，人们和睦相处，是一个既有物质享受又有精神享受的地方。如此看来，丽江当属现实的天堂。

离开丽江的那个清晨，女店主依依惜别，一直相送至城区街巷外。当穿过幽长的巷子，踩着昔日马帮、今之游人年复一年磨得锃亮的石板路，掠过飞檐画壁的民居，旧风遗存的店铺，还有老街坊们善意的目光，时光又变得意味深长了，往事如影相随沁心，那些洋溢在心头的愉悦，静默到无声。

所有的结局早已注定，相遇的彼此终是过客。人在旅途，有很多东西心存疑惑，也许就在告别某一个地方或某一人的那一刻，你忽然茅塞顿开，想通了，明白了，有了无比的轻松和满足。

汽车开动了。望着朝阳下的古城，和女店主那温柔的笑容、多姿的摆手，李兄感慨地说：相遇是一种缘，离散也是一种缘啊！

月光如水，沙漠如水，如水的
漠与月光一经相融，妙造天成

戈壁大漠中的敦煌，极为神奇，堪称稀世胜迹。

敦煌的鸣沙山、月牙泉更是一处奇观：沙粒纷呈红、黄、绿、黑、白五色，即使天晴不风之日，沙山也会发出丝竹管弦之声；沙山环抱中有一湾形似新月的泉水，水色清澈如镜，沙与泉相映共生，如同一对亲密的孪生姐妹。

那年夏秋交汇时，我们途经敦煌，有幸欣赏到"沙岭晴鸣，月泉晓澈"的绝妙景致。那天到达敦煌市区已近傍晚，问过几位当地老乡，都说这几夜月色明媚，鸣沙山的夜景很美，于是把行李匆忙放入宾馆，在快餐店对付了几口，就朝着城南方向的鸣沙山景区径直驰去。天气炎热，游人热汗腾腾，成群结对地正陆续回返，我们一行却兴致冲冲，逆流而上。

天逐渐黑了下来，刚才还涂抹着晚霞余辉的沙丘，被越来越浓的暮色渐次包裹。公园内通往鸣沙山的道上，不断有扎着裤脚、耳根和眉毛上沾满沙土的汉子或妇女牵着骆驼招揽生意，再三游说沙漠徒步很累，还是骑骆驼走吧。朋友菩萨心肠，说咱们就骑上一程吧，当年于右任在这儿肯定也骑了骆驼，虽然他在诗里写"立马沙山上，高吟天马歌"，但骆驼才是沙漠的宠儿。亲近在高大宽厚的驼峰上，伴着声声驼铃，很快到了鸣沙山的脚下。

鸣沙山并不高，坡度不足百米，我们几个一字排开向上攀登。这时，原本烫脚的细粒已开始冷却，我们干脆脱了鞋袜，赤脚而登。脚插进沙窝很舒服，热热乎乎，绵绵软软，沙子发出流动的细声，心头有点麻酥酥的。当爬上山顶时，几乎是与月亮撞个满怀，月亮正从鸣沙山东南边的沙丘后滚起，刹那间，月光如水样倾泻而来，天与沙丘融成一个整体。起伏的沙丘，搭建的物什，流动的游人，统统注上了银辉，笼罩在静谧的朦胧之中。沙丘盆底的月牙泉碧波粼粼，闪闪烁烁，恰如一颗硕大晶莹的夜明珠。

沐浴在融融月色中，一任月光尽情浸染，一切就有了诗情画意。盘坐沙丘凝望，月光很美，美得睁眼看它时，它是透明的，美得用心体味它时，它又无色无味。月悬头上，似乎近在咫尺，禁不住伸手去抓，却还是让它升高了；抓一把五色的沙粒，在手里搓捻，居然捻碎了，仿佛所有的沙粒都是月光的碎渣。那沙丘、月牙泉，还有湖边的芦苇，都成了剪影，有了夜的韵致。就连月牙泉边的芦苇丛也在轻轻摆动，似恋人摇曳的风情。

夜深了，游人稀落，鸣沙山更显恬静、幽美。伫立沙丘上，仿佛看到似大海般一望无垠、浮光耀金的沙漠，活灵活现了莫高窟的十万佛尊。我突然想到了佛意，这宇宙有谁能把佛意表达完美？只有月亮，月亮没有叹息、无奈、愁虑、不安，它的禀性把禅意演绎得完美、无可挑剔。月亮升起来，佛的心灵升华了。虽在夜幕中，心中铺开的，却是一道清新亮丽的风景。

月光如水，沙漠如水，人的思想在水的波动中容易生长翅膀。敦煌小城熟睡了，我就做起了梦，梦中，还在沙丘的月夜里，还在听朋友讲着故事：很久以前啊，鸣沙山并不是沙丘，而是一片苍翠丘陵，水草丰美，牛羊成群，后来在一个黑风骤起的夜里……

2011年8月月10日

随记八篇 |

2003年元旦，一个晴朗日。清晨起来，神清气爽，我遂欣然提笔，在记事本上写下这样一段话：元旦，新年的第一天，亦称一元复始、日出地平线。此时回顾过去一年，想说的话太多太多，还是省略了吧！唐代诗人卢照邻有诗曰："愿得长如此，年年物候新。"站在新的起点上，就让我们鼓满自信、勇敢的风帆，挺起胸，扬起头，豪情万丈地向前走……

又闻红薯香

2003年2月18日 星期二 阴转晴

下班回家，行至楼前，习惯性地抬眼张望五楼那熟悉的凉台，又看见玻璃窗内的身影在闪动。我们家的厨房在凉台，准是老婆在忙活做饭，心想，今天她会做什么好吃的呢？我加快了步伐，一步两个台阶地往楼上爬，到了三楼，便有一种香味扑鼻而来，这味道混合着泥土的烤香，对我尤为敏感——红薯，老婆又做烤红薯了！

我出生在太行山穷乡僻壤，是吃红薯长大的，在我的记忆中，红薯似乎成了家乡和童年的代名词，是一个永远解不开的心结。那时家乡物产匮乏，庄户人家大都是糠菜半年粮，乡亲们填不饱肚子，时常挨饥受饿，红薯算是美食了。秋冬时节，生产队上磨红薯做粉条，每户人家把红薯切成片晒干，然后磨成面粉，蒸出的窝头黏而又甜，还顶饿。对于红薯，乡亲们是既离不开，又不太喜欢，因为红薯吃多了肚子不舒服，吐起酸水来止不住。可在当时没有办法，饥不择食啊，吃了难受也得吃。与我一块参军入伍的同乡，有不少人就是因为不想吃红薯了才当的兵。

我却从骨子里钟爱红薯，每每闻到红薯芳香，便乐不可支、心花怒放。这么多年来，虽然远离家乡，不再耕种那沟壑中的七零八落的红薯田，但始终没有离开过红薯，东西南北的红薯没少吃。在我的带动下，老婆和女儿也慢慢地对红薯产生好感，以至喜爱有加。去年入冬时，家里特意添置了一个电烤箱，只是电费不依人，月月居高不下。

书上说红薯其营养丰富，含有多种对人体有益的成分，且药用价值高，能生津止渴、清热解暑、滑肠助消化，有美容养颜之功效。如今在京城的大街小巷里，卖烤红薯的小贩成了"香饽饽"，缕缕烤香引人驻足。我红光满面的，不知是不是与吃红薯有关？

"今天的红薯特别好吃，又甜又面，味道美极了。"一进家门，老婆就对我谝起来。

我一尝，果然别有一番滋味，甜里带香，香中透甜，甜过之后还有一种醇酽的美味。正当我品味正浓时，女儿放学回了家。

"爸，今天的烤红薯好吃吗？"

"没治了，味道可美。"

女儿顾不得洗手，伸手拿起一块，不等把皮儿剥掉就往嘴里放，"好吃！真好吃！"

"放下！洗完手再吃。"老婆一声令下，女儿乖乖地把红薯放上餐桌，不情愿地去洗手。

"对不起了，这一块也归我了。"我拿起女儿放下的红薯就吃。

"你怎么不知道大让小？小心我妈收拾你。"女儿简单洗过手，转身把红薯夺了去。

还是老婆通情达理，"别争了，管你们吃够，烤箱里还多哩，吃完了，明天再给你们烤。"

"老婆真好！"我说。

"老妈真好！"女儿说。

"你们俩也不错！"老婆乐了。

一家三口，在烤红薯散发的缕缕清香中，尽情享受着寻常人家的温馨与欢乐。

点亮心中的灯

2003年3月10日　星期一　大雪

夜色渐深，喧闹的城市归于沉静。窗外还在飘着雪花，于路灯闪烁的光亮里，悠悠然落下。这飘零的雪啊，不由让人生出几许寒意。

北京的春季往往就是这样，冷暖气流相互争雄，时寒时暖，天气变化无常。前几天已经下过几场雨，今天却突然下起了雪。大雪从早上就开始下，鹅毛般的雪，飘落了一个上午。下午一段时间转晴，现在又下了起来。透过纷飞的雪花，看那路边静静闪烁的灯光，从心底顿感一种欣慰，周身似有暖流在涌动。思绪万千，我想到了人生之路也需要有一盏灯，一年四季，在每一个风霜雪雨乃至平常的日子，都能如此闪烁地为你照明。这盏灯，不是别的什么灯，它是心中的灯，一盏能使生命鲜活、人生亮丽、事业有成的希望之灯。

记得十多年前，我从报纸上看到一则消息，说南方某地一名学生高考落榜，深感前途渺茫，于是自寻了短见。我当时坐卧难安，连夜草就一篇题为《寻着希望走》的小稿，文中写到：人生活在希望之中。人的一生难免有痛苦和挫折，真正的幸福是在经历了痛苦之后才感受到的。人生其实就是一个不断摆脱痛苦、追寻希望的过程，只要扬起头不停地追寻，每一天都蕴涵着新的希望。后来，稿子被多家报刊登发转载，引起了不少人的共鸣。

人生离不开希望，在生命的每一天，无不被一个又一个美好的希望所牵引。小时候，我们最大的企盼是过大年，过年有好饭吃、新衣穿、鞭炮放，由于这种"年"的牵引，孩子们才"日日想、月月盼"；父母们在养儿育女的过程中，天天盼着儿女成人成才、出人头地，由于这种愿望的牵引，父母们才"苦也不说、累也不说"。在希望的促动下，人们有了不懈追求，眼前也总在闪烁憧憬。其实，希望就是朝着光亮走，朝着光亮走就有好运气，而好运气就是好人生。

当年我执意参军，既是报国志向使然，也有自己的"小九九"：希望去部队锻炼几年，退伍后好在县上当个合同工什么的，不用扛锄头种地了。在部队提干后，就寻思着去城市找个对象，希望日后转业时到城里安个家。调至京城工作后，又琢磨着如何把爱人从家乡的小城迁入首都……就这样，我被"希望"天天牵引着，渐次迈入意想不到的人生境地，拥有了难以言状的欣慰满足。

记得上小学时，老师面对着我们一群泥孩子，曾出过这样一道题：谁能够用最省力的方法把一间空屋子填满？同学们答案很多，用棉花、用柴草、用石头……都被老师一一否定了。老师说："拿一根火柴划亮，马上就可以把屋子填满。"直到多年以后，我才完全明白，老师的答案其实就是"一盏灯"。有了光亮，空洞的屋子就充盈了。而人生也如同一间空屋子，用什么东西能把它填满？无疑，也是光，希望的灯光。

一个人有了希望之灯的照耀、环绕、温暖，生活中就有了光亮和方向，内心深处就会变得亮堂起来，寻着希望之光前行，人生路上就没有走不出的阴暗、潮湿和迷惘。虽然世道难行，世事难料，有时候你努力了，奋斗了，付出了，却没有得到应有的回报，甚至事与愿违，但即便是这样，你也不用灰心丧气，挫折和失败算不了什么，只要希望的灯光还在。

愿生命之河长长

2003年3月15日　星期六　阴转小雨

中午时分，驱车行驶在西直门二环路上，兴致极浓地去参加朋友的聚会。手机突然响起，是爱人打来的。她哽咽着说："上海的费龙德小叔去世了。昨晚吃过饭，他与几个朋友在楼下喝茶聊天，突然间晕倒在地，在送往医院的路上就走了。"

我不敢相信自己的耳朵，"这是真的吗？"

"才四十九岁，正是人生的黄金期，干事业的好年华，说走就走了。"爱人挂了电话。

车外淅淅沥沥下着小雨，挡风玻璃上的雨珠一串串向下流淌。我的心倏地消沉，泪水止不住溢出眼眶。龙德小叔的音容笑貌，透过晶莹的泪花和玻璃上流淌的雨珠，浮现在我的眼前。

1995年5月，我携妻女去上海休假探亲，龙德小叔亲自驾车，带我们畅游了当时刚刚竣工的城区二环路，还特意找来名厨，在家里设宴款待，让我们品尝上海的美味佳肴。小叔的好客与热情，钤进了我的脑海，始终是那么清晰可见。

去年8月，小叔夫妇带着甫于高考的女儿来京游玩，我们得以再次相逢。到京那天，我去北京站接迎，到家稍事休息后，又带他们游览了八达岭长城。是夜，他们住在南礼士路的招待所。以后几天，小叔没再让我们陪他们游玩，他对我说，北京有他当年一块儿下乡的知青朋友，已经联系好了，由他们陪着玩几天，叙叙旧。我正巧工作上的事情特别多，也就没有强说什么。

小叔一家在京几天，玩得开心，因为与当年的知青朋友在一起，也因为来京后的第三天从网上获悉女儿高考成绩过了本科重点线，可以如愿以偿地上大学了。

那天晚上，小叔在华北饭店宴请他的知青朋友，让我们一家去作陪。

晚宴很尽兴，大小三十多口人，济济一堂，谈笑风生，觥筹交错，可谓酒逢知己千杯少，白酒、红酒喝了不少，许多人脸儿红红的。朋友和亲人的聚会真好，不用设防，不用做作，轻松愉快，张张笑脸透着真实真诚。

小叔一家离京后，我总觉得心有歉疚，没有尽到地主之谊，陪他们多玩几天。我想，等他们下次再来，哪怕工作再忙、事情再多，也要抽出时间好好陪陪。谁知，这一别却成了永别，小叔再也不给我陪同的机会了。一个鲜活的生命，一张曾经朴素厚实的面容，从此将不复存在——生活真的太无情了！很多时候，我们总以为以后有的是时间和机会，去做那些应该做而没有做或没有做好的事，去弥补或维系生活中的亲情、友情，想不到有时一旦错失，就可能永远无法补救，以至造成一生难愈的痛。

龙德小叔的溘然长逝，让我一下子开窍了许多，也成熟了许多。

世事如云，飘忽不定，很多事情是不以人的意志为转移的，就像生与死由不得选择一样。你昨天牵过的手，也许今天已在隔世向你挥别；你刚才看到的笑脸，可能转眼之后再也看不见了；你原以为不成问题的事，有时候反而麻烦更多，甚至越来越不好把握。人生苦短，我们不可能经历所有的事，也无法预料以后会怎样，唯一能做的，就是珍惜拥有的时光，把眼下该做而且能做的事做好，尽量使人生不留或少留遗憾。

有人把生命比作一条河，假使这样，我愿生命之河长长。

踏青的感觉真好

2003年4月2日　星期三　晴

今日阳光明媚，和风徐徐，北京市文明办组织我们去怀柔、顺义踏青，观摩市郊经济建设新成果。由于近来忙碌，没有远离过城区，到了郊外才发现，春色已是嫩绿鲜亮。仿佛春姑娘是悄然走来的，一夜间，唤醒了沉睡的大地，播洒草的绿、花的香，使无边的原野焕发出青葱生机。

那伞似的杨树干上，生出了油绿的嫩叶，洁净清新；那疏密相间的柳枝上，缀着一串串鹅黄嫩绿，婀娜多姿，随风摇曳；还有那满坡满坎的花草，被前日的一场春雨滋润得流红溢翠，微风吹来，芬芳扑鼻。从高处望去，满目新绿，遍地春意。

行走在郊外田野，春阳洒在身上、暖在心里，看春色一染的大地，让人情迷。我们来到一家农业高科技园区，员工们正在菜棚、花圃忙活，他们运用现代技术手段，革新了传统农业的栽培方式，什么无土种植、无籽培育等，让人大开眼界。但也有人议论说，农作物还是长在土里、经日照成熟的好，违背自然规律的东西看起来新鲜，实际并不一定好。我来到田野，闭上双眸，呼吸春之阳光的味道，倾听着万物拔节生长的声音。我从心底感谢阳光，它不分贵贱，照了高山，也没有忘了小草。我愿大地上的每一个生灵都沐浴在阳光下，从起点到终点。

面对春天的景象，我忽然明白，明白了古往今来为什么有那么多的文人骚客赞春写春。"雪消门外千山绿，花发江边二月晴。"春为一岁首，春是四季魂，一年之季在于春。春带给万物的，是生机、是希望；春留给人们的，是和风、是细雨。春天的气候，多是"风和日丽艳阳天"；春天的雨水，常见"天街小雨润如酥"。春风化雨，万木争荣，倘若这世界充满绿意，那人与自然定会和谐相依，生活将更加安宁舒适。

边走边想，到了周末，对，就是这个周末，我一定要带妻儿到郊外来，在碧绿的原野做深呼吸，全身心地来个春日"浴"。同行的曹主任爱好郊游，他几乎每个周末都会出游，他对我说，春天原野中的负离子较城区高出数十倍，多到郊外来转转，能增强呼吸系统的换气功能，提高肌体对氧的吸入量，调节中枢神经兴奋点，使紧张的精神得到缓解，以至放松肌体、愉悦身心。他说的这些个话，不知是来自书本，还是切身的感受？当然，也无须刨根问底。对我来说，只要是认定看好了的事，就会心向往之，尽力去做。

春绿，是宇宙自然的萌芽，它深情的呼唤，看得到、听得到、摸得到、闻得到，谁又能抵住这鲜活的诱惑？

走吧，我们踏青去！

"非典"带来的……
2003年5月3日　星期六　晴

此"五一"非彼"五一"也。

今年"五一"没了常态，人们窝憋于家里，不敢出游，不敢聚会，不敢访友，就连金童玉女们酝酿已久的婚典也搁浅了。到闹市赶个庙会，去原野寻个风景，这原本再简单不过的事，眼下却变得可望而不可即。这个假日，"黄金"的光环黯淡失宠，精彩的生活笼罩阴霾，整个城市被消毒水气味充斥着，被白色覆盖了：白色的口罩、白色的大褂、白色的被单……

这都是SARS惹的祸！由SARS病毒引起的非典型肺炎，以往从未听说过，冷不丁冒出来，让按部就班的人们猝不及防，诚惶诚恐，以致无所适从。"非典"传染性极强，稍不注意就会乘虚而入，侵害你健康的肌体，扰乱你安宁的生活。真是太可怕了！无情的灾难，不讲情面，猖狂肆虐，扯乱了春色，碾碎了春光。生活的境遇，就这么说变就变了。

"非典"带来了惶恐，也酿造出浓情蜜意。温情与关爱，时常在患难时刻闪烁光芒。"非典"逼人独处，拉开了人与人的距离，但心与心沟通了，贴近了，善良淳朴的感情充满了社会的各个角落。电话、手机、网络等现代传媒派上了用场，远亲近邻和新老朋友之间，频繁地传递着几乎同样的声音：你们没事吧？一定要注意，千万不能马虎。就这样，打个电话，问个体温，收藏些感激，送上去关心，让点滴的爱在心中汇集流淌。

当高速运转的日子平缓下来，忽然感到，往日里无穷无尽的忙碌，其实，有那么多看似重要的事情，原来也是可做可不做的。过去总埋怨时间太少，殊不知，有多少时间浪费在那些所谓的秩序和规律中了，而且从不觉得可惜。现在正常的生活秩序打乱了，日子一下子从容起来，在家里看电视、打扑克、做游戏，与老婆孩子逗着乐，变着花样做吃的，想干什么就干什么。当然，也有时间读书了。以往出去见书就买，五花八门啥都买，塞得家里到处是，这些天才发现，竟然有那么多被闲置被耽搁了的好书，一直没有来得及读。有时间读书多好啊，读书将时间连成了串，变成了知识、智慧和能力，使一度因忙碌而焦躁的心也充盈安稳了。

抗击"非典"的斗争，也像是一个熔炉，锤炼人的意志品格，升华民族的精神情感。央视"五一"抗"非典"晚会有一组台词，我想，千千万万的国人不会忘：有一种倒下叫站起，有一种选择叫坚定，有一种凝聚叫力量，有一种笑容叫自信。万众一心、众志成城，团结互助、和衷共济，就没有战胜不了的困难！

明年"五一"，说什么也不在家待着了，我要把今年落空了的计划补回来，找个风景绝妙的地方，去尽情地放风一把。山外青山楼外楼，神州大地美如画，不去饱览欣赏实属遗憾。

SARS你这个大恶魔，快点滚蛋吧！

感伤母亲节

2003年5月11日　星期日　阴转小雨

昨天夜里，老天降了一场及时雨。清晨起来，推窗放目，空气清新湿润，草木葱茏嫩绿。午后，又沥沥下起了小雨。眼下适逢小麦拔节和春播期，雨水显得格外金贵。

今天是母亲节，母爱若水，这难得的雨露，当是母亲恩泽的普化。

每年五月的第二个星期日是母亲节。资料显示，母亲节源于1876年的美国西弗吉尼亚州，是安娜·查维斯夫人首先倡议的。到了1914年，美国总统威尔逊提请国会通过决议案，将母亲节定为全美国的节日。随后，世界各国相继仿效，遂成为"国际母亲节"。设立母亲节，纪念和赞美母亲，表达儿女对母亲的敬爱之情，可谓传世称颂的一个创举。

或许是自幼失去母亲的缘故，我对母亲节特别敏感，每当听人谈说起这一天，心头便自觉不自觉地生出几许忧伤，以至失意恍惚，情绪不宁。前几日，草就一篇《渴望母爱》的小稿，倾诉了自己几十年来对母爱的向往、渴盼和深切呼唤。我日日想，天天盼，多么渴望能得到那份属于我的母爱啊！然而，这是不可能的了，永远不可能。因为贫穷与疾病，母亲早已在那个寒冷的冬夜，带着永远年轻的面庞飞走了，飞向了遥远的天国。

自打记事以来，我就没有叫过一声"娘"，不是我不会叫不想叫，而是没人聆听、答应。孩提时，我时常抱怨上天不公，曾无数次地问天问地，这是为什么？为什么我就不能和别人家的孩子一样，放学回到院门口也大声呼喊："娘，我回来了。娘，我饿了。娘……"这么多年来，我不停地幻想，幻想某一天回到家中，看见母亲正在灶台前烹制美味，抑或坐在炕床上缝衣做活儿，能含情脉脉地听我倾诉……娘，娘啊，你听到儿子的呼唤了吗？

我的母亲走了，她再也不用经受人间的烦恼，却把不尽的思念和悲伤留给了儿子。记得滕格尔在歌中深情隽永地唱到："我的家，我的天堂。"他是带着那么一种孩子对母亲、信徒对主的虔诚，声情并茂地唱的。可我的家没有了，我的生活天堂寻不见了，家坍塌了。

几十年风雨人生，让我深刻地感受到，没娘的孩子就像摇摆不定的浮萍，时常遭受风浪的折腾；没娘的孩子犹如断了线的风筝，与之做伴的，是无法设防的狂风暴雨；没娘的孩子啊，你的别名就叫作辛酸苦辣！

"世上只有妈妈好，有妈的孩子像块宝，投进妈妈的怀抱，幸福享不了。"愿天下所有的为人之子都钟爱母亲，孝顺母亲，做个被母亲恩宠呵护的乖孩子。

成功需要坚持

2003年5月29日　星期四　晴

上帝是公正的，每个人都有成功的机会。只是，成功之门并非轻而易举就能推开，它需要百折不挠的勇气，需要付出坚持再坚持的努力。我信手记下几个事例。

当年，发现美洲大陆的哥伦布回到西班牙，出席一个盛大的欢迎宴会。席间，有位绅士以挑衅的口吻对他说："我看这事算不了什么，你不过是坐船一直往西走，碰上了一块新大陆而已。任何人乘船这么走，都会有这个发现的。"哥伦布未置可否地看了他一眼，随手从桌上拿起一个煮熟的鸡蛋，微笑着说："你来试试，让它小头朝下立在桌子上。"绅士试了半天，也没有把鸡蛋立住。哥伦布接过来，尖头朝下轻轻一磕，鸡蛋稳稳地立住了。绅士大叫："你把鸡蛋弄破了，不能算！"哥伦布说："你和我的差别正是在这里，你不敢磕，而我敢磕。"

有个皮鞋商准备开发非洲市场，派了两个雇员前去考察。半月后，他收到了两封内容完全相反的电报。雇员甲的电报说："非常遗憾，这里的人全都赤着脚，他们根本不穿鞋，皮鞋毫无市场，我要回去了。"雇员乙的电报说："这里没人穿鞋，市场潜力巨大，我要再逗留一段时间，进行更细致的调查。"若干年后，雇员乙升任公司总裁，而雇员甲仍是一个普通职员。

我有一位战友，入伍前参加地方高考仅以几分之差落榜。到部队后可以报考军校，他却丧失了信心，害怕再次失败而放弃。当他看到身边的战友如愿以偿地上了军校，他后悔莫及，等来年再考吧，年龄已过了杠。后来服役期满退伍回了农村，过着穷苦潦倒的生活。二十年后的今天，他回首往事痛心疾首："当时哪怕只是搏一搏，我的人生也许就会出现转机！"

还有两只青蛙的故事。两只青蛙同时掉进了油坛子里，它们试图爬出来，可被黏糊糊的油沾得很难爬上坛壁。青蛙甲在油里边游边想，没有希望了，出不去了，随之也就不想动弹了。可青蛙乙想：再游游看，说不定能找到跳出去的机会。此时它尽管也很累了，但还是不停地在坛子里游来游去。就在它快要游不动的时候，后腿碰到了一个坚硬的固体，原来，黄油在它不停地搅动下凝固了。于是，青蛙乙踩着这块凝固的黄油，成功地跳出了"死亡地"。

很多时候，成功的机会就在自己手里，成功之门看上去紧闭，其实虚掩着，只要多推几下也许就开了。然而，由于我们缺少耐心，没有坚持下去，自己把机会放弃了。人之一生，要想取得成功，就不能轻视或放弃每一个哪怕是希望渺茫的机会。与其临渊羡鱼，不如抓住每一个现在。有个阔佬想送一些财富给穷人，条件是只给那些丧失了希望的人。有一天，他看见一个衣衫褴褛的乞丐在捡垃圾，就过去给了他一枚金币。谁知乞丐弄清真相后，气愤地将金币掷还给了他，"听着，只有死去的人才没有希望！"

在人生道路上，希望自己成功，大凡每个常人都有这样的理想与追求，不管这理想是大是小，要实现它，都会遇到很多的困难和考验，只有以顽强的勇气坚持下去，才有可能收获成功。犹如长跑乏力疲惫时，再坚持一下便到达目的地；就像登山力竭难移半步时，再坚持一下就能领略无限风光。

重游桂林记

2003年7月10日　星期四　晴间有阵雨

桂林山水甲天下，可谓名副其实。眼前的丽山秀水，尤其那奇绝无双的平地凸起的苍山翠岭，叫人流连忘返。

白天，浏览了象山、芦笛岩、刘三姐公园、雄森熊虎山庄，晚饭后又乘船在市区的桃花江、漓江和榕湖、杉湖、桂湖、木龙湖上游览了一个多小时。象山的形神兼备，让人一看便知，一头壮美的大象立在水中，那长长的大鼻子伸进了水面；芦笛岩洞内径道曲折，石笋、石花琳琅满目，千姿百态，人称"大自然艺术宫"；"两江四湖"的夜色更是迷离，江湖两岸宛若仙境，横架于江湖上的桥各具特色，每一座都给人艺术的享受，极富文化蕴味。我猜想，桂林的夜景恐怕也是绝无仅有的。

雄森熊虎山庄，占地三十多万平方米，是一个令人大饱眼福的熊虎世界。在这里，人们领略兽中之王的风采，潜移默化地也生发出几分雄性来。但有这样一幕我却忘不了：老虎捕牛表演。导游介绍说，这是一个最吸引人的精彩节目。只见员工牵来一头半大黑牛，关进铁栅栏内，然后，将在栏中角落圈养的一只老虎放出，那老虎飞似地扑向黑牛，大有速战速决之势。黑牛也不示弱，梗着犄角，与老虎激烈搏斗。几个回合下来，没有分出输赢。于是，员工又放出一只看上去更威猛的虎，此虎夺门而出，箭一般扑向了黑牛。游人提起了心，纷纷为黑牛担忧，"这下完了，黑牛就要没命了。"谁知最后的结果是：两只虎没有斗过一头牛，反而被牛撵得满地跑，真是"虎威丢尽，牛气十足"。由此看来，有时候弱势也能变为强势，只要你勇敢无畏。

到桂林来，刘三姐公园一定要去的。如果说，桂林山水是充满诗意的水墨画，那么，刘三姐就是画中人。青山碧水之间，壮家女刘三姐飘逸而至，悠扬的歌声穿越浩渺烟波，随着不老的岁月和那棵枝繁叶茂的大榕树，传唱了一千五百多年。如此诱惑，谁能不去拜见刘三姐？果真不虚此行，在公园里，我们有幸目睹了公众心中的刘三姐——黄婉秋。大家分别与黄婉秋老师合了影，进行了一次"零"距离接触。从60年代初始，随着电影《刘三姐》的放映，刘三姐融进现实生活，她与阿牛哥的淳朴歌声，以及对莫府中纨绔子弟嘲讽戏弄的情景，烙在了人们的脑海。我不是"追星族"，但对黄婉秋这个四十多年前就"热"了的星，也有一种"追"欲。当她出现在公园时，我和在场的人一样，心中也涌动激情。"刘三姐——黄婉秋"，黄老师还为我们的合影签了字，留作纪念。

按行程计划，明天重游漓江。从桂林到阳朔不足百公里水程，但沿江风光旖旎，碧水萦回，奇峰、倒影、深潭、飞瀑、翠竹，构成了一幅绚丽多彩的自然画卷。漓江山水是典型的喀斯特地貌，如画的峰峦，是海底石灰岩上升为陆地后，经风雨剥蚀而成，神奇秀美，观为叹止。饱览过漓江风光的人，绝不会忘却。但此时牵动我心魂的，还是阳朔的那棵大榕树，我想到枝繁叶盛的大榕树下，去寻觅歌仙刘三姐的踪影，与三姐进行穿越时空的心灵约见。

欧洲行散记

2007年11月26日　星期一　北京晴　巴黎多云

人的一生不知道经历多少个第一次。这是我第一次出国，料想不到旅途会有怎样的际遇，心里一片茫然，仿佛探险一般。

当飞机穿过簇拥的云团，降落在巴黎戴高乐机场时，欧洲时间十八时整。如依北京时间，已至翌日凌晨一时许。七个小时的时差，一个很大的空间，足以让人享受辽阔，遐想万千。我在想，这蔚蓝色的星球承载无限，奥妙无穷，并以它特有的仁爱恩泽万物，生于斯长于斯的人们，还有怎样的理由不为之自豪、为之赞叹呢。

我们这个考察团一行五人，鲍兄（团长）、超为、阿新、老范和我，今天北京时间十三时四十分，由首都机场乘坐CA933航班飞赴巴黎。人这一生，一路跋涉前行，不知道要经历多少个第一次。这是我第一次出国旅行，料想不到旅途会有怎样的际遇，心里一片茫然。飞机升至万米高空后，空姐柔声提示：空中飞行时间大约十一个小时。"天哪！啥时候才能到啊。"我几乎喊出了声。然而上了天就由不得自己，不管你能否承受旅途的疲惫，有多少的不适与烦闷，你都得分秒不差忍耐，安身一处静候。

打发时间，我信手翻阅着携带的书刊，竟看得双眼迷离，浮想联翩。

读《气象志》一文，作者写到了元代的风、明代的雪、清代的雨。元时的马致远，背井离乡奔波仕途，晚年流落江南。在一个秋风萧瑟、落叶飘零的傍晚，老树、枯藤和归巢凄鸣的昏鸦，勾起马致远不尽的乡愁，他于是有了"断肠人在天涯"之《秋思》绝唱。而张岱的《湖心看雪》则告诉后人，明末南方有大雪。那是1632年冬天，杭州西湖"大雪三日，湖中人鸟声俱绝"，"唯长堤一痕，湖心亭一点"。至于张岱为什么要在夜间独自驾舟去西湖湖心亭看雪，后人多有猜测，也许原本没有任何因由，只是想去就去了而已。到了清代，雨水多了起来，或许因为清字从水的缘故。大约在同治十年，雨水骤然大增。曾国藩在这年的日记中写道："六月初八日，大雨，雨盛荷喧。"从这个夏天开始，此后的四十年，大清王朝在疾风骤雨中訇然坍塌。似乎每个朝代的尾声都由风雨伴奏，不知道这是不是天意？后人考证历史难免偏离事物本来，就像难以还原梦境一样，人们难以还原时间的某个流程。好在古时多文人雅士，其记载相互印证了史实。

想到现如今，在这个"缩略"了的时代，恐难再有马致远《秋思》般的情语了。陆海空天和信息传媒，连接无极限，便捷你我他，将原有的长度、时间、空间逐一浓缩简略，地球成为了一个村，游子们体味不出古人的乡愁与孤寂，也就谈不上触景生情，伤悲天涯。时代在变，世事在变，我们生存的自然环境同样也在变。比如说雪，数十年前，在我小的时候，太行山脉大雪盈尺习以为常，而眼下银装素裹的景象已难见到。雨也是，降水量不但在减少，而且旱涝成灾，有时黄河床干裂，有时长江堤决口。哎！真不知道这个星球会变成什么样子，我们的子孙将写出怎样的《气象志》。

飞机在匀速行进，机舱内温馨宜人，多数旅客进入了梦乡。我却毫无睡意，面对不同的空间和地域，大脑总是信马由缰。人类历史的天空波澜壮阔，像漫长的画卷和诗篇，而宇宙自然更是辽阔无垠，绝妙深邃。鸟瞰这蔚蓝色的星球，我看到了山川原野、冰雪河流、黑色森林，看到了一座座大大小小的城乡部落，蔚蓝壮观，亦真亦幻。历史和宇宙虽然辽阔，但皆可包容在人的心田和脑海之中，由此想来，最辽阔的还是人类的思维和胸怀。

我眯上眼睛，也想打个盹，大脑依然活跃不宁。蒙眬中，又联想到巴黎圣母院，想到雨果笔下那充满浪漫和诗意的大教堂，那丑陋专心的敲钟人，那美丽动人的吉普赛姑娘……15世纪的法国便演绎这样的美丽、浪漫和悲惨，今天呢？

思绪仍在飞扬，忽听耳边传来空姐清脆的声音："巴黎就要到了，请大家系好安全带。"我临窗俯视，巴黎城轮廓分明，灯火闪烁迷人，终于到了！抬腕看表，北京时间零时五十分。眺望着异国的城池，我突然有点想家，想妻子和女儿了，我猜想着：此时的爱妻是进入了甜美的梦乡呢，还是在等待远方旅人的音讯？

　　2007年11月27日　星期二　巴黎晴
　　巴黎城充满鲜花和香水味，漫步于大街小巷，随时会被万种景致迷情，让人驻足流连。这里有凝固的美，也有流动的美。

对于巴黎这个名字我们并不陌生，不仅仅因为它是世界文化名城，法国乃至西欧的政治、经济和文化中心，在中国的大小城市里，诸如"夜巴黎"、"梦巴黎"、"浪漫巴黎"之类的霓虹招牌随处可见。但真的到了巴黎，亲眼目睹了之后才忽然明白，心中原以为的巴黎和眼前的巴黎简直不能相提并论。巴黎属于浪漫与艺术之都，同时也是时尚唯美之都，它将生活与浪漫、艺术与时尚有机融为了一体。这里有凝固的美，也有流动的美。

依照行程计划，我们上午到法国电视台进行交流活动，下午去做一些市场考察。巴黎是一座历史名城，名胜古迹比比皆是，穿行其中满眼都是美的景致，有凝固的美、流动的美，有古典的美、现代的美。导游小井介绍说，巴黎城已有两千多年历史，相传公元前3世纪，巴黎西部族人在塞纳河东段的小岛上定居，以捕鱼为生，巴黎由此而得名。至于巴黎城的建设发展，可追溯到公元5世纪法兰克王克罗维斯攻占城池，并在此建立王国首都时。与世界上其他大都市有所不同，巴黎一个最根本的优点，就是它的聚合力，不是财富的聚合，而是人文的聚合，审美情趣的聚合。

在法国电视台交流活动结束后，由于司机临时去办事没有回来，鲍兄提议先找家咖啡馆小憩。巴黎街头的咖啡馆算得上一道风景，大都临街搭着玻璃门棚，棚内棚外摆放着座位，我们来到一家位于三岔路口的咖啡馆，选取一处露天座位，消费二十多欧元，每人点了杯咖啡。此时，蓝天与白云，华美的古建筑群，洁净光鲜的街道，还有往来不息的名贵香车、各色人等，构成了一幅极为养眼的风情图。咖啡座上的法国朋友，沐浴在温暖的阳光下，漫不经心地品着咖啡，聊着天，看着报，几个金发女郎的手指间还夹了香烟，优雅地吐着白雾，彰显着一种法国式的闲适和惬意。巴黎女人抽烟的姿势极美，三三两两的，甩着金发，挺着胸脯，叼着香烟从面前闪过，仿佛是在T型舞台表演。这时倒让人觉得，抽烟可称之为一种时髦，而绝非不良陋习。

下午五时许，我们登上了心仪已久的埃菲尔铁塔。埃菲尔铁塔是巴黎的标志，耸立在战神广场，除四个角是钢筋水泥外，全身都由钢铁构成，塔高三百二十米，共有三层。一百多年来，围绕着这座铁塔发生了许多故事，而最感动人的，还是当初建造者顶着一片"破坏了巴黎建筑氛围"的抨击、谩骂声，硬是把这个铁性地标建了起来。感谢天公作美，我们在塔二层眺望时，西边天上升起了晚霞，大朵的云彩燃烧起来，将整个巴黎城映照得妩媚无比，就像被涂上了一层金辉，楼宇、街道、河流间泛出迷人的光晕，弥漫着古典、奢华之神韵，给人以无限美妙的视觉感受和遐想。我举着手中的相机，"咔咔"地定格了这大自然变化万千的瞬间美景。

香榭丽舍大街是巴黎最迷人的风景线，我们到达时华灯初上，道路两旁火树银花，耀眼四射。这原本的林荫大道，为迎接即将到来的圣诞节而装上了彩灯，刚刚放灯没几天。闪烁的灯光平添华美，车水马龙的交融呈现生机，街道两侧的银行、航空公司、名牌汽车销售店鳞次栉比，购物中心及餐厅、酒吧、电影院和各式小店时尚浪漫，恍若梦幻般的世界。我们随意看着、聊着、走着，也没觉有多长时间，就来到了凯旋门前。凯旋门雄伟壮丽，是由征战一生、建立法兰西第一帝国的拿破仑生前奠基修建，为的是炫耀对外侵略的战绩。但拿破仑活着时并没有从此经过，直到他死在被流放的大西洋小岛上二十年后，法兰西人民才将他的遗骸经过凯旋门运回安葬。据说在欧洲，有凯旋门的地方，就会有拿破仑的影子。只不过，每一座凯旋门都是一种纪念，没有也不可能证明永久的胜利，这一次凯旋之后，没有人知道下次凯旋的英雄到底是谁。巴黎凯旋门，如同一部装帧精美的史书，述说着拿破仑以及拿破仑帝国的沉浮兴衰。

　　2007年11月28日　星期三　巴黎晴
　　如果说巴黎是法国的象征，那么塞纳河便是巴黎的标记。塞纳河蕴涵着法国的历史文化，解读巴黎需要亲近这条美丽的河。

　　说起法国巴黎，人们不难联想到美丽的塞纳河，不仅因为这条河流穿过巴黎，巴黎本身就是缘之而生、傍之成长的。如果说巴黎是法国的象征，那么，塞纳河就是巴黎的标记。塞纳河是法国的第二大河流，全长达五百多公里，最终注入英吉利海峡。尤其在巴黎城区塞纳河畔，处处蕴涵着法国的历史和文化，认识和解读巴黎，需要亲近这条美丽的河。

　　下午六时许，我们由渡口乘船游览塞纳河。在徐徐行进的游船上凭栏放目，两岸景致流光溢彩，仿佛一轴经典艺术长卷，又像一幅幅精美的橱窗。位于小岛上的巴黎圣母院，承载埃及文字和图案的协和广场上的尖顶方碑，高耸如无畏勇士的埃菲尔铁塔，安葬一代英雄拿破仑的荣军院，藏着数十万件文物的卢浮宫……巴黎的历史、文化、艺术，还有浪漫、温馨、闲情，都在这塞纳河畔聚合、发散，跃入眼帘。

　　巴黎的城市建筑雕镂精巧，天堂气质，无不是艺术的熔铸和凝固。上午参观巴黎圣母院和卢浮宫时，我就被这两座精神和艺术的殿堂强烈震撼。巴黎圣母院是一座天主教堂，欧洲哥特式建筑经典，始建于12世纪，至14世纪竣工，历时一百五十多年。教堂的两侧塞纳河水缓缓流淌，正前广场中镶嵌着一个铜制的圆点，标志着法国的中心和公路零起点。仰望圣母院那高高的哥特式尖顶，想象着法国浪漫主义作家雨果对人类文明的憧憬，我在想，崇尚和实现真善美，这是不同国家和民族的共有追求。

卢浮宫则是一座富丽堂皇的王宫，初建于12世纪，17世纪时扩建完工，后随着路易十四将王宫迁至郊区凡尔赛宫，这里便沉寂下来。到了19世纪，拿破仑又下令扩建卢浮宫，并将此辟为法国艺术博物馆。卢浮宫现为世界上最大的艺术博物馆之一，馆藏艺术珍品四十多万件，全都是法国在近代从欧洲乃至世界各地掠夺来的，其中有中国的瓷器等艺术品。据说要逐件欣赏的话，可以看上十天半个月。珍品云集反倒眼花缭乱，大多数游人到此主要看三个女人：维纳斯、蒙娜丽莎、胜利女神。可谓三个女人一台戏，宫内整天熙熙攘攘的，都在冲着标示她们的方位涌动。走出卢浮宫展厅，站在凹字型的广场上，端详宫殿面墙上那些个栩栩如生的雕像，有神仙、圣人、美女，也有飞禽、走兽、妖魔，我突然觉得好笑：这不正是帝国主义列强的真实写照吗？既向善又作恶，将别人的东西掠夺来炫耀，不以为耻反以为荣。

巴黎的纬度和北京差不多，气温也大致相同，夜晚乘船游览已觉寒凉。但寒气难抵游人的热情，大家竞相眺望拍照，止不住惊讶赞许。塞纳河经过巴黎市区有十几公里，这其间的桥梁很多，据说有三十六座，而且每座风格各异。桥与河珠联璧合，或讲述历史或流溢文化，或展示艺术或渲染华美，相得益彰，极尽瑰丽。其中最壮美的要数亚历山大桥，此桥的左右两边入口处，各竖立着两根巨大的桥塔，每个塔顶上托着一尊金黄色的青铜飞马雕像，威风凛凛的，桥洞为拱形，桥面与桥洞连接处布满精美的石刻图案，桥洞正中央镶嵌着一个硕大的花形雕饰，花环丛中的美丽仕女若隐若现。在我看来，这难以复制的塞纳河景观，世界上恐怕不会再有第二处了。

游览结束，意犹未尽，导游小井索性又驾车带我们沿着塞纳河岸再游一程。夜幕下的巴黎城灯火阑珊，塞纳河水波光粼粼，河道两岸人流不息，消遣漫步的，谈情说爱的，游览观光的，有的或躺或坐，也有在深情伫立，人们的脸上洋溢着无拘无束的笑容。有人说"不游览塞纳河等于没有到过巴黎"，此言极是。我会记住妩媚迷人的塞纳河的，我想，记住了这塞纳河，心底就储藏了一份美丽和满足。

　　2007年11月29日　星期四　巴黎阴　布鲁塞尔小雨
　　社会文明的演进朝着全球化，民族的也是世界的。寻访在遥远的异国城邦，同样能发现人类历史的厚重和文明进步的美感。

今天的行程是这样安排的：起床后收拾行李并装车，早饭后去凡尔赛镇考察，中午在市区用餐，之后前往比利时首都布鲁塞尔。

阴云蔽日，伴有雾霾，天气多了几分寒凉，到达巴黎西南郊区的凡尔赛镇后，我们一行都添加了衣服。空气浓稠起来，心情自然受到影响，脚步显得略有沉重。但彰显奢华、充满神秘、象征至高无上的凡尔赛王宫建筑，是那么的诱人，让我们无法停止或放慢脚步。民族的也是世界的，在这遥远的异国城邦，同样可以发现人类历史的厚重和文明进步的美感。

凡尔赛宫的华语导向图上有这样一段文字："您将参观凡尔赛的宫殿和花园，它们属于最著名的世界文化遗产的一部分，并构成17世纪法国艺术最美和最全面的成果。路易十三原先的狩猎宫被其儿子路易十四改造并扩大，后者进而把法国的宫廷和政府的所在地设于此。围绕着凡尔赛宫建立起来的城市对此多姿多彩的过去提供了许多见证。"

传说，当年路易十四对外打仗赚了钱，同时也厌烦了城区生活，于是就跑到这巴黎郊外，把他父亲的狩猎宫改造成了一座豪华非凡的王宫。整个宫殿气势磅礴，布局严谨，造型成凹字，凹口处竖着路易十四骑马仗剑的铜像。宫内装饰和陈设极具艺术魅力，五百间大殿小厅金碧辉煌，美轮美奂。那接见使节的长廊，彩色穹顶，雕艺精湛，典雅协调，尽显皇家气派。皇帝寝宫更是霸气十足，每间房屋皆为艺术精品，宝藏陈列无数，绘画尤为瑰丽。单说墙内壁炉，门框有红底彩画，门楣上方是美女护炉油画，连炉内搁柴火的铁架也镂刻着精美的花朵。皇宫后花园，占地六百多公顷，层层叠叠的看不到边际。园内绿草茵茵，树丛楞角分明，池水碧波荡漾，沿池而塑的天神、美女风姿多态，宛若仙境，美不胜收。

走出凡尔赛宫，静默沉思，我油然想到了北京的故宫。路易十四和康熙皇帝大致属于同时代的王者，都是历史上极有作为的国君，但他们传承的江山社稷大业，都没有逃脱"人亡政息"的历史循环圈，曾经的皇家天堂如今只不过是历史和艺术的载体。好在历史永续发展，文明不断演进，无论是中国文明还是欧洲文明，无不在促使着人类历史由民族史向世界史转变，不同的国家和民族共同书写着人类文明的新时代。

午餐是在巴黎市区一家"天外天"中餐馆，吃的旅游团餐，四菜一汤，米饭管饱。到巴黎几天来，要说最大的不适应，一是倒时差，二就是饮食了。我们去过的中餐馆，没有哪一家的饭菜可口，不是不舍得消费，而是做出的饭菜根本不是那个味。导游解释说，现在欧洲人也喜欢吃中餐，为迎合他们的口味，许多中餐馆就做出了这种说中不中、说西不西的饭菜。好在我们一行在吃上都不讲究，用大家的话说：出门在外，顺顺当当、快快乐乐比什么都好。

巴黎至布鲁塞尔约有三百公里，路况通畅，长驱直入。我们到达布市天还没黑，下着丝丝细雨，入住在市区一家华人开的"金龙酒店"。

2007年11月30日　星期五　布鲁塞尔阴　阿姆斯特丹阴
欧洲的田野风光雅瞻幽美，山清水秀，充满诗情画意。山川河流纵横，花草树木葱郁，仿佛人工修整过，又像是自然天成。

昨天讲到"长驱直入",是因为在欧洲旅行"一照通",国与国之间没有边界防守,所有的车辆畅通无阻,如同在国内省区间往来穿越。从巴黎走来,沿途的田野风光雅澹幽美,目极之处山清水秀,阡陌纵横,花草树木,都好像人工修整过,又像是自然天成。我不时想,世界各地都能够像这样,国与国友好往来,人与自然和谐相处,那该有多么舒畅啊。

布鲁塞尔是比利时首都,地理位置邻近荷兰、法国、德国和卢森堡,是西欧乃至整个欧洲经济与文化的汇聚点。比利时只是个百万人口的小国家,在欧洲相对比较贫穷,但它凭借悠久的历史文化和独特的地缘优势,成为了欧盟总部所在地,并有大大小小上千家国际非政府组织云集于此,使之享有"欧洲首都"之尊。我们来到欧盟总部观光,一座宏伟壮观的大楼,几十面欧盟成员国的国旗楼前飘扬,欧盟委员会主席及各位委员都在此办公,据说全部工作人员超过两万人。布鲁塞尔素有"小巴黎"之称,漫步城区街巷,既可在建筑风格上找到与巴黎相似的古老神韵,又能感受到现代化城市建设的新鲜气息。

导游告诉我们,大凡来到布鲁塞尔,有几个地方是要去看的,像布市第一公民小于连铜像、市政厅大广场、原子能博物馆等。小于连的故事流传盛广,传说当年侵略军撤离时,想用炸药炸毁布鲁塞尔,已经点燃的导火索恰巧被夜起撒尿的小于连发现,他当即往火苗上撒尿,结果一泡尿挽救了一座城市,小于连因此成了英雄,被誉为布市第一公民,还为他塑了一座铜像以示纪念。布鲁塞尔曾经长期是殖民地,小于连的形象最初符合了人们摆脱压迫、寻求独立的需求,在战争年代也起到凝聚人心、鼓舞士气的作用。出乎意料的是,这座铜像仅有五十厘米高,也没有建在大广场或主要街道,而是在一条不起眼的小巷拐角处。我们到达时,簇拥着不少游人,都在争先恐后地与光着屁股撒尿的小英雄合影呢。东西方人的思维方式存在差异,至于为什么让世人崇敬的小英雄守候在偏僻的巷子里,人家肯定有一番道理,只是我不得而知。

布鲁塞尔市政厅广场也叫黄金广场,作家雨果曾称赞它是"欧洲最美丽的广场"。导游这样讲解：如果从最早建立的市政厅算起，这座广场已有六七百年历史了。欧洲现存的多数城市广场大都是上世纪中叶兴建的，以教堂、礼拜堂、钟楼为主体，把上帝视为广场的主人。这座广场虽然四周矗立着哥特式、文艺复兴式、路易十四式等风格迥异的建筑，但却没有一座是宗教建筑。除了市政厅和它对面的路易十四行宫外，其余建筑物全部是17世纪各行各业的会所办公楼。环视整座广场，呈长方形，面积并不大，它的不同寻常在于，从整体到细节都是那么的和谐精致。直入云霄的哥特式尖塔，贴满黄金的绮殿琼楼，厚重墙面上精雕细刻的人物、动物，还有时不时振翅飞过头顶的鸽群……整体集西方古典主义之大成，单个建筑也都是艺术精品。市政大厅右面有一家咖啡馆，五层楼哥特式建筑，大门上方有一硕大的白天鹅浮雕，当年马克思背井离乡来到布市就寄居其中，并在此撰写了《共产党宣言》。距白天鹅咖啡馆不远处有一家"鸽子饭店"，门前的铜牌上写着"雨果曾在此居住"。不必赘言，这座广场所呈现的，是建筑，是艺术，更像是一部多姿多彩的文史传记。

原子能博物馆是比利时的科普中心，建造得相当别致。因为是比利时人发现的原子能，发现了其裂变后释放能量的特性，他们就用一个铁原子由九个电子组成的结构图放大两千亿倍，修建了一座高一百多米、由九个球连接的博物馆，每个球的直径达十八米，一个球就是一个展馆。据说夜幕降临、华灯初上时，人们从四面八方驱车赶来，登上博物馆球塔，悠闲地欣赏着这座城市灯光辉映的景象。由于时间关系，我们没能入馆参观，拍照留影后，即匆匆赶赴荷兰首都阿姆斯特丹。

也有人把布鲁塞尔称为"漫画之都"。城市街区的墙壁上多见漫画涂鸦，凝固的建筑生动鲜活，充满浪漫情趣，因此促进了当地漫画和动漫产业的发展，聚集了来自世界各地的创意人才。文化的力量通过艺术展现，让人们对布鲁塞尔有了更难忘的记忆。

从布鲁塞尔到阿姆斯特丹两百多公里，一路顺畅，欢歌笑语。我们在傍晚时分进入阿市，住到了市郊一家四星级宾馆。

2007年12月1日　星期六　阿姆斯特丹晴转阴

　　人常说比陆地大的是海洋，比海洋大的是天空。当你走进大西洋岸边的阿姆斯特丹，便会感受到生活与艺术的色彩比天大。

　　荷兰首都阿姆斯特丹可谓是一个色彩之都，到处充满着诱惑，给人以梦幻般的遐想。这里的传统风尚有四宝：风车、木屐、奶酪、郁金香；现代世象有"四毒"：允许安乐死，任意吸大麻，可以同性恋，设有红灯区；而伦勃朗、弗美尔、凡·高等绘画大师在此调出的艺术色彩，更是数百年来一直涸染和装点着世界。人们常说，比陆地大的是海洋，比海洋大的是天空。但是，当你走进这欧洲大西洋岸边的阿姆斯特丹，便会强烈感受到，生活与艺术的色彩比天大。

　　荷兰是世界上著名的低地国，境内大部分陆地海拔不过一米，相当一部分低于海平面，最低处海拔负六七米。长期以来，荷兰人民为了生产生活，围海造地，筑堤御海，顽强地与天斗，与海斗，与自然灾害斗。风车正是在这样的环境条件下应运而生，它是荷兰人民聪明与智慧的结晶。因为地势低，雨水又多，有大量的水需要排到海里去，在当时没有蒸汽机和电力的情况下，他们就研制出风车，利用风力资源进行排水。后来风车的功能得以拓展，又用来加工粮食、纸浆、木材、颜料、烟草等各种产品。我们参观的风车村在赞河边，17世纪时，这一带有一千多座风车，是一个热闹繁荣的工业区，而目前只有十三座风车被留作历史见证。看那一座座浑圆笨重的风车，伸着硕大的叶翅，在原野里缓缓旋转，好似童话一般，意趣横生，扣人心弦。

　　在风车村，我们还观赏了奶酪、木屐的制作过程。奶酪是欧洲的常备食品，几乎每餐都有，其中荷兰奶酪最具名气。至于荷兰木屐更是名扬四海，其式样千姿百态，绚丽多彩，堪称欧洲一绝。从前制作木屐统统是手工完成，即使手艺高超的匠人也要两三天才能做出一双，且稍不留意就会出废品；现在制作全都使用机器，把整块长方木夹在机床上，几分钟就能做一双，有的还采用电脑设计，样式精美之至。过去当地人穿木屐主要是防止水浸入鞋内，随着社会的发展进步，其原始功能几乎消失殆尽，已完全变成了一种抽象的概念和工艺品。我看到，在展出的木屐制品中，有的甚至鎏金贴银、镶钻嵌玉，真是千金难买、价值连城。

荷兰的博物馆相当密集，据说全国有六百多座可供参观，从中可以欣赏到从古到今的各式各样的荷兰风情。下午，参观了一家百年钻石工艺展览馆和凡·高纪念馆。荷兰的钻石切割技术引领世界，专业技工切割打磨钻石的工序和技巧，工作人员对钻石等级及价值的讲解，都让人耳目一新，大开眼界。"钻石恒久远，一颗永流传"，物有所值啊！只是自己囊中羞涩，无缘流传，一饱眼福也就罢了。但凡·高纪念馆走进了我的心里，并化作精神养分融入了情感。凡·高，19世纪中叶出生于荷兰，年少在画店打工，天才般的绘画潜能被发现后走上创作道路，到三十七岁抑郁而去时，一生共创作油画、素描和水彩画一千五百多幅。纪念馆内设三层，按照凡·高不同生命阶段所创作的画幅及生活纪事设展，《向日葵》《麦田上空的乌鸦》等代表作展出在最顶层。看凡·高的创作年表，其所有作品全都出自他生命的最后十年里，平均每两三天即创作一幅，在完成《麦田上空的乌鸦》两天后，溘然长辞。凡·高生命短暂且多有不幸，但他穷其毕生智慧和勇气，用色彩明快、充满情感的画笔，把欧洲印象派艺术再次推向巅峰，为人类留下了宝贵的精神遗产。凡·高不仅属于欧洲，也属于整个世界，他的艺术色彩将永远光华鲜亮，历久而弥新。

2007年12月2日　星期日　科隆阴转晴　法兰克福晴

我总是追问，"德国制造"缘何那么精良？仰视科隆大教堂那一刻忽然感到：它或许便是激励德意志民族全面攀升的标杆。

早饭后，我们驱车离开了色彩浓郁的阿姆斯特丹，前往德国科隆和法兰克福。进入德国境内，见到路上跑的车辆大都是德国制造，奔驰、宝马、奥迪占多数，就连运送垃圾车、清障车也全是奔驰，而且车的款式应有尽有。德国是欧洲大国，也是世界经济强国，人口比法国多两千万，但国土面积比法国小三分之一。德国的森林、河流居多，自然生态环境优美，除耕地外几乎看不到裸露的泥土。导游小井说，德国与法国虽为毗邻，但两国人的性格各不相同，法国人讲究浪漫，不怎么爱工作，而德国人办事严谨，干工作有板有眼。二战之后，德国能够抚平创伤，实现经济快速发展，跟整个德意志民族的特质不无关系。

阿姆斯特丹至科隆约有三百公里。车子一路急驰，导游不断介绍德国的风土人情、民俗趣事，感觉也没有多长时间，科隆就到了。科隆地处莱茵河畔，是继柏林、汉堡、慕尼黑之后的德国第四大城市，人口上百万。在科隆，我们主要到了大教堂和旧城区的相关市场。科隆大教堂是德国最大的教堂，也是世界上最高的教堂，约有一百六十米，哥特式建筑风格，被称之为德国建筑的纪念碑。教堂于1248年动土奠基，到1880年建成使用，前后造了六百多年。六百多年建造一座教堂，这在我们中国人看来是难以理解的。想想看，教堂开建时中国还在南宋，等建好后清朝已过去两百多年了，这期间兵荒马乱、改朝换代，有谁会去钟情一个半拉子工程呢？现如今更是不能理解，一职长官任期五年，若是一项工程五年内还没有完成，那还能算自己的政绩吗？像这样的建筑，也许只有德国人才能代代接力，不放弃、不抛弃、不走样，以至成其伟美。大教堂上的尖顶模型现在陈列于广场，上面有各种文字说明，正对教堂门口那面是中文。

雨过天晴，科隆大教堂更显得壮美，那哥特式的林立尖顶，依次簇拥着，就像一座千峰山。我们惊叹、兴奋，不停地变换着位置和角度拍照，试图立体定格这备受世人瞩目的传世经典。而后，又随着涌动的人流步入神圣的殿堂。适逢周末，来此做礼拜的信徒很多，殿堂中央诵经朗朗，楼道游人熙来攘往，一片既肃穆又祥和的气氛。说到哥特式建筑，它是起源于法国，13世纪流行于欧洲的一种建筑风格，多见于天主教堂，也影响到世俗建筑。这种建筑有别于城堡式，是由尖角的拱门、肋形拱顶和飞拱，构成一个完整的体系，以垂直轴的骨架结构承载建筑物的重量。其造型特征具有高、直、尖和强烈的向上动势，据说是体现了一种弃绝尘寰的宗教思想。驻足大教堂广场眺望，教堂的双塔尖顶与远处的电视发射塔遥相呼应，一幅古老与现代的梦幻景象，意境悠远，极为迷情。我曾经一直在追问，"德国制造"缘何那么精良？就在仰视科隆大教堂的那一刻，忽然感到：它或许便是激励德意志民族全面攀升的标杆。

从科隆到法兰克福不足二百公里，我们于傍晚到达，在入住前，取道参观了地处市区中心的歌德故居。歌德故居是一座四层小楼，据说歌德童年、少年都在这里度过，他的《少年维特之烦恼》《浮士德》就是在此形成的初稿。因为时间关系，没有人室拜谒，在楼前稍作停留便匆匆而去。法兰克福在莱茵河与美因河的交汇处，是一座现代化的城市，为德国商业与经济中心，欧洲重要的交通枢纽。二战时，这里曾经被夷为平地，城区名胜古迹存留无几，所有的摩天大楼都是从废墟上崛起的。法兰克福尽管不像巴黎那样，俯仰皆是历史文化，但其中的罗马贝格广场还是久负盛名的。晚饭后，我们漫步于这座古老的广场，广场西面有三个连体的歌特式楼房，楼顶为人字形山墙，当年罗马帝国皇帝举行加冕典礼都在此进行，如今是市政厅。广场中央有一尊正义女神雕像，建于17世纪。广场旁边还有一座教堂，建于17世纪。因为圣诞节即将到来，广场上搭起高高的圣诞树，设有圣诞集市，摆着琳琅满目的圣诞礼品和特色小吃，甚是红火热闹。我们随手买了几样小吃，放到嘴里酸酸甜甜的，有一种说不清的滋味。

2007年12月3日　星期一　法兰克福晴　慕尼黑晴

　　欧洲社会给人的最深印象，不是发达富有，而是高度和谐。所到之处看不出城乡、民众间的差别，人们的生活悠然而自在。

中午时分，我们到达德国南部的拜恩州首府慕尼黑，这里位于阿尔卑斯山北麓，依山傍水，风景秀丽。慕尼黑是一座近千年历史的古城，德国宫廷文化的中心，1806年成为拜恩王国的都城，1871年德国统一后，仍作为王都持续四十余年。导游介绍说，慕尼黑现为德国第三大城市，有着鲜明的个性特点，它既古典又现代，既热烈又随和，即乡土又时尚，加上啤酒、音乐和巴洛克艺术，历来是德国雅皮士向往的地方。

到达慕尼黑后，我们在进行市场考察中顺便参观了宝马汽车博物馆、奥林匹克运动中心、玛丽恩广场。宝马汽车博物馆在宝马集团总部所在地，展厅陈列着宝马的历史及当今时尚，各款车子锃光瓦亮，令人目不暇接。我想，自己这辈子大概买不起其中的任何一款车，所以尽管眼馋，但对它们兴趣不大。到达奥林匹克运动中心时，刚好夕阳普照，站在一处制高点眺望，错落有致的场馆霞光尽染，近三百米的奥林匹克塔兀然而立，塔脚处云朵飘动，红红的一片，仿佛烈焰托起长征火箭的那一刻，美丽壮观，惊心动魄。1972年，第二十届奥运会在此举办，当时因发生了恐怖骚乱事件，有九名运动员惨遭枪杀，使得慕尼黑成为奥运史上一块"黑记"。玛丽恩广场在市中心，周边建筑大都是上世纪中叶的产物，时下弥漫着圣诞气氛，圣诞树上挂满彩灯，圣诞集市已经开摊，兜售的小商品异彩纷呈，有木制雕刻、蜡烛、陶器、锡制玩具等，间有风味特色小吃。漫步其中，耳边传来教堂的钟声，雄浑而遥远，身边有时尚的金发碧眼擦肩而过，还时不时地向我们打声招呼、抛个媚眼，真可谓悦耳养目，快心快意。

欧洲社会给人的最深印象，不是发达富有，而是高度和谐，城乡居民从容淡定，悠然自得。今天的旅程中，有两处场景实难忘却：一个是，路上经过的乡村及农家。法兰克福距慕尼黑大约四百公里，沿途森林茂盛，碧水丰盈。途中，我们曾离开一段高速公路，取道乡间田野，观赏并造访乡村人家。欧洲的城市美，乡村更美，甚至比城区更迷人舒适。所到之处，空气清新，环境整洁，一栋栋住宅建筑绿色掩映、错落有致，人们的装束、气质、起居与城市居民没什么两样，倒像是生活在世外桃源。再一个是，风味特别的慕尼黑晚餐。慕尼黑是世界啤酒之都，生产啤酒历史悠久、品种繁多，每年十月都有盛大啤酒节，到啤酒花园吃烧烤、喝啤酒，是当地人历久不变的喜爱。晚上，我们到的中餐馆是一河北籍台湾老兵开的，在慕尼黑颇有名气。老兵在解放前夕随国民党到了台湾，因思念大陆家眷又不得团聚，便于上世纪70年代来此开起餐馆，并相继把大陆亲人带出来，在异乡找回了天伦之乐。如今老兵已经去世，他年逾半百的儿女接手父业，把餐馆打理得井井有条。当我们提出想品尝一下慕尼黑的烧烤，也找找"大口喝酒，大块吃肉"的感觉时，女店主即吩咐厨师做几个当地的特色菜，她自己又到街上烧烤店买来刚出炉的烤猪肘，并说这家的最正宗。喝着德国鲜啤酒，品着慕尼黑风味，听着满口冀中乡音的女主人讲述异域风情和她家的悲欢离合，感觉竟是那么的亲切、温馨，就像回到了家。

2007年12月4日　星期三　慕尼黑晴　维也纳晴

路途经过的每一站，对我而言都是起点。下一站有着怎样的风景，是今日目极的反板，还是别有洞天的惊愕，都有待诚寻访。

在恋恋不舍中，我们的车子缓缓驶出了慕尼黑。那沿街的啤酒屋就像中国的餐馆一样，林林总总，已成为慕尼黑的名片，诱惑着世人的胃口，据说仅每年十月啤酒节时，前来的国内外游客超过六百万人。今天早上，我们享受了出行以来最丰盛的早餐，光酸奶就有七八种，各种咖啡、烤肉、火腿、饮料、果酱、面包、鸡蛋、甜点及水果，足有上百种之多。原来并不是西餐不中吃，而是由于单调加乏味，如此的早餐叫人百吃不厌。我在想，慕尼黑饮食如此有滋有味，或许添加了"中化"的元素。中国正在大步走向世界，各地华人游客与日俱增，中华文明与西方文明势必在更广阔的领域实现交流、碰撞与融合。

今天，我们从慕尼黑来到了奥地利首都维也纳，行程六百多公里，途中到了萨尔茨堡。萨尔茨堡是个小山城，"萨尔茨"即"盐"，历史上这里曾有过盐矿，当时的统治者因而财富积聚，在此建造了一座庞大而美丽的城堡。城堡在悬崖峭壁之上，据介绍是在1756年完工的。自从建有城堡之后，这里便成了大主教坐山为王、寻欢作乐的地方，即使在欧洲的历次战争中，萨尔茨堡也仅有一次失败的纪录，还是迫于强敌拿破仑的威名，主动缴械投降，没有造成丝毫的损毁。在每次战争迫近的关头，全城人退守至固若金汤的城堡之中，居高临下藐视犯敌，与敌人斗智斗勇，常常使得敌人望堡却步，仓皇而去。但萨尔茨堡的扬名并不是得力于上述，关键在于这里诞生过一位音乐巨才，他叫沃尔夫冈·莫扎特。因为有了莫扎特，萨尔茨堡英姿勃发，永不沉寂，在《平安夜》的旋律中不停地跳跃。世界在变，人在变，再威武的英雄，再强悍的望族，都不可能成其久远，也许只有音乐是无法消失的。萨尔茨堡属于莫扎特，它与莫扎特的音乐共生。

从巴黎一路行来，途中经过无数个站牌，每一站对我而言，都是人生旅程的新起点。下一站何时到达，会邂逅何等的景致，那里的人们有着怎样的惬意或悲伤，只有在经过之后才能有所领悟。今天早上，我们驶出慕尼黑没走多远就望到了阿尔卑斯山，山顶处的白雪与白云交相辉映，行至山前时居然有雪花飘零，顿感冷清几许。我们索性在山前的路站停了下来，走出车外观景拍照，还到服务区小商店转悠一番。山上是积雪，山涧有湖水，雪白水蓝，加之暗红色的服务区房屋点缀其中，整个山野超然脱俗，静谧安详。我想，当年拿破仑挥师翻越阿尔卑斯山时，也许根本没有像我们一样小憩片刻，尽情地注视一下这苍茫的山野，因为他只晓得奔涌的潮水能激越，不明白静默的大山有稳重，能够使人得以安详。不错，拿破仑曾经叱咤风云，取得一个又一个战役的胜利，甚至创造了欧洲战史的神话，然而每一次胜利都不过是短暂的，被拿破仑搅乱的欧洲秩序，在他战败之后，很快又重新建立了起来。

从地图手册上看，奥地利为狭长的山地小国，面积八万多平方公里，生态环境极佳，森林覆盖率在欧洲位居榜首，仅维也纳森林就有一千三百多平方公里。虽说已是初冬季节，但这里草木不枯，空气清新，没有浮尘，也不干燥。自然有灵性，予人无边际，我不时赞叹：像这样的高度自然化的人间仙境，又怎么能不使莫扎特、贝多芬、舒伯特、施特劳斯们纷至沓来，他们的音乐天赋又怎么能不升华为天籁之声呢？

      2007年12月5日　星期三　维也纳晴间多云

    邂逅维也纳倍感轻松愉悦，仿佛见到久违的故乡。我爱上了这座远在异邦的既陌生又亲切的城市，是多么想再逗留几日啊！

今天穿行在维也纳城区，对市容市貌及相关市场也大致领略一番。早在一百多年前就有旅行家做出过评语："在维也纳，抬头低头都是文化。"而在我眼里，维也纳的文化底蕴远不及巴黎，一些古建筑也有模仿之嫌，但整座城市情调和谐，音乐飞扬，可称为是一座卓尔不群的宜居城市。欧洲国家的主要城市大都有自己的特色，靠特色标新立异，用特色牵引发展。事实上，一个缺少特点的城市也是难以成其久远的。维也纳的历史虽然并不久远，但它是森林之都、音乐之都，是聚合天才巨匠的一方沃土。许多名人出生不可选择，居住地却定点于此，甚至辞世后也不离去。据说，当年贝多芬在维也纳搬过八十多次家，但他就是不愿离开，可见这座城市的超凡魅力。

美泉宫华美超凡值得一看，最早它是哈布斯堡家族的狩猎宫，18世纪三四十年代被奥地利女皇玛丽亚·特蕾莎改造为夏宫，每年夏天在此度过。宫殿的风格与巴黎凡尔赛宫类似，只是规模气势逊色许多。宫内的装饰、绘画、收藏品保存完好，仿佛历史重现，让人不难想象当时宫廷的日常生活。欧洲国家的皇宫要比北京故宫豪华气派，其所有厅堂装饰的华贵优雅，彰显着浓郁的皇家生活气息。在"小节日大厅"的两侧各有一个中国厅，右边为圆型，左边是椭圆形。18世纪的欧洲宫廷热衷于中国和日本的艺术，女皇不惜重金进口中国的漆画、瓷器、拼花地板、高级墙纸等，把两个厅装潢得风格独特，流光溢彩。据华语语音器解说，这两个中国厅曾是女皇举行密会和打牌娱乐的地方。宫中的拿破仑厅也蛮有意思，它原本是女皇的卧室，拿破仑在19世纪初两度占领维也纳期间据为己用，于是便改称拿破仑厅。当时拿破仑横扫欧洲，随后不但分割奥地利的土地，还将女皇孙子、时任皇帝弗朗茨二世的女儿接纳为妻，简直是春风得意、为所欲为。但事过天必谴，乐极要生悲，也正是从这时开始，拿破仑王朝急速走向了衰败。

维也纳作为音乐之都，其音乐氛围及大众艺术欣赏水平可以说无与伦比，整座城市都被音乐环绕着。维也纳国家歌剧院是顶级音乐殿堂，它从不上演处女作，而且非著名的剧目也无缘于此。至于维也纳金色大厅，它是卡拉扬、小泽征尔等诸位大师的舞台，宋祖英也曾在此演唱过，但看上去是一座并不起眼的建筑，每晚演出对公众开放，一张票价最低仅五欧元。此外，维也纳还有许多大大小小的音乐场所。夜晚在街头漫步时，能够感受到四处弥漫着的音乐气氛。

我们是在早饭后先去的市立公园，园区面积没多大，人也不多，耳濡目染的，是灵动的湖水、绿色的草坪、精致的雕塑群和悠扬的乐曲。那些雕塑有莫扎特、贝多芬、舒伯特，还有斯特劳斯、勃拉姆斯，而随风飘动着的音符想必就是大师们的宝贵遗产。我来到草坪旁，坐在一条长椅上小憩，阳光正从树枝间射落下来，光影斑驳，温煦沁心。这一刻，我倍感轻松愉悦，陡然产生了一种故乡的感觉。于是就想，如果能长此以往每天都在这儿坐坐，看看蓝蓝的天和飞翔的鸟儿，听听悠扬的曲子，想想美丽的心事，那该是多么的爽心惬意啊！

然而，明天一早我们就要走了，就要乘飞机经巴黎返回祖国。旅途的短暂无法拉长，虽说有点不近人情，但返程是必需的选择。邂逅维也纳是我今生的缘，从此，我的内心深处将增添一份美丽的情愫。

2007年12月6日　　星期四　　维也纳晴　巴黎晴

能够行走在欧洲这片土地上，切身感受欧洲文明的得与失，是一种缘分。行万里路，读万卷书，人生需要这样的跨国界旅行。

早上天尚未亮时，我们就起床收拾好行李，匆忙赶往维也纳机场，乘坐七点钟的早班机飞赴巴黎，然后由巴黎转机回国。其实夜里大家都没怎么睡，先是在宾馆附近的一家叫"泛旺楼"的中餐馆喝啤酒，饭馆的吴老板是厦门人，钢琴演奏家，正巧阿新是从厦门而来，他乡遇故人，大家谈得投机，喝得尽兴。本来都已喝高了，吴先生又拿来两大瓶红酒，加了几个小菜，一起喝着闹着，不知不觉时至午夜。回到宾馆，酒劲发散，个个亢奋得睡不着，于是就喝茶、打牌、聊天，一直折腾到了凌晨时分。

时间总是匆匆而逝，转眼间，十多天的光景成为回忆。从巴黎到维也纳，我们穿越了西欧及中欧五个国家的七八座城市，走过了陌生的地带，领略了异邦的文明，用一帧一帧定格的画幅，在记忆中做成了永远的风景。不可否认，欧洲的城市充满了人文与艺术意蕴，华美的建筑，悠闲的市井，优雅的环境，彰显出天堂般的气质，生活在此的人们，有着舒缓的惬意和生命的质感。

欧洲的山水如童话世界，森林、河流、草地，远山、近岭、平川，如诗似画，天然美景，好像整个原野乃至每一处细节都在有意展示自我。行走在这片土地上，你能够与自然对话，聆听天籁之音。欧洲的国民素质相对显高，上路行驶遵守交规，公共场所没有随地吐痰、大声喧哗的，即使与陌生人碰面也能主动微笑致意，大小商品货真价实用不着侃价……总之，在欧洲的城市乡村之间，流淌着人世的真善美，成就着生命的高清亮，精神的足迹可以走得更远一些。

但同时也得承认，每一个国家和民族都有他的"短板"，有其相对丑陋的一面。欧洲文明虽然看上去优秀而又成熟，但过分得妄自尊大，摆出一副居高临下的傲慢姿态，甚至只对他国的负面东西感兴趣，这无疑是浅薄、局限和败落的隐显。在世界经济走向全球化的进程中，任何一种文明都不可能持续辉煌，都会由于种种原因而出现或长或短的迷失，只有让它们走出自我，融入世界，与其他文明进行交流、碰撞，并从中吸纳各种文明优秀成果，才能够伴随人类社会的发展而不断演进。

我一路上思忖，能够行走在欧洲这片土地上，切身感受欧洲文明的得与失，真是一种缘分。行万里路，读万卷书，人的一生需要这样的跨国界旅行。小到一个人，大到一个国家，闭关自守，孤芳自赏，是永远不可能成其伟岸的。中国的改革开放，带来自身综合国力的快速增长和中华文明的繁荣振兴，也赢得了全球关注的目光。旅途中，我们所有接触到的华人同胞，谈到"神六"飞天，谈到申奥成功，谈到今日之中国，都是那么得情不自禁、眉开眼笑，祖国的日新月异、迅猛发展，使他们更加感受到了作为华夏子孙的那份豪迈。不难想象，如果没有国门的敞开，没有思想的解放，中华民族依然是受人鄙视的"东亚病夫"，我们的跨国旅行也将是天方夜谭。开放的中国在热情拥抱世界，欢迎五洲宾朋的到来，开放的中国也在融入世界，更多的国人行将踏上寻访异邦的征程。此刻，我在欧洲的领空上，向着自己的伟大祖国，深情地企盼着，祝愿着，自豪着。

维也纳至巴黎空中飞行两个半小时，上午九时四十分我们到达巴黎，在机场候机九个多小时，于欧洲时间十九时十五分，乘坐CA934航班返程回国。

2007年12月7日，北京时间十一时五十五分，随着所乘航班在首都国际机场安全着陆，我们这次欧洲之行画上了句号。这次出国，对某项业务做了比较广泛的市场考察，文中省略了有关内容。

有爱就有希望 |

新疆"7·5"事件发生后，我陡然多了几分牵挂，心底滋生许多莫名的惆怅。后来热依拉打来电话，告诉我"现在已经没事了，请叔叔放心"，紧张的心绪才得以舒缓。热依拉是"第二炮兵支援西部人才培养助学金"资助过的大学生，她2003年至2007年在新疆大学读书期间，每学年获得部队3000元资助。在新疆大学，与她同时受到同样资助的，共有10名贫困大学生，其中8人为维、藏、哈等少数民族学生。这些天，我通过新疆大学学生处了解和同学们相互介绍得知，这些已经本科毕业走进社会的学子，个个都是好样的，都是维护民族团结和社会稳定的坚定支持者。我甚感欣慰，心中明快亮堂，似有希望的光束照射着。

2002年12月，我由二炮机关正团职秘书调任群联处处长，在这个岗位上干了5年半。群工部门是部队拥政爱民的桥梁纽带，因此我有了更多的机会参与助民帮困行动。2003年9月1日，由二炮机关和驻京部队干部捐款100万元，在青海湟中县多巴镇新墩村援建的"第二炮兵希望小学"落成。因为二炮首长和青海省领导要参加庆典活动，领导安排我去打前站。那天下午，庆典彩排结束后天色已晚，我们要离开学校时，马校长和全校七八个老师不让走，我便对马校长说："咱们说好的，饭就不吃了。"马校长憨憨一笑，说："不是吃饭，大家还想跟你说会儿话。"落座后，一个老师交给我一沓信笺，是各年级学生写给部队的感谢信，字里行间情浓意切。马校长说："这些天全校师生喜笑颜开，像过年一样的高兴。解放军给我们盖了这么宽敞明亮的教学楼，真不知道该如何感谢部队首长。"老师们逐个发言，长短不一，但意思不外乎两个字：感谢。新墩村坐落在海拔2300米的青藏高原，是一个汉、藏、满、回、土等多民族的聚居地，物质文化生活比较落后，过去学校破旧窄小，孩子们上学成了大难题。随着这所建筑面积1700多平方米、拥有现代信息网络教学功能的希望小学的落成，当地500多名孩子上学再也不难了。我们座谈时，参加彩排的学生在校园内追逐戏耍，与绿树花草相映，一派欢闹的景象。然而，老师们的浓情谢意和孩子们的欢笑声，并未让我感到轻松，反而觉得肩头沉重，心中有一种说不出的隐痛。

从青海返京途中，我反复思忖，耳边回响着湟中县团委书记何强在接受央视记者采访时说的那句掏心话："第二炮兵官兵捐资助学，为我们兴建希望小学，这是从根子上对西部大开发的帮助支持。从希望工程这光彩事业中，我们看到了贫困地区的希望曙光。"脑海不时浮现一群群的泥孩子和他们那一张张纯真、渴望、充满期待的笑脸。对于贫困地区的人们来说，希望在哪里？我想，不仅仅是吃上饱饭、穿上暖衣，更重要的是让他们的后代拥有坚毅的韧劲、远大的抱负和渊博的知识，这或许才是他们最大的希望，也才能激起他们生活的希望。但由于历史和自然的原因，在老少边穷地区，每年都有许多的孩子因贫困或缺少校舍而失学，破房子、泥墩子，上面坐着个渴望读书的苦孩子，这多么叫人心酸啊！

回到机关第二天，我便向上级建议组织二炮机关和部队广泛开展助学兴教活动，党员干部特别是团以上领导干部要积极参与"1＋1"助学行动，每个旅团单位在驻地农村定点帮扶一两所学校，每个军师级单位集中援建1所希望小学，二炮设立"第二炮兵支援西部人才培养助学金"，从青海大学、新疆大学、云南大学遴选30名品学兼优特困大学生，资助他们完成大学本科学业。建议顺利呈报，很快得到首长批准。时任第二炮兵政治委员隋明太将军，还专门打电话对我说："你们的建议很好，帮助贫困地区发展教育事业，这是人民军队义不容辞的责任。要抓好落实，切实抓出成效。"
首长的鼓励给了巨大动力，使我有了更加坚定自觉的行动。

其后几年间，我为助学兴教四处奔走，穿行于大、中、小学之间，每
到一处，都是在亦喜亦忧中怦然心动，感慨万千。2005年5月28日，我到新
疆大学为受资助学生颁发助学金，座谈中了解到，家住乌鲁木齐市郊的热
依拉同学，由于爸爸下岗失业，妈妈腿有残疾，妹妹又要考大学，家里债
台高筑，生活十分拮据。为了节约开支，她每天只吃两顿饭，花销不过2元
钱，时常饿得头昏眼花。当时，我与新疆大学学生处领导商量，鉴于热依拉
同学的实际困难，建议学校给予特殊救助。当晚我们一行又驱车去热依拉
家走访，在路上专门割了5斤牛肉、3斤羊肉，还买了一些水果。到热依拉家
后，我们被那凄凉的境况不停撞击，我当即从衣袋掏出300元塞给了她的母
亲。没有想到的是，在我们离疆返京的第三天，新疆大学学生处的同志打来
电话，说新疆日报报道了我们到热依拉家走访一事。我们是悄然家访的，并
没有告诉当地任何人，怎么会登报呢？后经新疆大学学生处了解得知，是热
依拉父母亲找到报社领导，恳求予以宣扬，以表达对共产党、解放军的感激
之情。

对于贫困学生而言，他们需要经济上的资助，也需要心灵沟通与生活关
爱，而且精神层面的相助尤其重要。每年到学校去，我都要与资助生进行座
谈交流，逐个询问学习、生活和家庭情况，一起交流思想、畅谈人生。2006
年7月4日，在新疆大学与学生座谈时，有学生问我："叔叔，你过过穷日子
吗？"我说："不但过过，而且比你们还要苦。"同学们不信，我便把自己
童年的境遇、贫寒和追求向上的成长经历讲给了他们。听着听着，有同学哽
咽着说："真没有想到，叔叔也是个苦孩子。但叔叔很幸福，心底充满阳光，
连苦累都是那么美丽。"我一直保留着受资助学生的全部来信，装满了两个
抽屉；至于我给同学们写过多少封信，已经记不清了。闲暇时，我常会阅读
同学们的来信，从那些字里行间，感受真情浸染，体味人生真谛。

2006年6月16日，在云南大学，我与资助对象谈心时得知，小贺的家庭

出现变故，父亲得了癌症已到晚期，母亲患有糖尿病，本来指望唯一的哥哥在煤矿挖煤养活家人，可是哥哥也查出患了严重呼吸道疾病，无法继续打工挣钱了。真是屋漏偏逢梅雨天，小贺抹着泪对我说："我已经写了退学申请，学是不能再上了。"我当即开导他："办法总比困难多。即使有再大的困难，也要把学业完成。"并作为特殊情况，在年度资助3000元的基础上，又资助他2000元。那天中午，我们还特意召集受资助的10名同学一起午餐，请大家共同帮助小贺渡过难关。回京后我仍不放心，又接连给小贺写了两封信，希望他打起精神，向困难宣战。我写道："贫穷时可以没有很多东西，但唯独不能没有希望，人总要向着阳光走。"后来，小贺以优异成绩修完学业，还在大学里加入党组织，毕业后回到家乡迪庆当了一名小学教师。他在给我的信中说："我的家乡贫穷落后，这里还有许许多多像我一样的苦孩子。我放弃留城工作的机会，要求回乡当老师，是想用我学到的知识来培养教育他们，让他们从小就懂得，一个人的出身不能选择，但未来的命运可以改变。"

多年来，广大火箭兵进深山、上高原、走戈壁，用托起导弹腾飞的巨手和爱，向贫穷和愚昧宣战，播洒现代文明的种子，演绎充满希望的故事。捐资助学、扶贫帮困的人生经历，让我深深地懂得，在我们生活的这个世界上，只要爱在，希望就在。

2009年9月18日 于北京

走进延安 |

　　初识延安，是在今年4月。当时，我作为解放军西安政治学院干部进修班学员，赴延安教学基地接受为期一周的革命传统教育。在延安的日子里，我们置身于没有围墙的革命博物馆，踏着先辈的足迹，马不停蹄寻觅，悉心倾听曾经发生在这里的动人故事，心绪难平，心潮澎湃。

　　是啊，这里的一切都是那么亲切，那么感人至深，永远使人珍视和怀恋。在杨家岭、枣园、王家坪等革命遗址，透过那一孔孔窑洞，透过那窑洞里陈列的一件件珍贵的历史文物，仿佛又看到那个战火纷飞的年代，看到微弱的煤油灯下，毛主席正在奋笔疾书，朱老总正潜心研究作战地图，周总理的纺车不停地吱吱作响……

　　一位"老延安"指着不起眼的煤油灯，感慨万端地说："这煤油灯虽小，但它却照亮了波澜壮阔的中国革命之路，它是我们党在黄土高原进行艰苦创业和探索的历史见证。"谈到毛泽东思想的形成和发展，延安人如数家珍：窑洞里出马列主义，出真理。在这窑洞里，毛主席把马列主义普遍原理与中国革命具体实际相结合，写下了《实践论》《矛盾论》《为人民服务》《纪念白求恩》等不朽的光辉篇章。《毛泽东选集》一至四卷有158篇文章，其中诞生于延安窑洞的就有112篇。如今很难想象，这些影响和改变了东方历史进程的雄文，都是在昏暗的煤油灯下写成的。

在凤凰岭，听到这样一则饶有兴味的逸事：1938年，一个春寒料峭的夜晚，毛泽东全神贯注地在油灯下书写《论持久战》，脚上的棉鞋被炭火烤着了，他还毫无察觉。警卫员闻到焦煳味，急忙将主席棉鞋上的火扑灭，劝他换一双鞋，毛泽东却朗声一笑，又继续伏案疾书。

延安岁月，是一段艰难的岁月，也是一个伟大的历程。在这段岁月里，以毛泽东为代表的一批中国共产党人，虽然住着阴暗潮湿的窑洞，穿着打补丁的衣服，甚至在极度困难时没有饭吃，但他们意志坚强，执著追求，成功地把马列主义与中国实际相结合，使中国人民获得认识世界的思想武器，并转化为巨大力量，最终以弱小的队伍和落后的武器，战胜了内外强敌，成就了新民主主义革命的伟大胜利。

瞻仰过程中，讲解员给我们讲述了一个又一个故事。讲到诺尔曼·白求恩时，其中有这样一个片段：一天夜里11点钟，白求恩来到了凤凰山麓一间简陋的会客室。毛泽东紧紧地握住他的手，亲切地笑着，用平静的眼光打量着他，很谦和地问白求恩对西班牙的看法，从西班牙谈到中国，谈到前线在医疗队方面的需要。当白求恩提出组织战地医疗队时，毛泽东认为这个想法很好，同意了他的建议。会谈一直进行到深夜两点多，临别时，毛泽东把白求恩送到门口，又一次用力握住了这个加拿大共产党人的手。第二天凌晨，白求恩在膝头用打字机写下了这样的话：我现在明白为什么毛泽东那样感动每一个和他见面的人。这是一个巨人！他是我们世界上最伟大的人物之一。

走进延安，心沉甸甸的。黄土高坡简陋的窑洞，与共产党人无比富有的精神世界，时刻撞击着我的心房，热乎乎的血液在脉管奔流。在这片热土上，处处散发着炽热而动情的光芒。

杨家岭中央军委办公厅院落，是毛泽东在延安文艺座谈会上讲话的旧址。那是一个醉人的春夜，一盏汽灯把会场照得通明，延安的文艺工作者们注视着毛泽东，他乌黑的头发在灯下一闪一闪，睿智而明快的言辞如电光石火划破夜空。突然，毛泽东的手用力一挥，犹如飞瀑急泻，会场响起了经久不息的掌声……讲解员很善于用点睛之笔，一则史料信手拈来，稍加点染，立刻使鲜活的历史场景跃然眼前。

延安是红军长征的落脚点，更成为夺取全国胜利的出发点。延安的每孔窑洞、一草一木，都在述说着这片热土的青春和活力。在王家坪，讲解员指着纪念馆南面的园林说：这就是延安有名的桃园。周末的晚上，树上常挂几盏汽灯，领袖和青年们一起在这里翩翩起舞。在繁花似锦的园林舞场上，毛泽东的轻松与坚定，周恩来的优雅与潇洒，刘少奇的准确与奔放，朱德的刚毅与沉稳，都一齐融入延安的夜色里……

一部延安岁月的历史，就是一部中国革命的壮歌。而今岁月虽已迁移，但先辈们用智慧和汗水、青春和热血凝结成的，以实事求是、自力更生、艰苦奋斗为内核的延安精神，却是永恒的。时代呼唤延安精神，中国人民需要延安精神，可以说，延安精神不仅属于老一代，而且属于我们青年人；不仅属于历史，而且属于现在，也属于未来。延安精神的明灯，将永远照耀中华大地，给行进在社会主义大道上的人们以深刻的启迪和创造力量。

行将离开延安的时候，我们一起来到延水河畔，面对城东南山上巍然屹立的九层楼阁式宝塔，迎着一轮冉冉升起的红日，庄重些行了一个军礼。礼毕，大家纷纷合影留念，背靠宝塔山，身依延河水，用深清和爱定格了这人生难以忘怀的时刻。让我们记住延安吧，记住延安就记住了母亲，记住延安就记住了中国共产党人的崇高使命。

1994年5月初　于西安

| 用心植一片绿

人之一生要做许多的事情，有些事在预料之中，有的则纯属机缘。几天前，我们乘飞机、搭汽车，远涉千山万水，赴四川广安邓小平故里接洽事宜。三月十二日上午，正与小平故里管理局领导座谈时，手机发出"嘀嘀"声，我收到短信："今天是植树节，请您积极参与义务植树活动。""啊，今天是植树节，我们在小平故里植棵树吧，很有纪念意义。"我随即提议，大家欣然赞同，于是有缘在我国改革开放总设计师邓小平同志的故里植树添绿。

川东广安，山水灵秀，是一片养育伟人的热土。小平同志在他十五岁那年，辞别父老乡亲，走出这片山水，远渡重洋寻求救国救民道路，开启了革命的人生。小平同志逝世后，广安人民以邓家老院子为核心，修建了邓小平故里生态纪念园。园区占地八百余亩，园内绿色掩映，景点星罗棋布，有铜像广场、陈列馆、故居，以及小平同志青少年时期的一些活动场所，如放牛坪、清水塘、神道碑等，漫步其中，满眼恬淡、悠闲的田园景色，有一种既亲切又自然的乡土气息。

管理局陈副局长陪同我们参观，他感慨地说，小平同志生前亲近山水，倡导全民义务植树、绿化祖国，把小平故里修建成一个生态园林，也许是对老人家最好的纪念。园内绿化覆盖率百分之八十，树竹花草约一百五十多种达一千五百多万株，有银杏、水杉、雪松、玉兰等。这些树木，多是近年来社会各界参与"我为小平故里植棵树"活动栽植的，表达了人们对小平同志的无限敬仰和缅怀之情。

阳春三月，嫩绿浸染着广安，遍地弥漫油菜花的芬芳。步入小平铜像广场，眼前三面环山，古树参天，绿草茵茵。小平铜像端坐于一个形如天然大座椅的山峦里，显得庄严肃穆，亲切自然。仰视老人家铜像，我心潮起伏，感怀万千，难抑由衷的思念。光阴似箭啊，弹指间，小平同志离开我们已经十年了，追思老人家波澜壮阔的传奇人生，脑海又浮现他那慈祥可亲的笑容，耳边又回响他那浑厚浓重的川音："我是中国人民的儿子，我深情地爱着我的祖国和人民。"他生前，用超人的智慧与坚韧，为中国设计了改革开放、强国富民的蓝图，告诫世人贫穷不是社会主义，发展才是硬道理；离世后，他的思想与品德依旧润泽这个东方大国。每一次重温小平的思想，对我们来说都是一次心灵的震撼，一次难得的学习。

小平同志一生"三落三起"，有最高兴的时候，也有最痛苦的日子，极不寻常。他每一次的跌落和复出，都发人深思，给人以启迪，犹如一部读不完学不尽的教科书。在被错误地打倒和蒙冤受害时，他从不怨天尤人，从不心灰意冷，总是不以己悲，愈挫愈奋，顽强地保持着生活的信念。外国朋友曾问他，为什么能度过"文革"被撤职、批判、下放到江西做钳工那个时期，他说，没有别的，就是乐观主义。乐观向上，体现了小平同志的人生态度和智慧境界。而在每次重新出来工作后，他又不做太平官，他要抛却私心杂念，冒着再次被打倒的风险，大胆做工作，义无反顾地追求真理。小平同志让我们懂得，坎坷与平坦其实同是双刃剑，就看你如何去把握。踏平坎坷，摆脱困境，成为生活的强者，就可以越过山重水复，进入柳暗花明；拒绝安然，离开平坦，攀登上山峦险峰，或许能领略无限风光，拥抱新升的太阳。

命运之神无数次昭示，并非所有的真诚和热情都能得到艳丽的花束，并非所有的理想和希望都能收获晴朗的天空，人在旅途，不如意事常八九。也许正因为这样，小平同志始终把个人荣辱搁置一边，矢志不渝投身革命事业，为国家和民族的利益出生入死，殚精竭虑。人民群众拥戴他、尊崇他，给了他最朴实、最亲切的问候："小平，你好！"随着时间的推移，改革开放富起来的中国人，必将更加地怀念和感激邓小平。在邓小平陈列馆，前来瞻仰和参观者日渐增多，一拨儿接着一拨儿，馆厅时常应接不暇。这是一种趋势，更是一种表达。我看见馆前广场晴美的天空下，人们同心传唱"春天的故事"，是那么深情专注，歌声裹着春风，飘向了远方。

小平故里园区山水相间，保持着原始的地貌地形。管理局领导在陈列馆至邓家老井的路径旁，选定了一方绿地，让我们种植纪念树。感谢春姑娘作美，夜间播洒了一场细雨，绿地相当湿润，用铁锹铲开，散发着沁心润肺的清香。我们一行五人，怀着无比仰慕之心，躬身面向热土，虔诚地植下两棵银杏。树都不大，是从树种地移来的，约莫胳膊粗细、三米多高，但寓意深长。其中一棵，主干上三枝并生，挺拔向上，犹如亲密三兄弟，正好二炮机关申煊、宗政与我三人同行，我们联手种植，称为"友谊树"；另一棵，重庆军代局蔡新明、王晓旭大校植之，他们是一对配合默契的好主官，恰巧树生两枝，左膀右臂，相辅相成，名曰"团结树"。

在南方，尤其春季，气候潮润温湿，植树极易成活。园林工人对我们说，要不了几年，这树就长起来了，到时候找个秋天来，树上挂满了白果，很诱人。看着"友谊"和"团结"，想象插上了翅膀，我想到了数十年后的情景：它们长得高大繁茂，夏日浓荫蔽日，秋天硕果累累，把枝头也压弯了，喜得游人们美滋滋、乐陶陶，赞不绝口。我们一行树前相约，几十年后，当大家变成老头时，一起带着儿孙们来，讲讲当年植树添绿的故事，让孩子们感受前人栽树后人乘凉的愉悦，知晓这每一棵树都藏着一个美丽的传说。

走出小平故里园区，我心依依，一次次回首相望，把满眼的绿映进脑底。那绿，青春、鲜亮、妩媚，是生命、活力和爱的融合；那绿，繁密、丰腴、流翠，是希冀、歌谣和诗的交汇；那绿，坚挺、张扬、博大，传承昨天、今天和未来。春风吹来，千树万枝摇曳，绿色涌动如海。那簇拥无边的绿海哦，融合了我们的汗水，翻腾着我们的心潮，寄托着我们的美好祝愿。有绿就有小鸟啾鸣，有绿就有花香四溢，有绿就有和谐安康。我祈福，就让青青的山、绿绿的水、白白的云、蓝蓝的天，还原于现实，滋养芸芸众生吧。

2007年3月18日　于北京

补记：之后三月二十三日，春光明媚，万象更新，第二炮兵"火箭兵林"在邓小平故里揭碑。第二炮兵张立民中将、乔东松少将和广安市党政军领导及各界群众代表出席揭碑仪式。我随同首长又抵广安，有幸再次为小平故里植树添绿。

| 播绿使者

军人是和平的卫士，也是播绿的使者，广大官兵驻守一地绿化一方，为祖国的生态文明建设倾注了心血汗水，书写了锦绣篇章。在此，深情记下几则火箭兵绿化的故事。

这是一个老兵植树播绿的故事。

老兵叫刘桂林，当兵二十几个年头，某部农场林业队队长，"全国绿化奖章"获得者。刘老兵肯吃苦，能实干，有股不服输的劲儿，他与他的战友们蛰伏于南方的荒蛮山坳，日复一日与天斗、与地斗，硬是把一处沟壑荒野耕作得葱郁青翠，绿意盎然。

说起当初植树的情景，刘老兵记忆犹新。那时农场周边沟壑交错，怪石嶙峋，光山秃林，到了冬季满目荒凉，旋风袭来黄沙迷蒙。上级发出号召，要求农场改变生态面貌，三年消灭荒山，五年绿树成林。然而，让树苗在贫瘠的山上扎根、抽芽、绽叶并不是件容易的事，春的干旱，夏的虫灾，冬的严寒，随时都在肆虐。第一批种上的千余亩树苗，成活率不足一成，后来又遭受虫害，几乎全军覆灭。

人在大自然面前显得渺小无力，但对于有血性的人来说，不光有无助的呐喊与无奈。渐次枯黄了的树苗，让刘老兵心生阵痛，他去向当地群众请教，找林业部门支招，谁知答案大致相同："那乱石沟种不活树。"有人还冲他念了个顺口溜："一年种，两年黄，三年就得进炉膛。"刘老兵郁闷了，好些天心烦意乱，寝食难安。

一日傍晚，刘老兵提着手电上了山，他将枯萎的幼苗拔起，忽然发现一个奇怪的现象：所有枯黄了的幼苗，根须全都绞在一起。根须伸不开，扎不进土里，怎么成活生长？刘老兵忽然有点茅塞顿开的感觉。

翌日起床后，他便召集战友们研究对策，寻找妙招。他们从树坑上找问题，将树坑挖宽挖深，填充优质土壤；从树苗上找不足，对幼苗精心筛选，确保每棵根旺苗壮；从栽种上找差距，采取"一埋、二提、三踩"法，将树苗栽种踏实。还甭说，这几招果真管了用，当年种的1400亩树苗，成活率在70%以上。

在与残酷现实的较量中，刘老兵日益感到，要想摆脱"十树九死"的困境，还得走因地制宜、科技兴林的路子。他买来《植物学》《土壤学》《南方林区气候》等书籍学习，还利用出差、休假等时机四处拜师取经，用书本理论和实践真知，拉直了一个又一个问号。

长年山地生活，刘老兵和他的战友们变得粗糙黝黑，手上打起茧子，还养成了一种痼癖的"职业病"：走起路来像太空漫步，既高又慢。一次，上级首长到农场蹲点时严肃批评他们："农场虽然干的是农民的活，但军人的作风不能丢。"谁知，刘老兵的一席话却让首长落泪了："荒山丛中，蛇虫出没，荆棘遍地，一不小心就可能被虫蛇咬伤，被荆棘刺破，我们高抬脚、轻落地，是为了避免非战斗减员。"

刘老兵说，造林人没有退路，你一退，荒山永远绿不了。

山水有灵，草木知恩。刘桂林带领战友们用青春、汗水和不变的信念，书写了一个绿色的童话：将3400亩荒山披上绿装，种植美国湿地松30万株、杉树8万株，还有马尾松、木荷树、刺槐树等，专家预测，木材蓄积量已超过80万立方米，产值估价三个亿以上。一处昔日的贫瘠荒野，如今变成了"绿色银行"。

当地省、市、县组织各级林业干部到部队农场观摩取经，场长沈进喜同志总结了14个字："千条万条抓造林，九九归一事业心。"

这是某部高政委美化营区的故事。

高政委名叫高海华，也是"全国绿化奖章"获得者。

高政委是个富有感性和浪漫想象的人，在他看来，军营是练兵习武的场所，也是学习生活的家园，因此既要有校场的刚性，也需要宜人的柔美，而且优雅的生态文化环境，还能为战备训练提供铺垫。

步入高政委所在的营区，你会不由感叹："好一个美丽的生态园。"林荫大道绿树葱郁，幽幽小径鸟语花香，宽阔场坪绿草茵茵，五彩花池如绣，音乐喷泉似影，假山、亭台、怪石自成风景，小桥流水，鱼儿嬉戏。漫步其中，洋溢在身心的，是清新舒缓的愉悦。

营区创建之初，也有过一些争议。但高政委坚持认为，环境连着战斗力，现代化军营就应该建成绿色生态型。他带领大家依据全军"绿色营区"建设指标，研究确立了"绿、亮、净、美、畅"的创建思路：绿，推窗有景，四季常青；亮，明亮透亮，光鲜亮丽；净，环境整洁，空气清新；美，协调美观，温馨宜居；畅，路畅水畅，井然有序。

为了加快转化蓝图构想，早日实现草绿、花红、藤蔓、树茂的愿景，高政委坐阵指挥，亲自抓建，着力抓了"两个突出"：

一个是，突出现代文明的高格调。把营区绿化美化作为精神文明建设的重要内容，力求处处彰显人文特色，渗透文明气息。修建设计精巧、工艺精美的主题雕塑和音乐灯光喷泉，主题园区安装多形彩灯，微型公园增设花池、凉亭、长廊等人文景观。夜幕华灯下，楼舍、小景、草坪、树木、雕塑、喷泉错落有致，和谐相融。

再就是，突出优美宜人的新理念。坚持建筑布局与绿化美化、自然景观与人文景观有机结合，精心设计绿化图案和植物造型，合理配置树木花草，花、草、树相间，林、荫、篱相称，修建文化活动中心、图书馆、史馆和文化公园、休闲广场，打造以爱国篇、道德篇、励志篇为主要内容的德育墙，使营院形成园林化、庭院化和生态文明化。

高政委的许多创意独具匠心，比如德育墙，原本就是一面营区隔墙，然而在他的精心指导设计下，一组长60米、高3米的石雕作品贴到了墙上，把36个鞠躬尽瘁、卧薪尝胆、精忠报国的成语故事，展现得生动形象，气势磅礴。闲暇时间里，官兵们坐在绿色掩映着的道德墙下，或读书或畅谈，求知奋进、忠诚奉献之感便油然而生。

高政委如此抓了三年，对营区每个场所、每棵树木、每片花草，实行定人、定责、定成活率，营区环境一天天地就变了。每当夜幕降临，分布在营区雕塑广场、文化公园和休闲广场周边的各色花灯大放异彩，道路、楼舍、草坪、音乐喷泉相互映衬，人在景中，景在院中，官兵们的军营生活既生动又惬意。

高海华政委多有感慨，他说，与时俱进犹如明灯，理念有多新，军营环境就能有多美。

这是高原火箭兵绿化西部的故事。

如果说，在内地绿化都不是件容易的事，那么，把荒漠高原变为绿洲更是难上加难。时序四月，内地早已温暖花香，高原却依然白雪皑皑，冰冻三尺。每年从这时起，高原官兵开始了垦荒播绿。

一位"老高原"说，在高原植树播绿，其难度是内地人无法想象的，四月份时冻土还坚硬无比，一镐头挖下去，虎口震得生疼，地上只砸出个小白点，地势低的沼泽地，密如铁丝网的芦苇根盘错泥土里，扯不出，铲不动，有时只好用牛羊粪来煨冻土。每个树坑都挖得很大，要把沙砾换掉，充填上肥土，移栽树苗须标注好枝干的阴阳面，树根得带上一大团老土，枝杆也不能受到磕碰。即便如此，树苗栽上后还保不准能不能活呢。

某部部属分散，营区大都分布在海拔3000米以上的"生命禁区"，呼唤生命绿色不啻于一种奢望。多年来，他们坚持因地制宜，主动作为，绿化小环境，带动大环境，就那么成点、成条、成块、成规模地，悄然把鲜嫩迷人的绿播到了高原的大地上。

某团当年进驻高原时，眼前是连绵的戈壁荒滩，方圆几百里难见绿色，夏日，狂风带着沙尘在旷野肆虐，冬日，寒风萧萧大地白茫茫一片。官兵们发扬"海拔高，工作标准要更高；氧气少，奉献精神不能少；环境苦，更要苦干不苦熬"的特有高原火箭兵精神，利用战备训练的间隙，年年接力拓荒植绿，逐步实现了春有绿、夏有花、秋有果、冬有青的目标。令人难以置信的是，坐落在海拔4000米之上的风雪哨所，也奇迹般长出了葱郁的绿，那绿，在阳光下闪着翡翠色，在薄雾中透出蓬勃的生命气息，任谁置身其中都会被感染和陶醉。

有一处军事管理区，地处人迹罕至的大峡谷，海拔最低处3200多米，一年四季气候干燥、风沙大，年降水量少、蒸发量大，无霜期短，土壤为高山草甸土和山地栗钙土，植物生长时间短、成活难度大。为改变草原退化、荒芜的景象，官兵们持续改良土壤，建造水利灌溉系统，治理虫害、鼠害和狼毒草，有效维护了的生态环境。如今，绿油油的草原一望无际，洁白的羊群、奔驰的骏马、乌黑的牦牛，以及马鹿、狍鹿、雪鸡等珍稀动物，构成一幅和谐的生态画卷。

在雪域高原，种树播绿难，护绿管林更难。部队年年都举办绿化技术骨干培训班，一茬接一茬地培养绿化"明白人"。还把绿化工作纳入考核范围，实行包山包片包绿地，定人定责定成活，每个单位每个人都有"责任田"。每年干部转业、老兵退伍时，都组织官兵栽"留恋树"、浇"离别水"、交"责任田"，做到了人走、树在、花盛开。

"戈壁雪，寒风侧畔意难绝。意难绝，重铺春色，再展奇崛。高原谁融隆冬月？银铠挥洒军营乐。军营乐，织荫播绿，意志如铁。"这是一名"老高原"填写的一首《忆秦娥》，这首词，道出高原火箭兵扎根奉献的赤子情怀，也道出他们再造西部山川秀美的绿色畅想。

2005年12月20日

　　补记：2005年下半年，二炮机关回顾总结"十五"期间部队环保绿化工作，组稿编辑了报告文学集《绿色和谐》（2005年12月，海潮出版社出版），拍摄制作了同名专题电视纪录片，我有幸参与并具体负责。我深为广大官兵积极投身国土绿化和生态环保事业的模范事迹所感动，也为祖国山川日益秀美宜人而欣慰，因此，特地为专题电视片创作了《拥抱绿色》主题歌。

拥 抱 绿 色

潘建成词
胡旭东曲

1=♭A 6/8

轻盈、优美地 ♪=142

1 2 3 5. 5 | 1 2 3 5. | 3 3 3 2 | 1 2 2 3 2. | 1 2 3 2 2 | 1 2 2 3 6. |

1. 绿色的风从 大地漫过，　大地焕发 青春的容颜，　绿色是军人 永恒的期盼，
2. 绿色的风从 天边飘过，　天边升起 和平的蔚蓝，　绿色是军人 不变的奉献，

2 2 3 2 1 1 | 7 1 2 5. | 6 5 4 1. | 5 1 2 3. | 4 4 3 1 3 | 2. 2. |

期盼的心总有 别样情感，　让我们 张开理想 拥抱绿 色，
奉献的心总想 和谐美满，　让我们 放飞希望 拥抱绿 色，

6 4 1 6. | 5 3 2 3 1 | 2 3 2. 5 2 | 1. 1. | 6 5 4 1 | 6 5 4 6. |

青 山 深 处有爱的港 湾，　拥抱绿色 拥抱绿色，
晴 空 万 里有爱的箴 言，　拥抱绿色 拥抱绿色，

4 4 3 4. 4 6 | 5. 5. | 6 5 4 1. | 6 5 6 4 6 | 4 4 3. 5 3 | 2. 2. |

为了母亲 的容颜，　拥抱绿色 拥抱绿色跳跃青春的绚 烂，
为了苍穹 的蔚蓝，　拥抱绿色 拥抱绿色演奏和平的天 籁。

3. 3 2 1 | 2. 3 1 | 2 2 2 1 | 6. 6. | 5 5 0 3 3 0 3 | 3 1 3 2. |

愿 每一片 绿色都告诉未 来，　青春 中国 在 鼓风扬帆
愿 每一片 绿色都告诉世 界，　平安 中国 在 昂首向前

结束句
渐慢 ff

4 3 2. 5 2 | 1. 1. : 5 5 5 2 | 1. 1. | 1. 1. | 1. 1. | 1 0 0. |

D.S.

鼓风扬 帆。　昂首向 前
昂首向 前。

| 爬格子初时的札记

　　细算起来，爬格子之于我二十载有余。我比较喜欢抹抹画画，也有一点文字底子，起初跟着一所大学的新闻刊授大专班学，继而又到驻地一家报社见习，这样学着写着，居然在报刊上陆续发表了一些文章。爬格子的确是个苦差事，但也是个锻炼人的好行当，可以促你成才、助你成功。上世纪90年代初，我应约为一家新闻刊物写过三篇心得体会，现摘录于此以便回味。

难辍拙笔

　　建军节前夕，地方上的一个朋友对我说，沂蒙山区有位老教师，事迹特别感人，希望我能参与采访宣传。我欣然答应。

　　"八一"早上，细雨蒙蒙，我们乘坐公共汽车行程40多公里到达上庄乡，见到了牟侠老师。年逾花甲的牟老师一脸朴实憨厚相，面对笔者的采访，他反复说着一句话："我是一个普通的老师，真的没什么好说的。"周围的教师和同学告诉说，牟老师在深山沟里辛苦教书30余年，育得桃李遍山乡，他的学生有1500多人成了科技致富带头人，市教委表彰奖励他，决定让他全家搬进城里生活，可他说什么也不离开山乡，舍不得山里的土孩子。

采访了一天半，带着沉甸甸的收获回到部队，铺平稿纸，举笔拟题，却一筹莫展，不知从何写起为好。经过四个昼与夜的苦苦思索，终于补缀成一篇千把字的小通讯，把稿子发往报社后，便感到腰酸背疼，精疲力竭，像病了一场似的。我反复掂量，发自内心地感到："爬格子的饭不好吃，自己不是这块料，还是及早改弦易辙吧。"于是我放笔收工，十多天远离案头，只字未记。

没过多久，驻地报社寄来一张报纸，我打开翻阅，目光顿时定格：三版头条就是我写的《牟侠"傻"闻录》。编辑老师还有附言，夸奖文章结构新颖，题材角度选得好。又过几日，山里的几个年轻人进城来感谢我，说我写出了他们的心里话。年底，这篇小通讯获得山东省评选的好新闻奖。为此，我激动得几宿没睡好。

这是几年前的事了。那时我进入新闻战线时间不长，这千余字的通讯虽不是我发表的第一篇稿子，却是我的第一个长篇。

我在铺满荆棘的写作路上摸索着走过四五个年头，发表了几百篇稿子，也得过多个优秀通讯员奖和作品奖，但静心品味那些个"豆腐块""萝卜条"，心中好似装了"五味瓶"，啥滋味都有。这些年，我几乎牺牲所有的业余时间，东奔西跑，挑灯夜战，苦心孤诣，付出了许多，可并没有写出一篇扬葩振藻、余韵无穷的好稿子。想到这些，我深感沮丧，重又断定"此路不通"，再次失望地放下了手中的笔。

未曾想到是，时隔不久的一次意外情景，激励我重新拉杆扬帆破浪远航。那天，我到驻地市百货大楼买东西，付款之后请女售货员开张发票，她问我写什么单位，我说"炮校"。她微笑着看看我，明显热情起来，主动与我搭讪。她告诉我，她爱人也是军人，在海南部队上，他们结婚三年来，虽说过着"牛郎织女"生活，饱尝了情感煎熬的苦涩，但彼此倾心相爱，用信任和理解不断丰富着爱的含义。她说："嫁给军人我一点都不后悔，军人最理解、最疼爱妻子。"言语间，分明可见她钟情自己的丈夫，也理解军人的职业。我由衷地说，你是个好军嫂，我代表军人向你表示敬意。

听到我的赞扬，她不好意思地笑了，说："你们军人各方面素质都好，踏实能干，讲诚信，重感情，只是地方上有些人不够了解你们。前几天，我在报上看到一篇文章，是一位军人写他妻子的，写得情真意切，特感人。对了，那张报纸还在我的挎包里呢。"她麻利地从包里取出报纸，用手指点着，深情地念了起来："……有了宝贝之后，妻子的日子艰难起来，她一个人在家乡既要上班，又要带嗷嗷待哺的孩子，用尽心力体力操持着一个与军人共同建立而又完全靠她自己去支撑的家。回乡休假时，看到她那么终日劳累，身子越来越消瘦，我的心里简直不是个滋味……"

真是无巧不成书！这位多情善感、活泼可爱的年轻军嫂，无论如何也不会想到，此刻站在她面前的，正是这篇文章的作者。

走出商店，心情异常的不平静，不只是因为自己的文章引起了共鸣，我扪心自问：从事写作为了什么？难道不是出于一种责任，用真诚的笔来描绘当今社会的日新月异、五彩缤纷，用纯厚的心来讴歌时代新人的爱与恨、苦与乐吗？

我握紧了手中的笔，从此不敢懈怠，我要用自己的勤奋刻苦和真诚之心，去努力履行时代赋予的不可推卸的责任。

笔耕滋味

夜色恬静，溶溶月光洒满窗前。我放下笔，凝视着桌面上的稿纸，脑海又浮现五年前隆冬的那一天，那是我加盟新闻写作队伍、迈步新闻战线的纪念日。

那天积雪茫茫，是个周日。早饭过后，战友小程拽着我，让我跟他一同去采访，他说他准备采写报道部队卫生队为驻地人民群众行医治病的事，需要到距营区四公里的下院村，去找一个名叫郭红霞的女青年核实一件事：几年前，她因恋爱问题和家人发生纠纷，产生了轻生的念头，趁家里无人之际，喝下剧毒农药，当人们发现时，她已口吐白沫身体僵硬，家人抱着一线希望将她送到部队卫生队，经过医务人员连续14个小时的抢救，终于使她获得第二次生命。"新闻报道来不得半点虚假，文稿中涉及的人和事必须追根问底，核实得一清二楚，否则是不可以发稿的。"小程边走边说些"行话"，劝我也利用业余时间练练笔，试着写些东西。

兴趣往往能产生某种偏爱，进而使人树立起某种理想与追求。正是在这个普通的冬日，偶然地跟战友涉猎新闻写作领域，我居然走上了爬格子的路。

当初自以为有点文字底子，一提笔就会才华横溢，并不知道爬格子有多苦，发表一篇稿子有多难。冬去春来，以笔墨为伴，夜以继日在方格纸里寻梦，梦虽不同，但每一个梦都好似苦涩的青果子。每采写一篇稿子，从立意构思到动笔起草，整日里茶不思饭不想，少不了"三更灯火五更鸡"之苦，而到头来写出的稿子还未必能变成铅字哩。在经受采访、写作之劳苦后，接踵而来的，是心理上还得承受"失败"甚至嘲讽打击的痛楚。

理想与现实往往是矛盾着的，你想做点事，有所追求，现实却难遂人愿，有时甚至令人一筹莫展。尤其是业余报道员，主要利用业余、别人娱乐的时间采访写作，这实为一种很难的自我约束、自我成才过程，没有顽强的毅力，战胜不了寂寞和玩心，便不可能持久下去、有所收获。成绩的背后，饱含的更多是苦累血汗。

那年秋天，我在某部采访了一个刚退休的"老雷锋"，他是一名老职工，几十年如一日兢兢业业工作，在平凡的岗位上荣立十次三等功、四次二等功，被军区授予"雷锋式职工"荣誉称号，光荣地出席了全军第二次英模代表大会。采访了半天多，又找来数名同志座谈，记录厚厚半本子，后来也记不清拟了多少个标题，理了多少个思路，打了多少回草稿，可总不尽如人意，以至个把月也没有把稿子写出来。类似情况遇到不止一次，每次都在心头长成一个痛苦的"结儿"，直到文章见诸报端了，这个"结儿"才得以消失。爬格子的人常把发表的稿子比成自己的"婴儿"，这大概是因为也受过犹如产妇"十月怀胎"一般的艰难与不易吧。

夜幕降临，军营变得寂静无声，战友们也许早已进了梦乡，而这时我们正坐在案前，翻阅着密密麻麻的采访本，对占有的素材反复掂量、分析、琢磨、消化，不怕腰酸背疼，不畏严寒酷暑，勤恳痴迷地为他人缝制"嫁衣"。图啥呢？有人不理解地问。我笑笑说，这就叫作"萝卜白菜，各有所爱"。

商潮日益汹涌的今天，不少人开始把注意力转向了"海"，为入"海"做着准备，而我却沉溺于方格纸中，不厌其烦地排列组合一些"豆腐块""萝卜条"，最后苦苦盼到在报刊上发表了，也只能领到几块钱的报酬。明知得不偿失，可又不忍心放下手中的笔。在我看来，这人生大概也如夜幕中的星星，各有各的位置，各有各的运行轨道。苦与累，对人生来说也是一种财富，一种金钱所无法买到的财富。

三百六十行，行行有乐趣。我吃过笔耕之苦，也尝到了笔耕之甜，尤其每当写出的稿子变成铅字，便有一种难以言状的幸福和满足感，而这种幸福和满足恐怕旁人是无法体会到的。

意外收获

现在想来，当初握起拙笔，主要是为满足两种心理需求：一是想把周围的新人新事报道出去，让"我们的人"也出出名；二是苦于难熬的空余时间，便借此差使来打发。谁知，踏上了爬格子的路，竟也撷取不少意想不到的收获。

其一，爱上读书。爬格子初时，受浓厚兴趣的驱使，我每天坚持写一二篇稿子，两个月过后草稿堆了半尺高，可就是没有一篇被刊用，心里生出苦恼，便抱起稿子到驻地一家报社找老师请教。柳总编认真看过几篇稿子后，说："新闻的文外功夫相当重要，就知识而言，往往涉及天文、地理、历史、科技等，知识领域越广阔，胸襟和视野越开阔，就越有助于发现新闻线索，挖掘新闻题材，以至把获得的新闻事实，采用最佳表现形式，准确地、活灵活现地表达出来。"总编的一席话，使我茅塞顿开，意识到了自己爬格子的"先天不足"。于是开始读书，业余时间握上一卷好书，任思绪在字里行间奔腾跳跃，历史的、自然的、社会的、军事的，一点一滴积累。在书里，我与古人、今人对话，与伟人、凡人交谈，领略萧伯纳的幽默、泰戈尔的深情，欣赏鲁迅的刚毅、梁实秋的洒脱……书中精彩的情节、美妙的感觉，引人入胜，发人深思，让人很容易联想到现实生活中的喜怒哀乐愁恨疑。每到这时，驿动的心便跳跃，便想到方格纸中展现。拓展了的知识，托起一个个"方格梦"，使我拙笔难辍；日渐浓郁的写作兴趣，又逼迫我遨游知识海洋，优化知识结构。日久天长，我便爱上读书，哪一天不读几页书，仿佛饭没吃饱似的，心中感觉不充实。

其二，爱上剪报。剪贴报刊上的文章，是积累知识的好方法，对写作也很有帮助。当初我比照剪贴的文章，"模仿"写了几篇人物通讯，不但很快在报纸上发表，而且获得一致好评。因为尝到了剪报纸的好处，以至在大街上看到被人丢弃的废旧报纸，我都会自觉不自觉地捡起来，看看上面有无值得剪的东西。回头思量，我的剪报经历正好与写作经历同步，是个由单一向全面的积累过程。起初只写些新闻稿，剪贴的报纸多是新闻类；后来写作领域宽了，所剪内容也丰富多彩，有新闻、文学、理论作品，有名言警句、小言论、奇闻趣事，也有生活、科技、军事天地等各方面知识。剪报本成了"知识库""小百科"，不论生活、工作、写作中遇到什么难题，只要翻阅其中的文章，大都能迎刃而解。我还打算把剪贴本分类整理成册，编上页码，写出索引，以便更好地发挥其功能作用。

其三，爱上用脑。爬格子的过程，实际上也是用脑的过程，不去前思后想，便无法用文字表达思想、描绘事物。这也是我从爬格子中得来的感悟。我逐渐养成了用脑的习惯，平日里大脑也常是高速运转，有事没事总爱琢磨问题，想工作、想人生、想家事、想写作，想的事情很多，却不觉得脑子累。往往想写一篇稿子，念头刚起，脑子就进入多方面的思考，等到有时间伏案动笔时，文章已经在脑内成型了。思之所至，笔之所畅，写一篇小稿也不算费事。每每夜晚灯下，独坐案前眼望窗外繁星，幽思连绵，浮想联翩，就有了宁静致远、放眼天下的自得其乐。因为爱用脑想问题，开展工作有了秩序，少了忙乱；写文稿材料有了条理，少了啰唆；处理问题多了冷静，少了冲动。用脑又锻炼脑，思维变得敏捷，考虑问题多了板和眼，讲话发言少了胡吹八扯。许多次，熄灯卧床了脑子里突来灵感，又想出一个标题、一段话，使得昨日的文稿增光彩，明日的拙笔易歙张。我的几篇获奖稿，无不是"想出来"的。用脑中，还忘不了思己过、查不足，提高认知能力和修养水平。"生活就要前思后想，想好了你再说。"这是刘欢唱过的歌，也成了我的一个座右铭。

2008年5月整理

读书的感受 |

先哲如是说："万般皆下品，唯有读书高。"读书的意义在于，它可以超越世俗生活的层面，在更广阔高远的层面上构建超时空的精神世界。我这一路走来，也可以说书伴人生，受益匪浅，其中也有一些体会和感受。

因为出生于闭塞落后的山乡农村，家境又相当贫寒，我在年少时几乎与课外书籍无缘。偶尔听说一些传奇传闻，也只能听听而已，很难找到著作拜读。参军后，我才有了读书的机会和条件。回想起来，我读的第一个大部头为罗贯中的《三国演义》。那时我还是新兵，一天，我在连队司务长办公室发现了这本书，便借来阅读。岂料越读越上劲，越读越不肯释卷，曹操与孙权、孙权与刘备之间的明争暗斗，诡谲多端的战争场面，血肉丰满的人物形象，像一块巨大磁石一样吸引了我。一连几天，我在工作之余，手捧巨著寻行数墨，紧随书中的故事情节起伏，经历着大喜大悲、惊险激烈，感受着纷繁复杂、波澜壮阔，如临其境，如见其人。

我日渐爱上读书，并慢慢上了"瘾"，见书就想翻翻，哪一天不读几页书就好像没有完成功课，晚上睡觉也不安稳。万籁俱寂时，常是一支笔一卷书，一杯茶一盏灯，抖落一身尘埃，摒弃一切杂念，让心灵在书海泛舟。每当打开闪耀智慧灵光的书籍，就仿佛坐到古圣先贤的身旁，听他们讲述迷人的故事，感悟他们的深邃与睿智。渐渐地，我知道了北宋赵普"半部《论语》治天下"的典故，背熟了苏轼"旧书不厌百回读，熟读深思子自知"的诗句，领悟了吕不韦"善学者，假人之长，以补其短"的教诲，聆听了许多闪耀灵光的金玉良言。

个人小天地，书中大世界。一本本书籍承载了人类历史，传承了文明的脚步。同样一个人，读书与不读书大相径庭，经过书香的滋润和沐浴，身心健康年轻又充实丰盈。与书相伴，艰难困苦时有抚慰，寂寞孤独时有呵护，受挫无助时有力量，还能让人在夏日里感受到冬天的凉爽。

记得爬格子初时，上稿心切，整天写呀写，记不清投寄出多少篇稿件，但被采用的却很少。沮丧之余，静心思忖，忽然想起先人曾参所言："不能则学，疑则问，欲行则比贤，虽有险道，循行达矣。"（《大戴礼记·曾子制言》）后来，我拿出积攒的津贴费，参加了新闻刊授大学学习，订阅不少刊物，还购买了一些书籍。我从基础学起，一点点吞噬，先后阅读了数百万字与写作有关的书籍和辅导材料，记下了几十万字的读书笔记。深奥的理论，崇高的境界，闪光的语言，缜密的逻辑……学而后知不足，求知欲一发而不可收，虽有时不求甚解，但随着阅读的深入，知识面逐渐宽泛，写作起来得心应手，写出的稿子也有了分量和深度。

读书是学习的过程，也是心灵历练的过程，耐得住寂寞，吃得了苦头，才能锲而不舍、其乐无穷。当战士时，晚上怕影响同屋战友休息，就在一间储藏室读书，盛夏酷暑，闷热难耐，还时常被蚊虫叮咬，却乐此不疲；三九寒冬，没有暖气，四肢冻得发紫麻木，仍孜孜以求。那时部队驻扎在山沟里，请假进城比较难，偶尔进城光顾一次书店或书摊，总是手不释卷，流连忘返。一次，在一家书店，对一本历史典故产生兴趣，便贪婪地翻阅起来，还不时地用笔抄录。大概是售货员看烦了，不能容忍了，她冷冷地对我说："买不买？不买就别看了。"众目睽睽之下，我如同做错了什么，尴尬至极。前不久，与一位在地方工作的朋友交谈，他问我闲暇时干点啥，我说别的爱好没有，多半是看看书。这位老兄大惑不解："都什么年代了，还读书？"我无言以对，苦笑一下，权作自慰。

书是古人和今人写成的，记录着人世的欢乐和痛苦，反映了作者的思想和感情。读书，就是读许许多多的人生，开启广阔的空间维度。自古至今，修身养性也罢，治国安邦也罢，都脱不了与读书的干系。唐人章碣在《焚书坑》中云："竹帛烟销帝业虚，关河空锁祖龙居。坑灰未冷山东乱，刘项原来不读书。"一个远离了读书的时代，其文明的存续和世道的安宁是难以想象的。由此想来，读书不仅是个人的事，它当是一个社会的头等大事。读书"经世致用"，便是与人类文明同行。

读书也是讲要领的，以我之体会，最重要的是能够"入"和"出"，"入"即用心读，"出"便是会思考。古人讲"学而不思则罔，思而不学则殆"，也是强调学思并重、相辅相成。无论是经典之籍，还是时事手册，用不用心读，去不去思考，效果完全不一样。人说历史出智慧，历史在哪儿？在不朽的书籍里。从历史中汲取智慧，就是用心去阅读思考，续着别人的思想，延伸别人的智慧，把已经消失的东西再现出来，发掘潜藏其后的因果联系，从中鉴往知来，立德、立言、立行，让自己变得聪明起来。

我不太看电视，因为书远比电视吸引人。我甚至把读书当成喝茶、聊天之类的事，随时可读，随处可读，不太讲究场合。漫步街头，碰上书摊，蹲在人声嘈杂中看它一刻半晌；出差途中，揣一本好书，宁静时拿起来翻阅几页；晚上躺在床上，读上一会儿，然后在慢慢品味中入睡。最近，上小学三年级的女儿，让我给她讲革命传统故事，于是就找出《红岩》《林海雪原》《野火春风斗古城》等作品，认真读了一遍。这一读，更加领悟了什么是不屈不挠，什么是浩然正气，什么是中华民族的魂魄。

朋友，让我们一起读书吧！读书可以丰富思想，长进学问，以至把枯燥变成愉悦，把遗憾变成慰藉，把空虚变成充实，把流逝的光阴变成有用的财富，把有限的闲余变成无限的力量。

2000年2月稿

| 历史出智慧

历史是部大书，需要常读善读，从中汲取智慧，知古鉴今。

近读郭沫若的《甲申三百年祭》，忽有耳聪目明之感。当年在延安，毛主席曾把这篇谈论李自成的文章作为党的整风文件，要求全党同志很好地读一读。李自成作为我国古代农民起义领袖，他有掀天揭地、横扫南北的造反精神，他谋略过人，不同寻常，率领起义军英勇善战，屡建奇功。但他同样没有经受住功名利禄的考验，骄奢淫逸，随心所欲，使得一支本来很有希望的农民革命军堕落衰败，最终滑入"人亡政息"的历史循环圈。李自成是一面历史宝鉴，再次诠释"创业难，守业更难"的经验与教训。毛主席在抗日战争全面胜利的前夕，要求全党阅读李自成，了解那段历史，其目的是提醒自己、告诫全党，无论如何也不能被胜利冲昏头脑，重犯致命的错误。

中国有条古训，叫"治天下者以史为鉴，治郡国者以志为鉴"。这实际是在说，治国安邦都应以史为鉴。早在远古时代，先哲们就提倡"君子以多识前言往行，以畜其德"（《易·大畜》），教育后人不断从先贤的嘉言懿行中学习智慧和道德，用以完善自己的品格，增长自己的才干。西周初年，执政的周公教诲年轻的成王："不可不监于有夏，亦不可不监于有殷"（《尚书·召诰》），"人无于水监，当于民监"（《尚书·酒诰》）。周公说的"监"就是"鉴",亦即人们常用的镜子。周初王公以史为鉴,治理国家,西周出现奴隶制时代的盛世"成康之治"。汉高祖刘邦出身行伍,读书不多,但在夺得天下之后,即命陆贾阐述古今成败之由,并谆谆告诫皇储:"可在马上得天下,不可在马上治天下。"三国时的曹操,一生手不释卷,他除撰写了《孟德新书》(已失传),还注释了《孙子兵法》。唐太宗李世民酷爱读史,他命以魏征为首的重臣鸿儒大力修史,仅在初唐三十年间便修订《梁书》《陈书》《北齐书》《周书》《隋书》《晋书》《北史》和《南史》,后被称为二十四史中的八史。唐代君臣以史为鉴,志在图强,当时出现封建时代的盛世"贞观之治"。

我们党的老一辈革命家,不仅能征善战,而且重视读史用史。毛主席一生饱览史籍,信奉"读历史是智慧的事",于日理万机之余,以极其惊人的刻苦和毅力,不仅通读卷帙浩繁的《二十四史》《资治通鉴》《纲鉴易知录》《历朝纪事本末》《清史稿》等重要史书,还对历朝各家的史著、史论、历史小说等,怀有浓厚的兴趣。历史上的人物和事件,常使他产生联想,引发思考。

史学家司马迁,一生坎坷,历尽磨难,忍受着"每念斯耻,汗未尝不发背沾衣"的宫刑,倾毕生心血于史学事业,写出史学巨著《史记》,实现其"人固有一死,或重于泰山,或轻于鸿毛"的生死观。毛泽东崇敬司马迁这种精神,他在追悼因公牺牲的年轻的共产党员张思德时,便以此来激励全党。民族英雄文天祥,在元军铁骑大举南下、南宋王朝岌岌可危之时,抱定为国献身、为民解难的志向,毁家纾难,起兵勤王。兵败被俘后,面对元军的种种威胁和利诱,他岿然不动,视死如归,以一曲气贯长虹的《正气歌》保持晚节。毛泽东赞扬这位历史人物,并用其"人生自古谁无死,留取丹心照汗青"的诗句,教育人们要有气节,树立正确的生死观。周恩来、刘少奇、朱德、邓小平等党的领袖,读史鉴史是共同的志趣,他们在研读史典中与古人对话交流,从历史的演进中获取智慧、得出规律。

历史浩如烟海，记录着往日的事件和言行，读史就是读过去的人和事，从中感知兴替得失，寻找智慧的灵光。鲁迅先生说过："历史上都写着中国的灵魂，指示着将来的命运。"用心想来，这"中国的灵魂"，既表现为历代英雄豪杰、仁人志士所提倡和追求的各种精神，也体现着他们见微知著、高瞻远瞩的历史智慧。千百年来，孔子的"朝闻道，夕死可矣"，孟子的"富贵不能淫、贫贱不能移、威武不能屈"，贾谊的"国而忘家、公而忘私"，范仲淹的"先天下之忧而忧，后天下之乐而乐"，顾炎武的"天下兴亡，匹夫有责"，林则徐的"苟利国家生死以，岂因祸福避趋之"，等等，这些为了国家大业或拯救民族危难的大伦理、大智慧、大勇敢，持续不断地交融汇集，源远流长，已成为哺育炎黄子孙立身笃行的智慧教本和精神支柱。

历史在不停地演进，我们亲眼目睹和感知的，只是岁月长河中的一段或一点。人生的长度无法改变，只有借助史学典籍回望历史，畅游史海，把已经消失的人物和社会现象再现出来，去发掘潜藏历史表象背后的因果联系，从而怡情益智，开阔思想的维度。"一灯能除千年暗，一智能灭万年愚"，历史孕育智慧，历史闪现灵光。从纷繁历史中采集火种，把先哲们超人的见解、出奇的招数、机敏的韬略变成自己的智慧，便是在心中升起了长明灯；从浩瀚史籍中汲取养分，滋养自己的思想和精神，就能将前车之覆变为后车之鉴，在前行中少走些弯路，少付出些代价。

2001年2月　读书心得

灵魂的私密和坦白 |

题　记： 4月23日下午3时15分，手机鸣响，中央宣传部、新闻出版总署短信提醒："4月23日是'世界读书日'。一本好书，一生财富。今天您读了吗？"于是写下这篇札记。

夜幕降临。窗外，灯火闪烁，车流湍急而喧闹。慢慢合上修栋兄推荐并送阅的《朗读者》，端起温润茶杯，凝视窗外迷人的夜色。我试图穿越浩瀚无际的时空，去深悟书中的故事，一个发生在战后德国的由爱情引发的故事。

一个叫米夏的少年，偶然机会与三十六岁的单身女人汉娜相遇，随之发生爱情，有了身体与灵魂的欢愉。但爱情在他们之间，并不让人觉得伦理受到挑衅，反倒觉得是那么自然而然，顺理成章。故事的不同寻常和叙事的舒缓细润，始终牵动情感，引人入胜。

米夏十五岁时得了黄疸病，第一次发病是在从学校回家的路上。他止不住地呕出涎水污秽，有位妇女前来照护他，动作轻柔体贴，他感动得忍不住哭了。"小家伙！"她一下子就把他搂进了她的臂膀里。当他不哭时，她问清他的住址，不容分说就领着他踏上回家的路。他母亲认为，一旦等他病好了，就应该买束鲜花去谢谢她，介绍一下自己是哪家的孩子。

于是后来的一天，米夏就到了她家。她正在熨烫衣物，连内衣内裤也烫，那动作既舒缓又专注。她的额头及颧骨高高的，眼睛浅蓝，嘴唇丰满，轮廓完美，是一张典型女性的脸盘，饱满而不轻易动容。他起身准备告别，她说："等一会儿！"她说她也正好出去，可以一块儿走一段路。她就进厨房里换衣服，门开了一条缝儿，他看见她脱下罩裙换上长裤。她的姿态让他的目光无法离开，离不开她的颈背、肩膀、胸部……

一个礼拜之后，米夏又站在了她家门前。她手里抱着木炭和煤饼筐子回来，穿着工作服，他看出她原来是有轨电车售票员。她叫他帮忙搬木炭篓子，他被木炭弄得浑身狼狈不堪。她就在澡盆里放上洗澡水，让他洗干净了再回家。在他洗澡的时候，她来到他身边，全身赤裸，他被她的美所倾倒。从此，他天天逃掉最后一节课，在她门前等着她。不久，他开始叫她汉娜了。

《朗读者》是德国作家本哈德·施林克的长篇小说，一部获得了多项大奖并登上《纽约时报》排行冠军榜的畅销书，它以一场令人动容的"不能之爱"打动了世界上的万千读者。小说构思玄妙，写爱情故事却没有停留于缠绵层面，在娓娓道来中，将米夏与汉娜的灵魂作了深入细致的解析，用鲜活的细节与对白，把人性冲突写得紧凑而饱满。

当汉娜得知米夏经常找她而耽误了功课时，便勃然大怒，"出去，从我的床上滚出去！如果你不做好功课，就再也不要回来。"爱的力量巨大无比，足以战胜一切难题，为了汉娜，米夏很快赶上了功课。他们依然照老规矩欢愉，互相占有着，度过幸福的时光。

一天，汉娜突然想知道米夏在学校读的什么书，他就给她讲起了古希腊荷马的史诗，古罗马西塞禄的演讲，以及美国作家海明威的小说。"读给我听听看！"她说。"你自己读吧。"他说。"你的声音特别好听，小家伙，我情愿听你念。"此后，米夏每次到她家里来都得先朗读半小时，她才给他淋浴，然后缠绵欢愉，于是朗读，就成了他们幽会中的常规节目。

是米夏首先背叛的爱情。他在新的学年有了新同学，不久便与苏菲好上了。这时，他正好给汉娜朗读完《战争与和平》，又带来几本新书让她选择朗读，她却没有立刻同意。"让我给你洗澡吧，小家伙！"汉娜极端投入地委身于米夏。米夏从汉娜家出来后来到游泳池，又和同学一起嬉戏玩闹。在游泳池里，当他抬起眼睛时，他看见了汉娜。一转眼工夫，汉娜却不见了。

第二天，米夏像往常一样准时去汉娜家，按响门铃，可是人不在了。她已不辞而别，永远地离开了这座城市。

哈德·施林克是侦探小说家，他将诸多悬念、谜团留在了小说中；他同时又是法学教授，小说中还有他对人类文明的思考与反省，有他对战争、对爱情、对自由心灵的深刻省察。在他看来，也许历史是荒谬的，审判是荒谬的，人的选择是荒谬的，惟有爱情才是真实的。

等米夏再见到汉娜时，已经是在法庭上了。汉娜作为纳粹分子被审判，她曾是集中营的看守，而米夏作为一名法律专业大学生旁听了每一次审判。

在对被告的指控中有两个情节：一个是，从集中营幸存下来的只有母女二人，女儿被传唤到法庭上证实，被告汉娜当年专挑年轻纤弱的姑娘上她那儿过夜，是要让她们为她朗读书本。再者是，在党卫军档案里找到一篇表明罪行的报告，其他几个被告都指认报告是汉娜写的，一位检察官提议检验笔迹，汉娜急切地说："我的笔迹？……我承认，报告是我写的。"

米夏终于明白，原来汉娜根本就既不会读，也不能写，这就是她总让别人给她朗读的原因，也是在他们出游时碰到写什么时她总让他做的原因，也是她承认自己写了报告而拒绝鉴定笔迹的原因……

一切都出于同一条原因吗？难道做文盲比当罪犯更加丢脸吗？这是作者留给读者的谜团。事实上并非这么简单，汉娜只是不愿意进一步暴露自己的真相而已。她说："我一直有一种感觉，就是人家不了解我，没有人晓得我是什么人，干过些什么事。你们明白吗？如果没有人理解你，那么也就没有人能够要求你讲清楚，就是法庭也不可以要求。"既然人家不了解她，不理解她，她又何必要自己坦承呢？汉娜最终判为终身监禁。

米夏后来与格特露德结婚，在女儿五岁时，他们因无法彼此忍受又离婚。米夏夜晚睡不着，他就一遍遍地对自己的婚姻和生活进行反思。他重读了《奥德赛》，高声朗读，并用录音磁带录下来寄给狱中的汉娜。后来，他陆续朗读录制了许多名家的作品，还把他自己写的东西拿来给汉娜朗读。

四年后的一天，从监狱中来了一纸问候，"小家伙，上一个故事特别好，谢谢！汉娜。"米夏内心充满喜悦和欢庆，"她会写字了！她终于会写字了！"米夏认为，这就标志着她已经从幼稚向成熟迈出了一步。

忽然有一天，女监狱长给米夏寄来一封信，她告诉他汉娜不久就将被释放，希望他能给汉娜找一份工作和住所，并恳请他在她出狱前去探望一次。米夏从没有去探过监，直到汉娜再过一个礼拜就要出来时，他才去了监狱。此时，汉娜满头白发萧萧，满脸皱纹纵横，满身臃肿沉重。他在她身边坐了下来，她伸出手去握他的手，"你长大啦！小家伙！"以前他特别爱闻她身上的气味，而如今他闻到的却是一个老女人的体臭。他努力靠近她，想表现得好一点，"我下个礼拜来接你，好不好？"她说："好！"

然而，就在米夏要去接汉娜出狱的那天清早，汉娜上吊死了。监狱长领着米夏去看了汉娜的单人牢房，书架上摆放着他给她录制的磁带。监狱长从茶叶罐里取出汉娜留下的一张字条，她的遗愿是要米夏把茶叶罐里的钱和银行里的七千马克，转交给在集中营同母亲一起幸存下来的那个女儿。

以两情相悦的拥抱开场，在悲怆寒凉的死亡中谢幕，米夏与汉娜的故事中断了。但是，故事留给人的思考却是长久的。米夏与汉娜的故事发生在二战后的德国，那时德国充满了正义与邪恶的评判。他们的爱情是纯粹的爱情，还是纳粹罪恶的延续？是一切时代男女的欢娱，还是隐藏在历史境遇中的一个寓言？神秘莫测的汉娜被关押了十八年，就在即将获得自由时她选择自缢的内心又会闪现什么？诸如这一切，都耐人寻味，发人深思。

《朗读者》是一部灵魂的私语，作者试图借米夏这个由单纯走向成熟的年轻人，坦白自己内心深处隐藏的复杂的真实。这是一种彻底的坦白，也是一种痛苦的坦白。"到底为什么？为什么那些本来是幸福的，却在追忆此情时一戳就碎，就因为其中隐藏着不可告人的真实吗？……对幸福而言，回忆有时并不始终保持忠诚，就因为结局无比痛苦。"米夏的这种伤感，无疑就是哈德·施林克的内心宣泄。

现实生活中，只要还包孕有痛苦，即使毫不觉察、茫然无知，也总会以痛苦告终的。而所有的痛苦，往往又是不能回避也难以掩盖的。汉娜为掩盖自己的难言之隐，其身心却遭受了致命的尴尬与懊丧。《朗读者》的成功，或许就在于它努力让灵魂坦白，把私密泄露。

2009年4月24日　于北京

| 茶诗及茶的碎片

那日晚去街上溜达，在路边霓虹灯下的旧书摊，花去两元钱，淘得一本厚厚的上世纪80年代出版的《中国古代茶诗选》。说实话，我平素对古诗疏于兴致，甚至心存芥蒂，总觉得赋词吟诗风雅事，而自己一个粗人，难入此道。然而这本茶诗集却一下子吸引了我，如获至宝似的爱不释手。我浅知古今诗酒一家，"李白斗酒诗百篇"，但寡闻茶诗也成趣，古诗里边有茶香，于是就想知道古人是如何品茗吟诗的。溜达回家后，拧亮桌前的台灯，一杯香茗在握，细品先贤的牙慧，顿觉情趣盎然，芳香扑鼻，诗的意蕴、茶的心曲，似涟漪般荡漾开来……

茶。香叶，嫩芽。慕诗客，爱僧家。碾雕白玉，罗织红纱。铫煎黄蕊色，碗转曲尘花。夜后邀陪明月，晨前命对朝霞。洗尽古今人不倦，将至醉后岂堪夸。

读唐代元稹的咏《茶》宝塔诗，便不难看到，至唐时我国的茶事已经兴盛。那时茶品进了宫廷，茶文化日益繁荣，饮茶与儒、释、道结合，人们对茶的认知到了相当的程度，连茶的解酒功效都心知肚明。唐代的文人才俊大多留有茶诗篇章，其中李白的《答族侄僧中孚赠玉泉仙人掌茶》为较早的一首咏茶名诗，而白居易生前留下的茶诗多达五十多篇。据报载，《全唐诗》中收录的茶诗就达四百多首。沧海桑田，斗转星移，人类走过百年千年，今日回首却仿佛觉得，历史并没有走远，唐时代的茶香依然在旋旋飘溢。

一部《中国古代茶诗选》，看似集录了历代名人的咏茗佳作，反映出的却是一个民族的饮茶文化史。我每次研读它时总要泡上一杯酽茶，试图以此浓缩时空，与先贤直面交汇，于醇厚的茶香里去感悟古人的那份情致与意趣。面对茶诗和茶香，我以为，生命的本质是水，生活的本质是茶，生命存于生活的过程便是水冲茶的过程，而这个过程无不包含着人生的姿态、颜色及其滋味。茶叶善处自然，不与乔木争高低，不与天时争强弱，不与地理争优劣，春夏时生嫩吐芽，秋冬时开花结果。漫漫岁月，国人与茶为伴，薪火后传，在茶水中品味着冷暖人生，领悟生命真谛，从容而又不迫地生生不息。茶，滋润了中华民族，也牵动着国人的情感。

有一回我去成都，晚餐后朋友邀去喝茶，驱车七拐八拐，穿过狭窄的巷子到达一家茶馆。那茶馆店面不大却品位高雅，装饰得古香古色，厅堂上挂着一副有趣的茶联："小天地，大场合，让我一席；论英雄，谈古今，喝它几杯。"朋友说，成都人的喝茶史已有几千年，自秦取蜀后便开始了，整个城市就像泡在茶碗里，走到那儿都透着一股茶香。至于先人喝的是什么茶不得而知，但传承下来的博大精深的茶文化却在滋润着今天的成都人。走入雅致的茶室，大家就着茶床坐定，端庄秀丽的茶娘便麻利忙活：烧水，摆茶具，鉴赏茶叶，置茶于壶中，洗茶、冲泡、出汤。一切尽在方寸间，温雅，隽永，环环生趣。端起茶盅，先闻后啜，细品慢咽，回味无穷。茶香阵阵中，与朋友谈古论今，畅叙友情，不知不觉进入了午夜。时间流去，意犹未尽，何等的惬意啊！紧张繁忙之余，喝茶，也许正是人们所追求的这样一种闲适、恬淡，充满情味的消遣。

古人多有感慨，品茶宜精舍、宜云林、宜松月下、宜花鸟间、宜绿薜苍苔，且要不慌不忙，静心慢慢品。的确，环境清幽，心静如水，易于品茗论道、修身养性。寒冷的冬夜，闹市一隅，静谧的灯火下，凝视杯中那渐渐丰满鲜亮的嫩叶，看他们或站或卧随意张扬，亦静亦动悠然自得，然后尽情地去嗅、去抿、去啜，细品其中的滋味，任由醇厚的香润唇齿浸心肺，这是何等的逍遥美妙？炎热的夏日，山野古刹清凉的浓荫中，伴着徐徐吹来的清风，或与亲朋有一句没一句地闲聊，或独自握一卷好书随意翻阅，面前佳茗香气氤氲，聊或看到精彩处，随手端起茶碗，浅品、牛饮由便，浓酽、清淡随你，又是怎样的闲情逸致？鲁迅先生说："有好茶喝，会喝好茶，是一种清福。"先生不愧为贤哲俊士，对茶的感悟竟也这般的深刻。

> 妙供来香积，珍烹具大官。拣芽分雀舌，赐茗出龙团。晓日云庵暖，春风浴殿寒。聊将试道眼，莫作两般看。

到了宋代，茶以会友，茶以传情，茶成了人们日常生活中礼尚往来的馈赠品。读苏东坡的《怡然以垂云新茶见饷，报以大龙团，仍戏作小诗》可见一斑，他讲怡然和尚送他新茶，他回馈以大龙团茶，垂云新茶是食厨的妙供，而大龙团乃皇帝饮用的珍品，两种茶都不一般，就看怡然的眼力了。苏东坡品茗吟诗，写下不少脍炙人口的佳作，其中以他的诗句集成的"欲把西湖比西子，从来佳茗似佳人"对联，四海内外千百年流传。佳茗似佳人，而佳诗如佳茗，读一首茶诗，也如品一杯芬芳的佳茗，能够沁人肺腑，馥郁持久。

手握香茗我就想，这饮茶习俗沿袭至今，与人们的起居生活息息相联，成为一种厚重的民俗文化，也许真的应了汉字鼻祖仓颉当初造字的会意，草木之中有人就有"茶"。生命需要草木的滋养，茶乃草木之精华。如此琢磨起来，便觉得人是离不开茶的，茶文化传承至今实属必然，历代文人雅士品茗论道也不足为奇。"为名忙，为利忙，忙里偷闲，且喝一杯茶去；劳心苦，劳力苦，苦中作乐，再倒一杯酒来。"茶酒人生，苦乐参杂，抛却世俗烦恼，将生命活得有滋有味、丰盈充沛，古人如是之为，也在成为今天大家伙儿的心愿。

这些年南北西东奔走，有幸品尝到许多的名茶，如西湖龙井、洞庭碧螺、黄山毛峰、信阳毛尖、安溪铁观音、云南普洱等，也了解到不少地区和民族的饮茶习俗，像杭州人深爱龙井，北京人喜欢花茶，福建人倾心乌龙，蒙古族钟情奶茶，白族人迷恋三道茶，不一而足。而在众多的名茶中，我尤爱龙井和乌龙，这是两种不同的茶品，品后都忘不了。龙井是绿茶，色泽鲜亮，用热水一冲，香气倏地腾起，嫩叶似雀舌、凤爪、珍眉般借水醒来，泡出的茶汤芳香碧绿，但它不经泡，三泡过后便味淡如水了；乌龙则属于半发酵茶，比如铁观音、武夷岩茶等，此类茶妙在汁稠味酽，入口直钻舌底，且能"七泡有茶香"。我曾与朋友调侃，如果你倾心靓丽清纯的二八女子，就去喝杯绿茶，你爱慕风韵醇厚的半老徐娘，不妨品品乌龙，两者浓淡有别，却都能让人迷恋陶醉。

前些时候，在京城接待了一名从台湾归来的老先生，先生少小离开大陆，一去便是六十个春秋。归来前打点行囊时，老先生冥思苦想，想着给家乡的友人带些什么，最后他选择了冻顶茶。冻顶茶乃冻顶山上之产物，绝境佳茗，稀有珍品。先生说，两岸同胞同根同源、一脉相连，这饮茶文化或许是极好的见证。先生的苦心，饱含了深情，流溢着芳香。那晚我们邀请先生去品茶，在三里河"七彩云南"茶庄，特意点了上好的普洱茶。做茶道的小姐说，普洱茶性温不伤胃，茶含八种微量元素，具有去脂消食、降血压等功效。品着醇厚润滑的普洱，絮着两岸间的云烟往事，茶香浓郁，情由心生。言语间，先生的眸子里有液体在闪动，那是一个游子追怀的伤感，抑或归来后的情景交融吧。"六十年了，六十年恍若一场梦！我的老家在浙江奉化，那里有我童年的足迹，有我魂牵梦萦的曲豪茶啊……"先生分明哽咽了。

> 论茶自古称鼗源，品茶无出中冷水，莆中苦茶出土产，香味自汲井水煎。器新火活清味永，且从平地休登仙。王侯第宅斗绝品，揣分不到山翁前。临风一啜心自省，此意莫与他人传。

中国茶文化源远流长，茶的品种也杂陈繁多，不乏名扬天下的佳茗，更具名不见经传的土茶。元代诗人洪希文在这《煮土茶歌》里告诉大家，他煎饮的家乡土茶"清味永"，临风一啜，心下快活，自认为比贡茶产地婺源的茶还要味浓香永呢。土茶，即没出名或有点小名气的地方茶。喝惯了某种土茶的人，往往越喝越有味，越喝越上瘾，在他心里，这土茶便是琼浆玉液。尤其漂泊异乡的游子，劳顿之余，凭窗而坐，啜几口家乡来的土茶，定是别有一番滋味在心头。或许，这正是自古至今有那么多文人雅士吟咏土茶乐此不疲的缘由吧。

我的家乡在北方，北方的气候条件不适宜种茶，所以我没有属于自己的土茶。我是在十八岁参军后才认识茶、熟悉茶，并且慢慢学会喝茶的。起初喝的也大都是些土茶，家乡在南方的战友，每年到了清明时节后，家里就会寄新茶来，茶一到他们就分给大家喝，喝着喝着，喝出了茶韵茶味，也喝出了友情友谊。记得一位战友曾对我说，他家乡的父老乡亲都爱喝茶，但喝的不是那种用杯子或茶壶一冲就好的茶，而是一种用砂罐烤的茶。冬天夜晚，一家人围坐在百年火塘边，先将那砂罐烤得滚烫，然后放上土茶，慢悠悠地烤，待把茶烤得焦而不枯，色泽均匀，再用沸水猛地一冲，随之缕缕芳香自砂罐底袅袅升起，满屋子飘香……但我至今与这土茶无缘，尚未品尝过，人生的遗憾便是这样来的。若有机会，我一定要去战友家乡拜访，在那生生不熄的农舍火塘前，也美美地享受一回满屋子生香的土茶。

如今各地茶楼茶坊林立，古朴的、现代的，幽静的、热闹的，目不暇接，眼花缭乱；炮制茶汤更是花样翻新，烘、烤、煎、炖、煮，承前启后，异彩纷呈。近年来每到一地，我总是尽可能地去喝杯当地的茶，饮茶成了我旅途中不可或缺的内容，喝得顺口了还免不了带点回来。只是，回到京城后茶叶常会"变味"，虽然茶还是那茶，但无论你如何地冲泡，也难以复现在当地品饮时的某种风情和韵味了。起初我大惑不解，难道这皇城根儿的水不适宜泡茶？后来看到唐人张文新的《煎茶水记》："夫茶烹于所产处，无不佳也，盖水土之宜，离其处，水功其半。"我恍然大悟：敢情也是一方之水泡一方茶！

周作人先生说，喝茶当于瓦屋纸窗之下，清泉绿茶，用素雅的陶瓷茶具，同二三人共饮，得半日之闲，可抵十年的尘梦。唐诗人钱起在《与赵莒茶宴》中写道："竹下忘言对紫茶，全胜羽客醉流霞。尘心洗尽兴难尽，一树蝉声片影斜。"由此想来，花费些许工夫，与朋友共饮几杯清茶，也是人生之必需。"山好好，水好好，入亭一笑无烦恼；来匆匆，去匆匆，饮茶几杯各西东。"有青山秀水相伴，何必将名利恩怨放在心上，一切的繁华皆为身外之物，人不过是尘世的匆匆过客。愿大家在饮茶之后，轻松愉悦地各奔西东，从容裕如地度日生活。

2008年7月10日　记于北京

后记：记忆是情感的摇篮 |

记忆随心浸厚，相伴人生，引擎情感。

常常地，一句话语，一段插曲，一个即景，甚至一个轻微的细节，便会让我的心房起伏、纠结不宁。尤其近来，每当整理以往连缀的杂碎篇章时，这种感觉更为强烈。我的灵魂时而被急速地"劫持"并带走，带我穿越无际的时空，去寻访触摸岁月的烟云风雨，以及无法割裂的深情依恋和生命体温。

人在旅途，谁都会有自己的发现与收藏，崇尚与表达，那些定格于心底的帧帧美丽，被生活的丝线、情感的黏液，缀成了永不褪色的画卷。与记忆同在的，是岁月的符号，多维的景象，还有动情的欢笑和眼泪。因为心存抹不去的记忆，有记忆搜索引擎，我们时常会想起，想起春的草、夏的荫、秋的黄和寒冬的苍茫，想起岁月旅途的惆怅、欣慰、满足和默默的挂牵。

记忆中，故乡的琴弦弹奏着《春天里》，不时勾起游子的乡愁，一次次把我引回年少时光，找见了曾经拥有的幸福，体会到"当初的我是那么快乐"。缕缕乡愁浮上脑际，又沉潜心底，而沉潜于心底的乡间情事，以多姿多维的形态，鲜亮灵动地舒展着。这会儿，父亲便坐在老屋的土炕上，咝咝溜溜抽着旱烟袋，一眼一眼地看我呢，眼神中充满慈祥，带着期盼。

记忆中，女儿出生的那天阳光明媚，我和岳父岳母在产房门口忐忑踯躅两个时辰后，突然传来清亮悦耳的啼哭声，岳父从口袋掏出一支烟，漫不经心地点燃，慢悠悠抽吸几口，而后抿着笑走了。是夜，我便做了个梦，梦见女儿梳着一对羊角辫，穿着一身花衣裙，东跑西跳着与我"捉迷藏"，时不时歪歪小脑袋逗我："爸爸，我在这儿。"女儿的模样儿像美丽的小天使，乐得我神情陶醉，一时找不着北。

记忆中，从高原上的哨所向下眺望，几代高原军人踩出的山野小道，还有绵延漫长的巡逻线，隐匿在雾一样的月辉之中，扑朔迷离。有年初冬，哨长的妻子从内地来探亲，独自辗转千里总算到了部队，却万万没有想到此时的高原早已成雪的世界，半米多深的积雪封住了上山路，夫妻俩隔山相望无缘相见……在哨所的月下，倾听战友们对"但愿人长久，千里共婵娟"的感悟，我居然也觉出了月光的波动和韵律，体味到人的情感与月光的相依相融。

记忆中，何吉平的音容笑貌，他走路、操练、喂猪、学习以及其他言行举动的姿势特征，清晰如昨地闪动着。

何吉平是我的一个战友，三十年前从太行山区参军入伍，当兵四年退役返乡。他长相憨实，看上去有点呆，可能与此有关，新训结束后分配他去喂猪。猪场在营房外边的山坡上，一排石砌的圈栏，旁边搭着个窝棚屋，屋里堆放有猪食料和饲养工具，东北角摆了张旧木床。何吉平将窝棚简单一收拾，就搬来铺盖住下了，一住便是四个春秋。一千多个日日夜夜里，他泡在猪圈，守着陋室，兢兢业业做着一切，猪场整得干净利落，猪儿养得鲜活肥美。此时我想说的是，在山坡猪场，在夏日蚊叮虫咬、冬日难御风寒的窝棚里，他利用养猪的间隙，以床为案，苦心孤诣，近乎痴迷地研读马列著作。何吉平的床头柜上摆满了书籍，窝棚成了他颂经修炼的殿堂，每夜窝棚里闪烁出的光，好似寂寞荒山的灵动剪影。

猪场外边就是村庄，对面山坡脚下有条水渠，夏日暮时，常有农家女聚在渠边嬉水打闹，叽叽喳喳，没完没了。夜色暗下后，断不了有娇脆的女声飘过沟坎飘进窝棚："哎，小兵哥，过来聊会儿吧。"何吉平听得闹心，青春的冲动有时也会像潮水样涌，但他总能止住潮水的蔓延。连队领导称赞说，何吉平的身上虽然浸染了猪食猪粪的味道，洗过澡也未必能洗掉，但他意识深处的念头里，始终守望着崇高。

何吉平没有念完初中，辍学后在农村种田，无论是以往学识的积累，还是成长经历的环境，他都不具备研究关于世界观、关于人类社会问题的基础。那时基层部队也没有"理论学习之星"类似的评比活动，学马列也没有硬性要求，他能够钻研进去、学出兴趣，日甚一日痴迷，在我看来，更多的源于信仰，源于信仰催化的自觉与刻苦。信仰成就非凡，有了信仰，可以克服一切困难，横扫多元杂念。他阅读过的书籍摞起成堆，撰写的笔记多达数十万字，退伍的时候，他把每本书和笔记都精心收拾，虔诚地打进了人生行囊。

三十年来，每每想起何吉平，那山沟，那窝棚，那荒寂山野亮闪的灯光，那猪食猪粪和蚊子苍蝇，那红蓝铅笔密密麻麻标注过的书籍和笔记，就会亲切而又清晰地显现眼前。这幅烙于脑海的人物山水卷帧，注释了"有梦想谁都了不起"，不时传递生命的气息和信仰的张力。

记忆浸心，总在想起。想起那次我得病昏迷两天没出院门，邻家婶子感觉不对劲，便越过庭院房顶察看究竟，遂把我从炕上唤醒，喂了我汤水和鸡蛋面；想起助学到过的学校，眼前忽闪起破房子、泥墩子和上面坐着的泥孩子的一张张纯真、渴望、充满期待的"大眼睛"；想起火车轰隆隆穿行在麦香流溢的平原上，阳光射进车窗着落到一对乡村夫妻身上，他们注视于窗外，对着阳光下的金色麦田，眉宇间挂满幸福和甜蜜。想起这一路走来，历过太多感动心灵的故事，守望相助的热手，寂寞陪伴的温馨，爽朗开心的笑声，周遭一切的慷慨给予和无私奉献。每一次想起，都是与过去时光的亲密邂逅，都有无数或激越或舒缓或如怨如诉的乐曲于心中荡漾。

记忆把时间夺走了的，又还给了我们。

记忆浓缩时空，记忆聚合情感，记忆裕如生命。记忆犹如从容的摇篮，承载了人的情感和思想，成为生活和生命滋味的维系融合。记忆把时光的美好，凝成了不变的情感和永久的眷念。感谢生活的馈赠，感谢记忆的温润，因为有记忆的相随相伴，平淡岁月不失美丽，无奇时光灵动光鲜，寻常人生饱满而真实，多了幸福和美丽。

生活不老，记忆永存！

写下以上这段文字，权作《记忆浸心》后记。

谨以此书献给已经或将要走进我心中的人们——无论是在生活、工作和学习中相遇相知，还是在旅途行程中不期邂逅、匆匆一瞥，你都与我今生有缘，是我人生的幸运和美妙，为我生命的时空平添意趣。

感谢亲人、老师、首长、战友、同学、朋友等亲爱的人们给予我的教育培养和关爱帮助，特别感谢阎连科老师百忙之中雅正书稿，并拨冗作序，给予鞭策和鼓励；感谢华艺出版社社长石永奇、副总编郑治清等同志对本书编辑出版所付出的辛劳和给予的支持。

祝愿所有的人们热爱生命，拥抱生活，追求梦想，永远快乐。

潘建成

2013年8月18日　于北京